腊月龙灯

| 练建安微型小说选集 |

练建安 著

中国微型小说作家书系　丛书主编　高健

上海大学出版社

图书在版编目(CIP)数据

腊月龙灯：练建安微型小说选集 / 练建安著.
上海：上海大学出版社，2025.1. -- (中国微型小说作家书系 / 高健主编). -- ISBN 978-7-5671-5129-1

Ⅰ. I247.82

中国国家版本馆 CIP 数据核字第 2024SJ1724 号

责任编辑　贺俊逸　陈　强
封面设计　倪天辰
技术编辑　金　鑫　钱宇坤

腊月龙灯
——练建安微型小说选集
练建安　著

上海大学出版社出版发行
（上海市上大路99号　邮政编码200444）
（https://www.shupress.cn　发行热线 021-66135112）
出版人　余　洋

*

南京展望文化发展有限公司排版
商务印书馆上海印刷有限公司印刷　各地新华书店经销
开本 890mm×1240mm　1/32　印张 15.5　字数 308 千
2025 年 1 月第 1 版　2025 年 1 月第 1 次印刷
ISBN 978-7-5671-5129-1/I·713　定价 65.00 元

版权所有　侵权必究
如发现本书有印装质量问题请与印刷厂质量科联系
联系电话：021-56324200

目 录

第一辑 雄狮献瑞
- 大木桶 · 003
- 五色鱼 · 010
- 雄狮献瑞 · 015
- 阿青 · 021

第二辑 纸上江湖
- 破铜锣 · 027
- 稻穗 · 033
- 七妹 · 038
- 传拳记 · 043

第三辑 汀水谣
- 隔山浇 · 049
- 七里滩 · 053
- 狳家变 · 059
- 九月半 · 064

001

第四辑 鄞江谣

- 八法手 · 073
- 铁关刀 · 078
- 尖刀 · 082
- 打铁客 · 086
- 恭喜发财 · 090

第五辑 风水诀

- 败绝符 · 095
- 风煞 · 100
- 罗屋地 · 103
- 一夜塘 · 107

第六辑 谜云

- 药砚 · 113
- 破结 · 117
- 蛱蝶军 · 123
- 龙虎斗 · 127
- 谜云 · 131

第七辑 汀江往事

- 白石村 · 139
- 枫树崟 · 143
- 飞虎 · 148
- 彩虹桥 · 152
- 窖藏 · 157

第八辑 鄞江六题

- 渡亭 · 167
- 铁艄公 · 172
- 鸳鸯帕 · 176
- 拉花树 · 181
- 红菇迹 · 186
- 伏月 · 191

第九辑 葛藤坑

- 葛藤坑 · 197
- 决斗 · 199
- 飞脚 · 202
- 传人 · 204
- 红叶 · 208
- 飞蝗石 · 214

第十辑 铁桥仙

- 金雄刀 · 221
- 金刀刘 · 226
- 铁桥仙 · 232
- 玉箫郎君 · 237

第十一辑 鸿雁客栈

- 鸿雁客栈 · 247
- 针刺 · 252
- 十三郎 · 257
- 玉面飞狐 · 260
- 傀儡戏 · 264
- 纸花伞 · 269
- 凤栖楼 · 274

第十二辑 积善堂

- 积善堂 · 281
- 止戈 · 285
- 武跛子 · 290
- 炒黄豆 · 293
- 腰带功 · 296

第十三辑 逆水船

- 辅娘 · *301*
- 逆水船 · *307*
- 菱角子（五题）· *329*
- 过坎 · *354*
- 鹅卵石 · *360*
- 积善楼 · *365*
- 丁铁伞 · *370*

第十四辑 江上行

- 江上行 · *379*
- 鱼粄店（五题）· *392*
- 汀江往事（三题）· *418*

第十五辑 腊月龙灯

- 汀江记（三题）· *437*
- 铩羽（三题）· *451*
- 第八级台阶（三题）· *467*
- 腊月龙灯 · *479*

后记 · *486*

第一辑 | 雄狮献瑞

"高手在民间,乡土多侠义。"多年行走田野,得"客家乡土侠义小说"若干。此辑小稿均发表于《文艺报》"鲁院专版",列为开卷之作。

大木桶

雨下得很大很大,这是一种乡间叫竹篙雨的,瓢泼而来,打得山间茶亭瓦片嘭嘭作响。

山猴师傅解下酒葫芦,美美地咂了一口,穿堂风吹来,他打了个哆嗦。他觉得有些饿了,移来堆放在茶亭角落的枯枝干柴,架起了小铁锅,生火煮饭。

茶亭是闽粤赣边客家地区常见的山间公益建筑,形制类似廊屋。

山猴师傅今天心情比较好,这个墟天,他在杭川墟做猴戏卖膏药,小赚了一笔。他抬眼看了看迷迷茫茫的重重山峦,嘟囔了一句什么。

铁锅咕噜咕噜叫了,大米稀饭的清香飘溢出来,又被穿堂风卷跑了。

山猴吱吱叫着,一阵劲风刮入,进来一位担夫,他的担子是两只大木桶,一只木桶是寻常的三四倍,油光闪亮的。

担夫轻轻放下大木桶担子,脱下淋湿的布褂擦头,大笑:

"我说有大雨吧，他们还不信，哼哼！"

山猴师傅问道："兄弟您是？"

担夫用扁担敲敲身边的大木桶说："挑担的，大家叫我大木桶。"

"哦，大木桶兄弟。"

"您老是？哦，做猴戏的，听说那梅州有个山猴师傅，跌打损伤膏药实实在在，一贴灵呐。"

"鄙人就是那个山猴，您看，我这不是有只山猴吗？"

"哈哈哈，香啊，米汤给一口吗？"

"行哪，行呐。"

大木桶就着一大碗大米稀饭，把随身带来的一叠大面饼吃了。吃完，说："您这山猴师傅，要米汤给米粥了，行呐，有麻烦事就来找我，千家村的大木桶。"

雨停了。大木桶挑起担子，走出了茶亭。

山猴师傅看着大木桶一会儿工夫就转过了山脚，喃喃自语："两大桶满满当当的茶油呢，他咋像是不花力气呢。"

山猴师傅离开那茶亭后，有两三年没有再见过大木桶了。这几年，山猴师傅行走江湖，也常听闻大木桶的奇闻轶事，一次在客栈听说大木桶与人打赌，一口气吃下了一斗糍粑，接着，挑着一大担茶油噔噔噔上了十二排岭。

这一日是墟天，山猴师傅来到了闽西狮子岩。狮子岩在闽西粤东北交界处，山间小盆地间，一马平川，忽见一山突兀，形似雄狮。这就是狮子岩了。这里是仙佛圣地，香火旺，周边村落密集。

山猴师傅在狮子岩的一处空地,挂起了招牌,不等敲响三遍铜锣,就有一些散客围聚了过来。山猴师傅打足精神,拱手道:"旗子挂在北门口,招得五湖四海朋友来哟。我这把戏啊,是假的,膏药啊,是真的。您哪,有钱捧个钱场;无钱呢,捧个人情场。我山猴都是感恩戴德没齿不忘。下面,我请我的徒弟,给大家表演一个猴哥上树。"

场地中间,立着一竹篙,竹篙顶,有一把青菜。

忽听人群间传来一阵躁动声、窃笑声,但见山猴从一位乡绅模样者手中夺过一把香蕉,三跳两跳,吱溜上了竹篙,抓耳挠腮的,麻利地剥吃了,扔下了一片又一片香蕉皮。

人群中,爆发出一阵哄笑。

乡绅就走了过来,轻轻地拍了拍山猴师傅的肩膀,说:"我说这位师傅啊,您说怎么办呢?"

山猴师傅说:"这死猴子,该死,该死,我赔我赔,仁兄见谅见谅。"

乡绅笑了:"赔不起啊,赔不起啊。"

山猴师傅苦笑:"不就是香蕉吗,天宝香蕉也不贵啊。"

乡绅还是笑眯眯的:"是啊是啊,香蕉是值不了几个铜板的。可是啊,我这老病根,怕是治不了喽,过了赛华佗定的时辰喽。到时辰要吃香蕉治病的。师傅啊,您说怎么办呢?"

山猴师傅冷汗淋漓了,支支吾吾的,呆立当场。

乡绅身后,是跟着几个壮汉的。其中一个灰衣人叫道:

"吃啥补啥,把那猴子逮来吃喽!"

说到猴子,山猴师傅一下子清醒了,慌忙叫道:"不成,不成啊,有话好商量,好商量啊。"灰衣人懒得搭理他,走近竹篙,回头看了一眼乡绅。乡绅只是闭着眼睛,手动佛珠,叫声佛号:"阿弥陀佛。"

人们还没有看清灰衣人怎样劈手的,竹篙就齐斩斩地断了,竹篙倒,山猴就被抓在灰衣人手上了。

山猴可是耍猴人的命根子啊。山猴师傅提着铜锣,走近灰衣人,说:"放下猴子。"灰衣人笑了笑。山猴师傅说:"放下吧。"灰衣人还是笑。山猴师傅说:"放下!"这次,灰衣人没有笑出来,因为山猴师傅的铜锣柄如闪电一般碰了他的左肩一下,山猴就蹲在山猴师傅的肩膀上了。灰衣人的额角上却滚出了豆大的汗珠。

这时,乡绅说话了:"失敬失敬,蔡李佛拳啊。强龙压人啊。老师傅啊,明日午时三刻,均庆寺,一决高下吧。"说完,转身走了。

乡绅说的"一决高下",其实就是江湖社会的"生死决斗"。山猴师傅呆立片刻,再也无心卖什么膏药了,收拾摊子走人。

山猴师傅回到客栈。店主把他拉到一边,悄悄说:"你的麻烦事一下子传开了,你来做把戏,怎么就忘了拜码头呢?还是溜了吧,往日,有多少好汉坏在他手底下啊。你打不过他的。他是谁啊,曾大善人啊,也有人叫他,叫他,笑面虎的。"

山猴师傅说:"昨晚喝多了,你这米酒后劲大,误了拜码头了嘛。我不溜,能溜到什么地方去呢?"店主欲言又止:"呵呵呵,那个,那个什么。"山猴师傅明白了,从贴身内袋掏出一个小包裹,层层打开,有一根葱条金。山猴师傅说:"这是住店钱。"店主说:"找不开啊。"山猴师傅说:"你帮我搭个口信,就全归你了。"店主问:"谁呢?"山猴师傅说:"千家村的大木桶,就说那耍猴的,有难了。"店主把金条揣入怀里,说:"我自个儿去,人到话到。"

均庆寺是千年古寺,在狮子岩下,雕梁画栋,花木扶疏,是清静之地。奇的是,闽粤赣边的武林决斗,多选择此地。

决斗台上,那位乡绅,也就是曾大善人、笑面虎,身边坐了一排人物,几个灰衣人凝立不动。乡绅大概是说了一个什么笑话,大家都笑了起来。这一边,坐着山猴师傅和几个梅州老乡,这几个老乡是来此地开店铺的,碍于乡土情面,来做个见证人。他们很是紧张,阳光不大,却不停地擦汗。台下,早已经是里外三层的人头了,一些小商贩来回游动,却不敢高声叫卖。

太阳高高地挂在天上,慢慢地向正中移近。几个梅州老乡不时地抬头看看天,又看看大门口,再看看山猴师傅。山猴师傅好像什么事都没有。

午时到,三通鼓响。均庆寺一下子安静了。乡绅持青龙偃月刀、山猴师傅持木棍各自上前,分立两边。此时,走出一位道貌岸然的主事,朗声宣读了双方生死文契。主事指着台上日晷说："还差二刻开打，你们还有什么话要说呢？"乡绅哈哈一笑，说："没有什么话。"山猴师傅说："我在等一个人。"主事问："他愿意替你决生死？"山猴师傅说："能来，他就不会死。"主事说："好吧。"

时间过得很快，也好像很慢。就在主事要敲响开打锣声的关头，门外传来了躁动之声，但见一位担夫挑着大木桶荡开众人，直奔决斗台。

这担夫就是大木桶。他将大木桶放下，抽出扁担，拄在手上，说："耍猴的，你退下。"

主事一看，笑了："大木桶啊，就是你来替换？"

大木桶说："唉，三伯公啊，茂盛油店差点误事了，挑油卖了，这就赶来会会曾大善人。"

主事说："大木桶，你可知道规矩？刀枪无情啊。"

大木桶哈哈大笑："决生死嘛。"

主事无话可说，退下。

一声锣响，双方器械撞击，咔嚓只一回合，各自跳出了圈外。

乡绅说："停一下，大木桶啊，我问你话，你不是练家子，就是力气大些，打下去，没你便宜。你这是何苦呢？"

大木桶说："我答应过耍猴的，有麻烦事就来找我。"

乡绅说："大木桶，我们乡里乡亲的，我知道你和耍猴的非亲非故的，为什么？"

大木桶说："要打就打嘛，哪有这么啰唆，就是为那一句话嘛!"

乡绅静静地站在台上,看着大木桶,突然笑了,说:"不打了,你不是练家子嘛,我怎么可以跟你打呢?走!耍猴的,走,走,走,大家都走!"

乡绅缓缓地走下决斗台。台下嘘声四起。

乡绅站立,杀气满场,众人纷纷退开。乡绅挥刀,只一刀,将木柱一劈两半。惊讶声中,乡绅连青龙偃月刀也没有拿,孤零零地,拂袖而去。

五色鱼

我们站在武所迎恩门之上,弥望荒草萋萋,几只芦花鸡悠闲地觅食草丛。远处,是鳞次栉比的白墙黑瓦。瓦屋上,有好些翻晒的植物果实,五颜六色的衣裳在阳光下飘飘扬扬。

这个武所,即武平千户所。大明洪武年间卫所制的产物。武所隶属汀州卫,扼闽粤赣边,为"全汀门户"。传闻大明开国元勋刘伯温修筑此城,老城、新城、片月城三城勾连,城高而厚。武溪河汤汤南去,汇入韩江,带来舟楫之利。

武所原有"八大城门",时下,迎恩门硕果仅存。

武所的街角,烈日下斜挂着一杆幌子,上面写着:"祖传秘方客家酿酒"。看那陈旧的样子,是有些年头了。不过,客家地区,几乎家家户户都会酿酒,说什么"祖传秘方",岂不可笑?同行的电视台美女记者真的笑了。她笑着说:"哇,还祖传……秘方啊?"

我忘了交代清楚,上述的"我们"是指我——《福建文学》编辑,海峡卫视"客家人"栏目组美女记者,以及武所文化站徐站长。为拍摄"客家祖地百姓镇"人文纪录片,此时,正站立在迎恩门之上。

老徐似乎有点不高兴,说:"当真是祖传秘方,知道五色鱼吗?"

美女记者自知失礼,就眨着一双大眼睛,装着一副天真无邪的样子:"什么,什么五色鱼,是热带观赏鱼吗?有什么传奇故事呢?"

老徐说:"你猜对了,五色鱼本身就是个传奇,传奇!"

大清顺治二年(1645年),清军攻破宁波、绍兴、台州三府,直逼福建汀州。次年,清军李成栋部攻克汀州城,连城、永定、漳平、上杭诸县纷纷归附,而武所一城,却坚守逾年后惨遭屠城。据《武所分田碑记》载,"自顺治三年至五年止,陷城三次"。

"陷城三次",实际上是"屠城三次"。《武所分田碑记》的撰写时间,规定了作者的春秋笔法。武所由于独特的地理位置和肥田沃土,在三次成为"空城"之后,周边姓氏则三次"填空",遂形成今日武所"百家姓"群族聚居的格局。

老徐说:"五色鱼的故事,发生在第三次屠城前后。"

话说清顺治四年,在清军第二次屠城之后,周边姓氏陆陆续续迁入武所,其中,就有陇西堂的老李头。老李头在我们看到的迎恩门不远处开了一家酒馆,长年卖一种米酒。这酒,以梁野山甘泉糯米酿制,开坛香满一条街,号为"透坛香",斯文一点,就说是"太白酒"。李太白,是诗仙酒仙,他们老李家的先祖。其实，他这酒，就是客家酿酒，不过，制作工艺更为精湛就是了。

武所卖酒的，只此一家，别无分店。酒店靠街是柜台，靠墙是一溜酒坛，另摆设有一些陶罐，陶罐底下铺有防潮石灰，石灰之上，是当地的紫衣花生，以土纸盖得严严实实。老李头卖酒，下酒料就卖紫衣花生。如果客人还需要一些别的，好办，酒店旁就有卤料店，再走几步，"闽西八大干"应有尽有。

武所是闽粤赣边的一处水路要冲，周边山货海货在此交易，商旅络绎。通常，一些客人沽上一壶酒，买一包紫衣花生，坐在店里的八仙桌旁，边喝边聊，一壶酒尽了，人也差不多要走了。

那年头，老李酒店，有一位奇特的顾客。这人五十开外，是一个类似于当今连营干部的汉军八旗"把总"，粗壮，络腮胡子，刀疤脸。若无特殊情况，此人每日正午必从驻地来老李酒店，在柜台拍出三文铜钱，二话不说，将老李头端来的一大鸡公碗头客家酿酒一饮而尽，咂咂嘴，长吁一口气，蹽脚走人。

就有好心人细声提醒老李头了，你可要小心啦，前次屠城，就数这刀疤脸杀得最凶！老李头苦着脸说，要做生意啊，这又有什么办法呢？

这一天，刀疤把总又来了，照例是拍出三文铜钱，不说话，一仰脖子，饮尽满碗米酒，咂嘴，吁气。不过，这次，他没有立即蹽脚走人，他饶有趣味地看着烈日下有气无力的酒幌,问:"祖传秘方,太白遗风?什么郡望?"老李头点头哈腰,忙说:"陇西堂,陇西堂,西平,北海。"刀疤把总就笑了:"哦,西平世第,北海名家。"说完,走了。

老李头感觉到他的心拔凉拔凉的,手心出了汗,冷汗。

这是一个闷热的正午,远处隐隐传来雷声,武溪河上的大水蚁在墙头瓦角飞来飞去。老李头正犹豫着是否关门歇业,刀疤把总闯了进来。这次,他靠墙面街坐定,从身上抓出一把铜钱,拍在八仙桌上,只说了两个字,第一个字是"酒",接着,刀尾转向陶罐:"菜!"战战兢兢的老李头注意到,他的佩刀刀鞘上,还有新鲜的血迹。

老李头抱来一大坛"透坛香",刀疤脸不吭一声,食指如钩,啄开酒坛封口,捏碎一大把紫衣花生,自斟自酌。喝着喝着,天空中划过一道闪电,响起炸雷。老李头吓了一大跳。刀疤把总歪斜着,一动也不动,笑骂了一声:"熊包,还西平北海!"

大雨哗啦啦地泼下来了,酒店的屋檐很快挂着一道雨帘,掉落石板,溅起四散水珠。老李头回头看看时,刀疤把总伏在八仙桌上呼呼大睡了。

"军,军爷,军爷!"老李头蹑手蹑脚,轻叫了几声,回答他的是沉沉的打鼾声。老李头焦急地来回走动,这把总受凉了咋办?想着想着,老李头把一件蓑衣披在他的身上,关了大半店门。漏光的地方,有冷风吹来,老李头挡在那里。

大雨停歇了。老李头感到后背一紧,就看到刀疤把总揉开了他,蓑衣啪地挂在他的肩头,踩踏满街积水去了。

老李头很快就听说了,武所西边的长安崶有义军出没,刀疤把总率部"搜剿",结果中了埋伏。

第二天,是个大晴天。一大早,老李头刚打开店门,刀疤把总慢悠悠地踱了进来。老李头脸上立即堆上了笑容:"军爷,您喝酒?"刀疤把总猛地抬手,一鞭子打碎了一只酒坛。老李头吓呆了,愣在那里。刀疤把总说:"武溪河有下酒好菜,五色鱼,你给俺捞来。"说着,刀疤把总又是两鞭子,啪啪打碎了两只酒坛,一字一顿说:"捞不着五色鱼,俺一把火烧了这鬼鸟店!"

老李头耷拉着脸,立马下河捕鱼,从上午到下午,从武溪到韩江,一无所获。落日西沉,老李头满腹辛酸,正欲返回武所,一群难民扶老携幼踉跄奔来。他们哭着说,武所屠城,百姓无一幸免。

老李头吓得瘫坐在地上,说不出一句话来。

雄狮献瑞

"咚咚恰，咚咚恰，咚恰，咚恰，咚咚恰……"听闻这熟悉的锣鼓，增发按捺着内心的激动，不动声色，专心地经营他那摊"杭川牛肉兜汤"。

大年初五，是闽粤边的武邑岩前镇请客的日子。客家村寨春节期间请客的日期，都有定日。坐落在狮子岩的均庆寺，是定光古佛的祖庙。此日，格外热闹。

杭川，是闽西上杭县的雅称，此地与武平县山水相连，声气相通，同时于宋淳化五年建县，因此，百姓互称老友。"牛肉兜汤"是杭川风味名小吃。

增发的生意不错，一大早，卖了三五十碗。五文一碗的牛肉兜汤，每碗可赚一个铜板。照这个样子，十斤牛肉很快就可以卖完了，赚个百十文不成问题。

"初一落雨初二晴，初三落雨烂泥坪。"闽西正月多雨，昨夜下了一场连绵不断的"冷浆雨"，均庆寺前的石坪低凹处水汪汪的，阳光照射下，闪着金光。北风吹来，寒气逼人。

摊点冒着丝丝白雾状的热气，牛肉兜汤飘出阵阵香味。前来均庆寺游玩的客人，就有好些人被吸引了过来。

"牛肉兜汤"做法简易，以上等牛肉切成薄片，裹以薯粉，调以姜末、茴香、八角、酱油、鱼露等物，放入木鱼干、猪骨头熬制的滚汤中稍煮片刻舀出，晒上葱花、姜末。这样的天气，喝口浓稠爽滑的兜汤，正合适。

增发是上杭城肚里郭坊人，是"南狮"的师傅头。传说他打单狮可以轻轻松松地"缩"上两张层叠的八仙桌。前些年"杭川狮会"夺魁，得了金牌，名声很大。之所以来到一百三十里外的岩前古镇摆"牛肉兜汤"小食摊，说来也与"牛"有关。增发好赌，手气差，一次豪赌，急红眼了的他牵来大哥家的一头水牛，又赔了进去。他恨不得剁了双手，拐脚就走了，发誓要"以牛还牛"，赚回了牛本钱，再回杭川。

这一天，均庆寺也办狮会，号称"闽粤赣三省狮王争霸赛"。汀江木纲老板练大炮悬赏百两银子的花红，奖励优胜者。这下可热闹了，周边客家地区来参赛的青狮足有十八只，都是各县身怀绝技者。

百十丈外，是均庆寺。石坪上，人头攒动，锣鼓声声。这一边，增发指望快一点卖尽牛肉兜汤，收摊寄存在阿三哥的日杂店里，自家悄悄地挤入人群中瞧上几眼，解解馋。二十余年的拳脚功夫，都被那些南狮锣鼓催醒了，发痒发麻。

一位老阿婆牵着小孙子过来了，叫了一碗。增发问阿婆要不要也尝一口，天冷，喝了驱寒。阿婆使劲咽着口水，说：

"吃过了,过年喽,鸡汤都喝怕啦。"说着,抖抖索索地从上衣上摸出一块旧手帕,拣出五块铜板,反复数过,递到增发手上。小孙子喝完了,捧着空碗,舌尖舔着嘴唇,盯着老阿婆看。增发给他添上了半勺浓汤。小孩子乖巧地说:"阿叔新年发大财。"增发笑了。

就在增发抬起头的那一刻,他笑不起来了。他紧握铁勺的手有微细的颤动,双脚却坚实地扣在地面上。他看到了一群人摇摇晃晃向他的摊点走来。

为首一人,胡子拉碴,满脸疙瘩,敞开的外套,油污斑驳恰似剃刀布。他叫麦七,是古镇街头一霸,曾手持两把杀猪刀打跑了十多家赣粤外地客商,号称"大老虎"。还是去年腊月二十七,人年界了,麦七来到增发的摊点,连喝了五大碗牛肉兜汤。要付钱了,麦七从腰间摸出两把杀猪刀,插在摊点的木板上,说:"上杭老友,看看我这家伙值多少钱?拿去!"增发人在外乡,和气生财呢,还能咋的?赔着笑说:"虎爷,您开玩笑了。"麦七大笑,左手夺过增发手中的铁勺,只在木板的边沿用力一敲,两把杀猪刀跳将起来,右手抄接,两把杀猪刀又回到了他的腰间。

眼下,麦七又来了,还带着一帮人。增发能不紧张吗?老阿婆也怕"大老虎",按下小孙子嘴边的瓷碗,牵着他慌慌张张地走开了。说话间,麦七就到了,用半根筷子残片剔牙,说:"上杭老友,新年发财啊。"增发笑了:"发财,大家发财。虎爷,您来一碗?"麦七说:"哎呀,新年发个利市,哥儿几个全包了。别忘了多搁些姜葱！"增发嗫嚅道："五文一碗，算四……四文，中不？"麦七双眼一盯，缓缓道："上杭老友，今日俺请客，咋啦，不给面子？"

增发将剩余的四五斤牛肉片全部倒入了铁锅里，不久，热气腾腾的牛肉兜汤就出锅了，调上配料，香气飘散。麦七和他那些朋友吃得满头大汗，连声叫好。一个矮胖客人说："都说潮州湘子桥的鱼汤好吃，俺说这兜汤，真带劲。"

风卷残云一般，豪客们把这一摊杭川牛肉兜汤喝了个精光。锣鼓声声又紧密了起来，看来狮王大赛就要开场了。麦七竖尖了耳朵，他该结账了。增发说："虎爷，二十八碗半，算您二十八碗，一碗五文，算四文，一共是一百一十二文，您赏我一百文好了，整数。"麦七剔着牙说："好，好。"他从腰间晃荡的杀猪刀旁摸出了一块银子，足有半斤重，晃了晃，扔进铁锅，说："给，银子，立马找零，我等着用。"铁锅内有猪骨头和残汤。增发捞起银子，苦笑："虎爷，我找不开啊，小本生意的。"麦七唰地拔出了杀猪刀，说："要么砍下一块？一刀就够了。"增发说："不，不要砍。"麦七收刀，张开巴掌伸出去，说："你不要反悔啊。我等着用。"增发捧上了银子，说："虎爷，您走好。"麦七推了增发一把，笑骂："上杭老友，上杭拐哩！"前呼后拥骂骂咧咧地往均庆寺摇晃过去。

均庆寺外石坪，十八只青狮跃跃欲试。场中，竖立着一根一丈八尺的桅杆，上头，以红绳悬挂一束雪里蕻。六张八仙桌依次按三、二、一的阵式叠好。哪一只青狮采下雪里蕻，哪一只青狮就是赢家，就是优胜者。一丈八尺的桅杆实在是太高了，往常，"缩"上两张八仙桌高度表演的青狮，就算是方圆百里的高手了。三张？闻所未闻，见所未见。要么怎么叫狮王争霸赛呢？主办方为安全计，在桅杆的四周铺设了一层层谷笪，谷笪下铺垫有厚厚的稻草。

主事宣读完规则，鞭炮炸响，接着就是一下重锣。赣南远客为先，六只青狮在锣鼓声中一跃奔出，翻滚跌扑，煞是好看。不料，来到谷笪处，纷纷栽倒，折腾了半炷香工夫，就是挨不近八仙桌，只得退场。粤东也是六只青狮，无意上八仙桌采高青，成双结对表演了一套"雄狮献瑞"连贯动作，吐出"国泰民安""风调雨顺"的红布条幅。锣鼓停歇，恰好回到了原处。现在轮到闽西的了，也是六只。先出四只，舞到谷笪上，也接二连三地栽倒了，退了回来。剩下的两只，一只是当地的，一只就是杭川郭坊的。郭坊的锣鼓敲起，有些乱。增发拨开人群，来到狮头旁，抚摸着狮子耳朵。狮头移开，露出了他大哥的脸。大汗淋漓的大哥又惊又喜，说："好你个发狗，躲在这里修仙哪！"增发说："大哥，我来，赢钱还你水牛。"

说话间，锣鼓声响了，岩村青狮已经奔跳出去老远。郭坊青狮欢快蹦跶，一会儿工夫，就追了上来。岩村青狮上谷笪了，摔倒、爬起、摔倒、爬起，一副不屈不挠的架势。郭坊青狮在谷笪外停了停，嗅了嗅。鼓点骤响，郭坊青狮一跃而起，落地生根。每走一步，大吼，四脚齐齐发力，顿一顿，似有千钧之势。围观者听得谷笪下面发出脆响，仔细听听，是谷笪下滚动的圆竹杠破裂的声音。明白了其中的奥秘，围观者大声喝彩，一浪高过一浪。岩村青狮伏地不动了，狮头大口大口地喘气，冷汗湿透了后背，手脚发抖。他想，看不出这卖牛肉兜汤的，功夫竟是那样的高深莫测。怎么办呢？

岩村狮头不是别人，就是那只"大老虎"，麦七。

阿青

阿青此时正站立在汀州武邑城的南门坝上。四周是密密匝匝的看客。江湖行话说，圈子粘圆了。

阿青抱红绸双刀，刀尖朝下，缓缓回环礼敬，陡然一声娇叱，跺脚出招，刀随身转，满场游走，舞动出飘忽光影。

"哪位高人，指教指教小女啊？"看客循声看去，说话的是那个老妇人，灰头帕上插朵鲜艳山茶花，靛青侧面襟，干瘦，跷脚坐在靠背小竹椅上，摆弄着长烟杆，吐出了一口"谈菇巴"。她满口金牙，前额却分布着数粒乌黑的"美人痣"，很有喜感。

"哼哼，老娘母女行走江湖，走遍江广福五州八府三十六县，硬是没见着个像样的。今晡日子老娘敢放出硬话，比武招亲！谁个胜过俺娘俩，小女就白白送给他做哺娘。"长烟杆比比画画，金牙老太婆吐出了几口白烟。

还真有想占便宜的。武溪里扛盐包的那群汉子，接连下场碰运气，都是一个照面之间就被打趴了。这功夫，邪门啦。哄笑声中,他们钻出人堆跑了。

金牙老太婆又说话了。早听讲武邑是汀州府的南大门,藏了龙,卧着虎,不承想,这般个稀松平常!

话音刚落。我的族叔公站了出来。

族叔公何许人也?自然如笔者姓练,增字辈,上增下广,练增广。增广"人图子"靓,假若不是皮肤粗糙些,铲形门牙略微外突,是可以形容为"玉树临风"的。其时,增广为邑廪生,是个公家包饭的读书人,还享用族田"儒资谷"。

谱牒载,吾族远祖姓东,伏羲氏之后。大唐贞观年间,东河公随唐太宗东征高丽有功,"上因其精练军戎之故,赐姓练。"宗族堂联云:"侯封绩著贞观册,榜眼名标洪武年。"民国《武邑志》记载:"有清一代,武科第尤盛,为全邑之冠。"

增广能文,亦习南少林拳,尤擅飞蝗石。前些日,增广搭船过七里滩,见闻鹞婆叼小鸡,低空掠过江面,河滩孩童哭喊。飞蝗石破空追到,打落鹞婆。

此刻,增广抱拳施礼:"晚辈学艺不精,试来讨教几招。"阿青歪着头,含笑打量着他,也不答话,猛地一刀劈来。增广闪躲,快捷接招。但见来来往往,鹞起鹘落,几十个回合分不了胜负。

"呔!都给俺退下!"金牙老太婆一声断喝。增广、阿青齐齐跳出了圈外。金牙老太婆说:"后生,好身手哪。何必麻烦?俺手中的烟杆,你拿走,小女就做你的哺娘。"

增广本想一走了之,怎奈几位同窗撺掇,遂猛身而上。金牙老太婆步履歪斜，一退再退。就在增广右手扣住长烟杆的一瞬间，他猛然感觉到左臂膀似有利刃切割，登时麻痹。

金牙老太婆笑笑，伸手向阿青要来三粒药丸，让增广服用。增广痛楚消失，运动四肢，似还有些挂碍。金牙老太婆说："俺不说大话。你损及筋脉，若要治断根，须随俺一年半载。"

增广这一走，就是多年，随从母女俩挑担跑江湖，走州过府。自然，发生了许许多多的故事。不必细述。

这一年腊月，黄昏，三人来到了赣州石城与汀州宁化之间的站岭隘口。爬上荒草落照的片云亭，金牙老太婆眼前一黑，栽倒了，四肢抽搐，口吐白沫。原来，这个老"强人"原是少林派女尼，遭暗算，落下隐疾，每逢子、卯、午、酉年腊月间定时发作。增广与阿青赶紧把她抬到片云亭内，侍候汤药，目不交睫。金牙老太婆醒过来后的第一句话就是："增广仔，阿青，你带回家去。"增广说："俺伤症，还没有断根。"金牙老太婆说："呆子啊，哪有什么伤症哪？"阿青扭过头去。增广心绪复杂，不知说什么好。月夜的山谷，静静的，偶尔传来了鹧鸪的叫声——行不得也，哥哥；行不得也，哥哥。

天亮了。母女俩发现，增广不见了。在汀江边的上杭松风亭，她们追上了增广。那时，增广正收拾枯枝败叶生火煨烤一条山葛根，忽见两团黑影侵入，耳边听得了一声异响。增广不回头，快速以枯枝夹住了飞镖。

"你还真的逃跑啊？"

"俺要回家。"

"你……你动过俺。"

"没有。"

"动了。"

"不敢。"

"真是不敢?"

"怕!怕你娘的满口金牙。"

阿青怔在茶亭外,眼泪就流了下来。

"哈哈哈,呆子就是呆子。俺一个老尼姑,生得下阿青?阿青是三河坝捡来的,烦!"金牙老太婆扔下一本药书,"拿走!阿青褓裸里的东西,俺不要。"

阿青后来成为我家族中的一位叔婆。我小时候见过她,曾为我画符"捉蜷"。记忆中,她成天阴沉着脸,从来不笑。族中老人说,困难时期,她饿急了,可以把石子玻璃当零吃。那本药书,是秘籍,主治小儿惊风、疳积等症状。假若您的前辈亲朋服用过"小儿惊风散"。那么,我要告诉您,十有八九出自我客家族群之手。

第二辑 | 纸上江湖

　　午后高楼，忽闻清脆的鸽哨在都市上空回旋。我明白，水泊梁山的年代早已悄然远去，我曾经的农耕生活隔着万水千山。所谓的江湖，剩下的，只是纸上水墨烟云，梦里铁马秋风。

破铜锣

初五上午,晴,我去桃地作客。

桃地在当风岭以北,重冈复岭,出产一种山桃,个小,皮薄,鲜甜。此时的桃地,已是桃花满山。摩托车沿山路上下盘旋,很快就到了桃地围屋。

围屋,又叫围龙屋,是南方客家人群族聚居的地方。桃地围屋,住了桃地李姓的几百号人。我要找的,是老同学李文才。文才早等在门口了。门口墙角坐着一位孤零零的耄耋老人,他的打扮有点奇特,穿灰色长袍,双手还捂着火笼。他正眯着眼睛晒太阳。文才说:"三伯公,好回去吃饭了。"老人含含糊糊应了一声,就不说话了,哈喇子流在长袍上。

聊了大半个下午,文才和我一起回县城,出门,那位老人还是坐在原地,看到我们,嘟囔了一句什么话。文才笑着说:"三伯公,吃饭了吗?"老人不理睬他,又眯上了眼睛。

我载着文才回县城,途中,我们在一处山顶凉亭歇息、抽烟。文才说:"我那三伯公嘟囔的话,说来好笑,反反复复只有三个字。哪三个字？破铜锣，或者，扶铜锣。"

破铜锣好理解，扶铜锣呢？费解吧？铜锣倒了，要扶起来吗？要说清破铜锣或者扶铜锣，得要先说说松口。松口是汀江韩江流域的一个大镇，船舶云集，赣南闽西粤东北大宗山货、潮汕大宗海货在这里"过驳"。汀江韩江是同一条江，是上游下游的不同称呼。松口是广东梅州的一个镇，牛得很呢，有"松口不认州"的说法。松口出过翰林公，出过大将军，出过好些个"赛百万"，传说，南明的王子就曾流落到那里隐居。

几十年前，民国时期，我的三伯公太，也就是我那三伯公的老爹。为了方便叙述，我们叫李老头吧。在松口卖铜锣，住在一个小旅馆。您写小说的，叫悦来客栈吧。这一天，晚，下雨了，春雨潇潇啊，天冷，李老头喝了几壶客家米酒回来，把铜锣担子放好，睡了。第二天是个墟天，李老头起了个大早。他发现他的铜锣担子上压着一个狮头，就把狮头放在地上，匆匆忙忙挑起铜锣担子走了。

这下可惹上大麻烦了。这狮头，是打狮班的"圣物"。昨晚，一群走江湖的打狮班随后住了进来，顺手把狮头压在铜锣担子上了，你现在把人家的"圣物"搞在地上，这不是侮辱了人家的"圣物"吗？这不是瞧不起人吗？

狮班班主，是一个络腮胡子，壮年，好似黑铁塔。头一日上午在码头表演，借口说场地不够宽敞，三脚扫开了三个几百斤重的大石墩。码头上的雇请人力费了好大工夫才挪回原处。这下，黑铁塔叫来店主，问是谁干的？店主不敢隐瞒，告诉他同住的是卖铜锣的老李头。

三伯公太，就是刚才说的老李头，正敲着铜锣沿街叫卖，猛然，一只手搭在他的后肩，老李头一转身就化开了。嘿，还是会家子哪，同行啊同行！失敬啊失敬！来人正是黑铁塔。这老黑就说了，把我的狮头弄在地下，本来叫你搞个猪头祭一下就算了，今个看来，你是有意瞧不起人了。没说的，决生死，米冈就很宽敞，日子时辰你定！说完，黑铁塔不容老李头辩解，扬长而去。

老李头一下子呆了。老李头走南闯北，社会经验还是很丰富的，他知道大事不好，就立马找组织来了。当时在松口的民间组织叫汀州会馆。会董听完，也很紧张，会馆刚好有了空房，就先安排老李头安顿好，叠脚来到悦来客栈，找黑铁塔求情。说了一大堆好话，赔钱，不行；祭拜狮头，不行；请酒席赔礼，还是不行。

回到汀州会馆，会董说："我说老李师傅呐，晚上您就溜了吧。"老李头说："溜了，不就连累您了，我老了，无所谓了。这黑炭团不是太欺负人了嘛。给我七日好了，我叫我儿子来。"

我们老李家，世代耕读练武，南少林的。南拳中，"洪刘蔡李莫"五大家，这个李，就是指我们李家拳。您知道，李家拳，又有叫"李家教"的。都成"教"了，功夫能稀松吗？老李头的儿子就是小李了，就是您今天看到的我那三伯公。您别看他流哈喇子的那样子，当年，他风光啊，听老辈子说，是我们武北六十四乡的头名教打师傅。这么跟您说吧，汀江码头，一般人扛两包盐，他呐，一次要扛五六包。

小李接到口信，第三天就赶到了松口镇汀州会馆。老李头关起门，指着条凳上的一堆"包纸"说，试试看。"包纸"，汀州名产土纸，坚厚非常，也就是过去的包装纸吧，以42张为一"刀"。"刀"是计量单位，意思是说，用刀切割齐整。小李提刀，凝神静气，大吼，猛力劈砍，刀入包纸四"刀"。老李头摇摇头，接过砍刀，挥刀斫杀，刀入包纸五"刀"。力道远胜儿子了。老李头擦了一把汗，说，儿啊，要决生死了，怎么还和刘五妹黏黏糊糊呢？小李一下子脸红到了脖颈。那刘五妹啊，就是我后来的三伯婆了，您还别笑，三个儿子，都在大城市当房地产老板，您要在福州买房，我说一声，给您打个折。

第七天，是个墟天。松口是个什么地方啊，松口不认州呐，热闹。中午，黑铁塔一行、老李头一行一起来到了米冈。他们进场的时候，有人看到他们相互间还笑了笑，打了招呼。

米冈果然是个好地方，远处，群山逶迤，韩江缓缓流淌。米冈，是群山怀抱间的宽阔土冈。正午的阳光，晒得人暖洋洋的。早听说有教打师傅在这里决生死了，赴墟的人陆陆续续赶到了，里外三层，人头攒动。

双方中人宣读生死文书后，便是一声锣响。黑铁塔和徒弟，各执耙头长枪；老李头和小李父子，各执木棍钩刀，一对一，两两相持。他们出手都很谨慎，兵刃间或碰击一下，又各自跳开。就这样进进退退,对峙了将近一个时辰。场中的双方累得连汗水也不敢擦,只是呼呼喘着粗气。场外的一些看客就有些不耐烦了,连声叫着,耙头上啊,钩刀上啊,长枪上啊,木棍上啊,中看不中用哪,做把戏啊,耍花招啊,怕死鬼哪!打啊,打啊!

太阳偏西了,日光斜射过来,向西逆光的老李头好像有些越来越不适应了,时间长了,岁月不饶人吧。那时,老李头手脚颤抖了,突然一个趔趄,往地上扑去。黑铁塔举耙迅猛前驱,说时迟,那时快,老李头一个"鹞子翻身",举棍往黑铁塔腹下奋力一挑,黑铁塔腾飞空中丈把高,叫了一声,坠地气绝。

这一声叫,就是破铜锣。有人说,黑铁塔在七天的等待中,慢慢后悔了,恃强凌弱非武者所为;进场后,迟迟不进攻,一心指望双方中人叫停;当他看到老李头载倒时,没有使出"铁牛耕地"一招,而是举耙向前,出自本能,想扶老李头一把,就此结束决斗,因此,他说出的最后一句话是"扶铜锣"。

是"破铜锣"还是"扶铜锣"呢?小李一直迷惑不解。小李在漫长的岁月中,成了三伯公,到了他的耄耋之年,他就常常坐在围龙屋的大门边,念念有词,今天是"破铜锣",明天又成了"扶铜锣"了。

在当地客家话中,"扶"和"破"差不多是同音字。

说完故事,文才问:"您说呢?"我把烟头踩灭,说:"回城吧。"

车行山路。夕阳映照的山冈上,有一树一树的桃花开放,山风吹过,又有一树一树的桃花飘落。不远处,汀江泛着迷离的波光。我想,这条大江,还隐藏着多少传奇故事呢?

稻穗

黄昏,稻穗在旧屋角的地垄里泼菜。菜是雪里蕻,雪里蕻浑身碧青,当地客家话就叫青菜。稻穗把一瓢水泼出去,成扇面平铺开去,在夕阳的斜照下,很好看。

我写下上述的文字,觉得这场景似曾相识。不过,我关心的是稻穗的命运。您知道,在我们枫岭寨老辈人的传说中,稻穗是我们枫岭寨数一数二的好姑娘,是"头碗菜"。

"头碗菜"十九岁那年,一顶花轿吹吹打打地把她接到汀江对岸的石寨村,嫁给了石生妹。

石生妹是位粗壮的小伙子。客家人为后辈男婴取名,习惯借用女性符号,如"观音妹""太阳妹""松树妹""石桥妹"等。前些年,我们到粤东九屋崇的亲戚家做客。开席,大家都说饭菜味道"真真吊神"。亲戚说,厨官师傅叫三妹子,喊出来时,却是一个彪悍的络腮胡子。

稻穗嫁给石生妹,是双方父亲在粤东三河坝走江湖时定下的,古称"指腹为婚"。稻穗姓林。老林和老石二十年前在异地他乡有何江湖故事,是另一则传奇。

稻穗嫁了过去,发现石家已经破落了,石生妹和瞎眼老母相依为命。三朝转门后,稻穗就脱下大红衣裳,挑起畚箕锄头下地去了。梓嫂叔姆就说了,稻穗扎牙扎手哦,石生妹有福气啊。一年后,稻穗生了,是个男丁。祠堂"新丁告"说:"学名发贵,乳名观音妹,请众同呼。"

稻穗泼完一担水,直起身揉揉酸痛的腰眼。她忙了一整天,刚从山里耘"八月粘"回到屋里,又来泼菜了。这时,她看到了她的丈夫石生妹从墙角边溜了过去,一闪而没。

八月秋高气爽,正是闽粤赣客家人以生土建房的好时节。六叔公要建一间边房,就看中了石生妹的一身蛮力,请他当了夯墙师傅。夯墙下架子了吗?他这鬼鬼祟祟地干什么?稻穗满腹疑问。

向婆婆请过安,侍候三岁的观音妹睡了。稻穗吹灯歇息。石生妹一粘席,即鼾声如雷。稻穗思前想后,摇了摇丈夫。鼾声停了,石生妹咂咂嘴,嘟哝道:"干什么呀?"稻穗说:"我问你,断夜边你干什么去了?"石生妹说:"学功夫!"翻身睡了。稻穗双眼盯着黑漆漆的屋梁,直到鸡啼头遍,老是睡不着。

早听说村尾老八妹家来了位教打师傅,单掌开石,长枪刺喉,利剑砍腹……功夫十分了得。于是,早晚就有许多本村青壮拜师习武。

客家地区崇文尚武,南拳诸流派功夫在此盛行。习武防身，是光明正大的事。稻穗不好说什么不是。习武不是嫖赌逍遥，随他去吧。家里家外，她累些苦些，也就算了。

天刚蒙蒙亮，稻穗就煮好饭菜，给婆婆端上，喂饱观音妹，打好蒲草饭包，就用铁耙挑起一担火土，上山耘田去了。"八月粘"一般是种在深山冷水田里，一年一熟，耘田时顺便施肥。

落日西沉，稻穗挑着一担柴草回家了。放下柴草担，稻穗取下了挂在铁耙木杆上的"头帕"，里头，有一把鲜红的棠棣子。稻穗捧着，转过内门，便听到了婆婆的啜泣声。"婆婆，婆婆！"稻穗快步奔来，她看到了婆婆抱着孙儿痛苦而绝望的样子。观音妹睁开眼睛，吃力地叫了声："阿妈……"

观音妹额头发烫。稻穗抱着，摸黑扒开了村头"神针伯公"的大门。伯公家正在吃饭，放下碗筷，摸摸观音妹额头说，莫惊，莫惊。几根银针扎下去，退烧了。伯公挥手制止了稻穗的一连串感谢声，说："两公婆都是糊涂虫，猪头三，大番薯，要不是我在家，要是迟来一时三刻，哼哼，你们要后悔一辈子！"

回到家，稻穗煮了两个荷包蛋面条给观音妹吃了，观音妹很快熟睡了。待婆婆吃过，稻穗在饭桌边就着一碗咸菜吃饭。孤灯如豆，散发着昏黄的光。稻穗吃着吃着，两颗眼泪掉进了饭碗里。

石生妹哼着小调回来了，走廊上传来他懒散的踢踏脚步。看见老婆，满嘴酒气的石生妹来了个"金鸡独立"，再来了个

"白鹤晾翅"，哈哈吼吼的，挨近了稻穗。当石生妹趁势打出"黑虎掏心"时，稻穗一扬手，就把他摔在了墙角。石生妹不敢相信自己的眼睛，定了定神，换了几招攻来，稻穗还是不紧不慢地吃饭，突然起手，把他摔向墙角。摔了几次，石生妹从地上爬起来狠狠地说："老婆，你不要逼我出绝招！"稻穗冷笑："哼，绝招？就你这三脚功夫，给我提鞋都不配！"

客家话说，夫妻无个隔夜仇。又说，床头打架床尾和。第二天，夫妻都出工去了。晚上，石生妹练武回家，格外殷勤，上半夜还破例去村口挑回三满缸水。稻穗明日还要上山耘田，睡了。石生妹上床睡了一会儿，又爬起，打开窗户张望。又和衣躺着，弹起，呆坐床沿，良久，他站立在稻穗的前边，看着妻子熟睡的样子，犹豫着。突然，石生妹并指重重点击在稻穗的双乳之间。此为膻中穴，俗称心窝穴，三十六死穴之一。江湖《子午流注歌诀》言："子时走在心窝穴，某时须向涌泉求。"稻穗惊起，心口隐隐作痛，望窗外月色，明白这正是午夜子时。稻穗的眼泪流了出来，说："石生啊，嫁给你以后，我哪里对不住你呢？"石生妹当场就呆了，说："你是好哺娘，打灯笼难找的好哺娘。"稻穗说："你为什么下狠手呢？剑指点死穴，你是不让我活啊。"石生妹放声大哭："我师傅说，点一下，你就听话了啊。"稻穗轻声说："莫哭，莫哭，莫惊老人细鬼。哎，我可伶的观音妹子哟。"

次日一大早，稻穗做了一大碗蛋花米粥，端给婆婆。婆婆吃着，说："鸡蛋，葱花，香，香。不过年，不过节，吃吃吃，金山银山都吃光光……"稻穗说:"娘啊,以后想吃,就叫石生做啊。"婆婆怔了一下,摸了摸稻穗,说:"穗穗啊,你要去哪儿呀?"稻穗笑了:"娘,我哪儿都不去。"

稻穗把观音妹抱在坐篮里,开始洗衣服,一边洗,一边和儿子逗笑,或者,望着他发一会儿呆。日头移向中天,农家庭院里,挂满了一竹竿一竹竿滴滴答答的洗晒衣物。

正午时分,稻穗提着木棒出现在村尾老八妹家。教打师傅是一位精壮的粤东拳师,此时正为众徒弟示范"关刀十八斩"。稻穗问:"谁是教打师傅?"拳师说:"我就是,有何贵干?"稻穗说:"你好功夫,还会教徒弟打老婆啊?"拳师立马恼怒了:"废话!看刀!"一刀劈来,稻穗闪开,一棍打在刀背上,反手一弹,正中鼻梁。拳师当即委顿坐在地上,鼻血直流。稻穗说:"你辱没了李家教门风!"说完,头也不回,走了。

粤东拳师立即收拾家伙什,孤零零地回粤东去了。

村里人问"神针伯公"缘由。伯公伸出了三根指头,说,三日,只还有三日,神仙也难救喽。师出同门,何苦呢?何苦啊。

七妹

七妹这个名字，好像有些神秘。这两个字，只要您在唇齿间轻轻吐出，就立即有了青山绿水开阔田野的种种意象和灵气。"七——妹""七——妹"，我叨念着，我总想写出关于七妹的乡间故事。

那时，七妹是我们枫岭寨特别勤快的小姑娘。天刚蒙蒙亮，她就生火做饭了，顺便往村口水井挑水。吃过早饭，她又扛着锄头下地干活了。天黑回家，她还要挑回两大绑柴草。夜晚，七妹还是闲不住，她往往要"炆猪食"。她把白天从溪流边采摘来的野菜剁碎，放在铁锅里"炆"烂，放在水缸里备用。

乡间的日子，虽然清苦了些，却也有一些轻松时刻。秋收过后，稻田浸水，这就是"水浸冬"了。好些空余的稻田，种上了一种叫紫云英的植物，姹紫嫣红。

村里的老人们爱在村头村尾晒太阳。这一天，七妹也空闲了，口袋里装满了炒南瓜子，见老人，叔公叔婆的，叫得很甜，请他们吃零食。他们就笑笑，啃不动喽，牙齿都快掉光了嘛。又有老人说，这个七妹子啊，人靓，会做，懂事，不知哪家后生子有福气哟。七妹羞红了脸，走开，把满袋的炒南瓜子散发给了一群顽童。有些顽童来迟了，就跟在七妹的背后，高声喊道：

  七妹子，炒瓜子。
  又会做，又懂事。
  给你找个后生子。

  七妹听到顽童们的阴阳怪调，咯咯直笑，笑弯了腰。
  我们应该承认，这群顽童真是天才。历史上很多具有前瞻性预示性的童谣，就是他们随口创作的。说了老半天，我想告诉你们，我就是那群顽童中的一员。按辈分，我应该叫七妹为七姑才对。
  七妹在我们的枫岭寨，绝不可能找到爱情的归宿。"同族不婚"是我们中原南迁家族客家人的铁规矩。杉树生是七妹远房族叔，其实也就是比七妹大二三岁，是一个"扎实扎做"的后生。他和七妹投缘，谈得来。那年发大水，溪流漫过了桥面，七妹舍不得柴草，又不敢过桥。杉树生二话不说，帮她把柴草挑了过去。七妹记在心上，山上采回野果子，总是要为杉树生留上一把。
  七妹长大了，如山间翠竹，亭亭玉立，媒人踏破了门，纳采,问名,纳吉,纳征,请期,亲迎,七妹嫁了。出嫁的那天,七妹在好命婆婆的搀扶下,哭哭啼啼,上了一辆手扶拖拉机。她的父母亲,我的族兄族嫂,把一盆清水泼出,猛然关上了家门。

那时,杉树生到深圳打工去了。谁也不知道他是什么心情。

一年以后,大年初三,七妹回娘家了。"左手一只鸡,右手一只鸭,身上还背着个胖娃娃。"这情景,和歌词上唱的完全一致。后来,七妹就遇上了麻烦,她出事了。

枫岭寨半铺路外,有个大圩场,逢三、七日一圩,四乡八邻人群络绎于途,谓之"赴圩"。七妹路过圩场,立即被一阵时紧时慢的当当锣声粘住了双脚。

福建作家练建安在其《客家武林掌故之牵牛入坛》一文(刊载于《客家大文化》杂志上)中叙述了当时的情形,兹引述如下:

> 话说某墟天,一把戏师在福建武平象洞开锣做把戏,高超的功夫引来里三层外三层密密麻麻的观众。把戏师见时机已到,使出绝招压轴,令徒弟牵来大水牛牯一只,声称可以装入场中的小陶坛里。懂行者说这是掩眼法,不懂行的睁亮眼睛,要探个虚实。把戏师施展功夫,果然,把那只活蹦乱跳的大水牛牵入坛中,出出入入,真个是潇洒自如!场中看客眼见为实,齐声喝彩,纷纷扔出铜板。不

料，一背负婴孩的客家少妇多嘴多舌，大叫："是假的！假的！牛从左边去了呢。"把戏师一听，不愠不怒，笑道："阿妹，你个佃人仔头不见了。"少妇扭头一看，哎呀，真个不见了。少妇大哭。把戏师又道："阿妹，同你开只玩笑哩，你再瞧瞧。"少妇再看，细人仔睡得正香甜呐，于是破涕为笑。把戏师说："阿妹啊，把戏是假的，功夫是真的哟。台上一刻钟，台下十年功呢。走江湖混一碗砂子饭吃难呐。大家爱看热闹，做么个（为什么）扫大家兴呢？"

文中"墟天"即"圩天"，在闽粤赣边客家地区通用。"把戏师"即江湖中人，多有真功夫。所谓的"掩眼法"类似于魔术之一种。魔术神奇，前些年，美国魔术大师大卫·科波菲尔在众目睽睽之下让自由女神像凭空消失了，谜底至今未解。上文中的"少妇"轻而易举地点出了"把戏师"的秘密，人家怎么不恼怒呢？于是，他友好地和这位客家少妇开了个玩笑。

列位看官，您一定猜到了，那位客家少妇就是七妹。没错，正是她。或许您又要说了，不是说七妹出事了吗？虚惊一场罢了。笔者要这么给您解释，麻烦就出在后遗症上，心理后遗症。

七妹回娘家，家人见女儿"带子上门"，着实高兴了一阵子，说说笑笑，闹热喜庆。不在话下。深夜，咱族叔家闺房突然传来一声恐怖的尖叫，惊动四邻。七妹发现，她的孩子的小脑袋不见了！可是，围聚过来的亲友就笑了，这孩子不是好好的吗？滴溜溜的双眼还望着母亲笑呢。可是，任凭你怎么劝说，七妹就是疑神疑鬼，担心她的宝贝儿子的脑袋突然就不见了。久而久之，七妹傻了。准确地说，半傻半疯了。她糊涂时就溜出家去，四处游荡，逢人就说："孩子，孩子的头，不见了，不见了啊！"

一年后的大年初三日，那群把戏班子照例来到了象洞墟场，他们的表演照例很成功，给他们带来了丰厚的报酬。天色未晚，他们收拾家伙什，走在转向岩前镇的山路上。行到石卵砦，转弯处奔闯出一条精壮的汉子，手中牛角尖刀直刺前头把戏师的胸口，把戏师长矛反手斜刺，贯穿了汉子腹背。

把戏师说："我与你……素不相识，往日……无冤，近日……无仇，你……这，这……是干什么？"

精壮汉子盯着把戏师说："孩子，孩子的头，不见了！"

把戏师长叹一声："一直……都在啊，你，你为什么……为什么……不早说。"

传拳记

李三松师傅来到朱家寨已经有一圩了。

闽粤赣边客家地区三日五日一圩，四周百姓齐集某处做买卖，谓之"赴圩"。"圩""墟"通用，有时写作"赴墟"。朱家寨是武南十八乡的一个中心区域，有约定俗成圩场，逢一六为圩日。

李三松是一位走江湖的教打师傅，功夫底子是汀江流域的客家李家教，源于少林五形拳，长桥大马、拳势刚猛，肘法尤其了得，有"三十六奇肘"。

朱家寨有许多围龙屋，李三松被安排住在内外八围的龙兴围。此围入住千人，人气旺。

这一日，太阳一竿子高了，上山下地的人们陆续途经围龙屋的晒谷坪外出。李三松师傅拿捏分寸，敲响了铜锣。人们纷纷驻足、围集了过来。李三松拱手作揖，满面笑容："鄙人系广东李家教的，来贵地做客，好吃好喝的，又没什么报答，露一手粗浅功夫哈，给兄弟梓叔们寻个开心，请多赐教！"说完，李三松拉开架子，表演了一套拳脚，端的是威猛凌厉，虎虎生风。观众嘻嘻哈哈，却无人拜师。此前，李三松已经走了邻县多个村子了，一无所获。此番表演，看来是要露一手绝活了。其实，他早已留意到了晒谷坪角落的一块废弃石磨盘，即行前提溜过来，憨笑，突然哈嗬发力，一个下顶肘，将三寸厚的磨盘砸开了一条裂缝。众人七嘴八舌夸赞了他几句，也就散了。

李三松感到颇为无聊，默不作声地收拾地上的一堆家伙什。本来，他是要演练一番十八般武艺的。看来，没有这个必要了。

"三松师傅，莫急么。"老族长拄着拐杖慢悠悠地过来了，他说，"再等一圩，安心住下喽。"

老族长年轻时，经营木纲，木排到了潮州，遭遇地痞敲诈勒索，李拳师路见不平，出手摆平了此事。前些日，老拳师来信说，犬子拟借贵方宝地混一碗沙子饭吃，开馆授徒。老族长答应愿尽绵薄之力全心相助。不久，一位四十开外的精壮汉子挑着一担兵刃登门拜访来了，他就是李三松了。老族长安顿客人歇息，好生招待着。一圩过去了，只字不提招徒之事。李三松按捺不住，就独自在晒谷坪上表演了一番。

这朱家寨是个大寨，群族聚居，非惟单姓。朱家寨朱氏谱牒记载源于古帝颛顼高阳氏之后紫阳堂，重耕读，间或有经商者。老族长要等的人，就是接手族中木纲生意的族侄孙，贤字辈的朱敬贤。掐指算来，明天他们也该赶回来了。

朱敬贤果然及时赶回，还带回了大把的银子。山上木材为族产，家族中弥漫着经久不息的欢悦。夜晚，各房长在敬祖堂领取银子后,闲聊开了,说起了李三松的笑话。朱敬贤久闻李家教大名,二话不说,径奔客房。客房原本亮着灯光,一下子熄灭了。朱敬贤轻轻敲门,低声道:"李师傅,李师傅,我要拜师学拳。"客房内传来瓮声瓮气:"什么事啊,睡了啊。"朱敬贤说:"李师傅,我要拜师学拳。"客房内说:"什么?我听不清。"朱敬贤说:"我要拜师,要学拳。"一会儿,房内说了:"有人来请了,我要走了,睡唛。"朱敬贤还想说几句,客房内却传出了粗重的鼾声。

第二天一大早,朱敬贤就侍立在客房门外,手中提着一坛好酒和一束肉脯。酒是客家冬至陈酿,肉脯就是古礼拜师专用的"束脩"了。朱敬贤的身后,是他的一群排帮兄弟,一个个屏声敛息,恭恭敬敬。

一声咳嗽,李师傅起床了。窸窸窣窣了好一阵子,踢踏声由远而近,又折了回去。如此再三之后,才听到吱呀一声,门开了。李师傅在门口伸开懒腰时,惊讶地发现了这么一群人。

"干什么,干什么,大清早的。"

"师傅,我们要拜师学艺。"

"晚喽,有人三请四催的。我正要向老太公辞行呢。"

说着,李三松昂首阔步地向老族长居室走去。朱敬贤一群兄弟随后紧跟。

老族长早起,正在阅读梁野山人的客家名著《梁野散记》,会心处,忍不住击节吟哦。快腿的排帮兄弟满头大汗地闯了进来,吓了老太公一跳。老太公不悦道:"猴急什么?"来人说:

"李……李师傅,要走了。"话音未落,李三松就跨进门来,哈哈大笑:"太公哪,承蒙盛情款待,不胜感激。晚辈这就向您老辞行来了。"老族长放下书本,指着众后辈说:"贤侄啊,这些都是你的好徒弟,可造之才呀。"李三松长叹:"没有缘分哪。武北朋友三请四催的,我已经承应人家了。"老族长说:"也罢,也罢,明日启程吧,今晚就为贤侄饯行。"李三松道:"老太公客气了。"

夜晚,围龙屋客厅摆开了酒宴,老族长向各房长叔公及朱敬贤再次回忆了当年潮州之行的凶险,一再夸赞李家教功夫高妙,一再感念李老拳师义薄云天。李三松听着高兴,几大碗"酿对烧"一饮而尽,结果就喝醉了。

朱敬贤扶着李师傅跟跟跄跄回到客房,服侍他喝了醒酒汤,端来热水擦脸,盖好被子,将一封银子放在桌上,轻轻带上了房门。

李三松不走了,成了朱敬贤及排帮兄弟的教打师傅。三年后,朱敬贤提出要另开武馆,李三松不允许。多次商议无效,李三松脾气不好,破口大骂。师徒比武,都用子午连环棍。几个回合过后,忽听一声爆响,徒弟棍打落师傅棍。来观战的赣南客家拳师摇头叹息:"这个傻瓜蛋哪,怎么一招都不留呢?"

李三松收拾包裹,孤零零地走了,怎么留也留不住。

我的母系即为朱姓,九郎公后裔。传说大舅公晚年常常向后辈检讨谴责自家,絮絮叨叨诉说那一棍之误。不过,余生也晚,从来也没有见过他。

第三辑 | 汀水谣

"天下水皆东,唯汀独南。"汀江,源于汀州庵杰龙门,流经闽西诸客家县,水流湍急,多险滩,入粤东三河坝后称韩江,八百里水路到潮汕入海。江岸乡间行走多日,得采风故事若干,叙农耕社会乡土侠义传奇。岁月流逝,武风隐伏,金戈铁马不再。念及故乡昔日浮光片羽,毋使湮没,作"汀水谣"。

隔山浇

来到大沽滩，正是细雨霏霏的时节，原本汹涌澎湃的江水此时甚是平缓。今日千里汀江"七十二险滩"，多半失去了往日的威风，曾经南来北往的"鸭嫲船"不见了踪影，俗谚说"上河三千，下河八百"的繁忙景象已然成为历史陈迹。

江面上，挖沙船缓缓移动，隆隆的马达声连同不远处的一座水泥公路大桥强烈地提醒我们，现在是 21 世纪互联网时代了。

文清学弟有篇考据文章，引注明嘉靖年间兵部尚书翁万达《汀郡守华山陈君平两滩碑》说："故舟行甚艰，逆焉如登，沿焉如崩。……盖诸滩皆然，而龙潦为甚。"龙，即龙滩，在今闽西上杭县官庄乡回龙村，现已被淹没为水库区；潦，为潦滩，在长汀、上杭交界处，今羊牯乡白头潦。文章附图，两山对峙处，斜向急弯。河床长草，江石光滑圆润，花纹多变，一如我书案上的奇石。

我来此地，是试图揭开家族历史的一个谜团，同行者是当地作家李应春兄。我们站在大沽滩岸边,默默无语。

家族的一代武林高手八叔公太是在大沽滩失踪的。中都镇"和记"饭铺唐有德掌柜对当时的李神捕说:"在俺这里吃了一壶米酒、一盘油炸花生米,转脚往大沽滩那边去了。"

李神捕乃汀州府"六扇门"第一高手,百案百破。他的名头就栽倒在"老关刀失踪案"上。

老关刀是闻名闽粤赣边的客家把戏师,功夫好,行走江湖,全凭一个"义"字。说他德艺双馨,是有据可考的。民国《武邑志·义行传》载:"捐建茶亭、石桥各一,乡人称善。"

清光绪三十四年(1908年)三月初五辰时,上杭中都墟,老关刀从河头城逆行至此,扯圆圈子,立马耍了一阵大关刀。这关刀,有讲究,又唤作青龙刀、偃月刀、青龙偃月刀,还有叫冷艳锯的,重八十二斤。关刀在一个六旬老汉手中亮光闪闪、呼呼生风。不服不行,满场叫好。有人就说了,没有真功夫,咋敢叫老关刀呢?

此时,老关刀敲响了铜锣,说:"走江湖,闯江湖,哪州哪县俺不熟?卖钱不卖钱,圈子先扯圆。老夫来到贵码头,一不卖膏药,二不卖打药,只是卖点中草药。常言说得好啊,腰杆痛,吃杜仲;夜尿多,吃蜂糖;四肢无力呢,吃点五加皮。老夫今晡不卖老药,卖点新药,新药名叫隔山浇。诸位乡亲听好啦,撒尿撒不高,就吃隔山浇;吃了隔山浇,撒尿撒上八丈高;站在地上,撒在床上;站在床上,撒在蚊帐顶上;站在蚊帐顶上,撒到屋顶上;站在屋顶上,撒到高山上;站在高山上,汀江都撒浇。"

围观者一听,乐了,有人问:"老关刀师傅,你这隔山浇怎么吃呢?"老关刀笑了,当当两声,贴近他的耳朵却提高嗓门说:"小哥,你莫讲给别人听哦。有酒泡酒,无酒泡尿。无酒无尿,可以干嚼。"围观者全听清了,哈哈大笑。氛围好,其乐融融,隔山浇很快就卖光了。老关刀收拾家伙什,乐呵呵地走向了"和记"饭铺。①

老关刀来到"和记"饭铺,入里屋,靠墙迎门而坐。老熟人了,唐掌柜立马端来了一壶客家米酒和一盘油炸花生米。老关刀笑眯眯的,慢悠悠地吃喝,直到日头偏西。

结账,老关刀叠脚就走。唐掌柜说:"老关刀师傅,不歇歇脚?"老关刀说:"不了,明日是上杭墟哦。"唐掌柜说:"样般敢扎手(干吗这样勤快)?"老关刀说:"桥该修喽。"

唐掌柜明白,上月暴雨,冲塌了汀江支流溪流的许多桥梁。一大把年纪了,做把戏赚点钱不容易。唐掌柜暗忖,早知如此,这次老关刀的开销,他就不收了。唐掌柜想不到的是,老关刀茕茕远去,留给他的是最后的背影。

当时的大沽滩风高浪急,修不了桥梁。过江,须搭船。码头两岸,都有凉亭。现在,老关刀就在西凉亭里头等候。旁边有三五个壮实挑夫,他们挑盐路过歇息。看到那把大关刀,一位说:"您是老关刀师傅吗?"老关刀说:"正是老夫。"挑夫

---

① 墟场情境复原,得益于"客家通"网站邱博士的博文《客家江湖顺口溜》,特此鸣谢。

说:"好功夫啊,打倒了西洋大力士。"老关刀笑了:"老黄历喽,三脚猫功夫,侥幸侥幸。"挑夫说:"天快黑了,明日过江吧,武婆寨的土匪是有洋枪的。"老关刀说:"多谢小阿哥,俺一个做把戏的,有几个小钱哪?"挑夫想想也是,说:"有空来千家村做把戏哦。"老关刀说:"好,好,会来,会来。"

挑夫走后不久,一只鸭嫲船靠岸了,摇船的是一个白脸后生。说好十文铜钱,老关刀上了船。船到江心,白脸后生停下了双桨。他问老关刀:"师傅是老关刀吗?"老关刀瞳孔收缩,按刀柄。白脸后生一翻掌,亮出了洋家伙,说:"这叫盒子炮,你没用的。"老关刀说:"好汉,看中什么,都拿去。"白脸后生说:"痛快!你老了,不要卖隔山浇啦。"老关刀说:"好好的草药,干吗不卖?"白脸后生说:"俺叫隔山虎,你骂人哪。"

一声枪响,在大沽滩上空回荡,一直到了一百年后的今天。

时日久远,我们注定解不开这个历史悬案。上述,是我个人的想象。老关刀是我家族史上的善者、仁者、勇武者;李神探当然是李作家的曾祖父,著有《闽西吟草》。这个擅长文墨者,没有留下关于"奇案"的片言只语。

回城路上,我想起了大沽滩的一副对联:"白水漈头,白屋白鸡啼白昼;黄泥垄口,黄家黄犬吠黄昏。"

七里滩

在古汀州客家博物馆的草坪上,我又看到了那只鸭嫲船,在两棵大唐柏树的浓荫之下。

古柏大有来历,清乾隆年间纪晓岚大学士在此夜遇红衣人,冉冉而没,遂写下了"参天黛色常如此,点首朱衣或是君"的楹联。

这鸭嫲船是昔日航行于汀江的主要水上交通工具,类似于浙江绍兴一带的乌篷船。鸭嫲船要大一些,蓬似大箬笠,土灰色,晒干的竹叶经过风吹雨打的颜色。

遥想当年,千里汀江之上,鸭嫲船夹杂于浩浩荡荡的竹木排之间来往穿梭,"上河三千,下河八百"。

我来此地,是打捞我们客家族群那些遥远的记忆。

清光绪三年,八月既望。清晨,霞光初露,一些在汀州古城过夜的船只就陆陆续续解缆起航了。

汀州往潮汕,是顺流,八百里水路,俗称千里汀江或千里韩江,有七十二险滩,以龙滩、漈滩、大沽滩为最。我想,

"大沽"或许是"大哭"的转音。我家乡与大沽滩一山之隔，我熟悉那里的客家话。

话说彼时社会动荡，闽粤赣边山高路遥，时有强人啸聚山林，打家劫舍。上下行船只多结伴而行。

这一只鸭嫲船，约莫有八成新，远远地落在了后面。船头船尾，一老一少。老的精干。少的粗壮，却眯着一只眼睛，嘴角歪斜，有些木讷。老者叫他愕牯子。愕牯子即呆子，客家话。他叫老者三伯公。

船上的乘客，是一位堪舆师，俗称地理先生。客家地区盛行风水术。行地理者，多师承赣南三僚村杨公先师，观砂察水，以"形势"论。这些人行走江湖，见识高，人缘广。水路强人，盗亦有道，传言从不抢妇孺及先生。

此地理先生姓李，年逾不惑，三绺长髯飘飘，显见仙风道骨，一把长剑斜背，剑不离身。李先生云，此剑不是非凡剑，乃飞剑，可千里取人首级，杀敌于无形。

昨日，李先生以十两银子高价包船，要求九月初一辰时，准时抵达粤东松口镇。汀州经上杭县城，顺流往峰市、三河坝，转松口镇，时间绰绰有余。

李先生此时正端坐在船舱内，靠窗，手持一本连城四堡文渊堂版练大侠著《梁野散记》，念念有词。他的心情很好，松口镇的"赛百万"李大先生是他的本家，悬赏千两银子，要踏勘一处好风水。

李先生出道以来，即名动诸边。他的成名之战，却是在梁野山麓的武所古镇。话说彼时，几位大名鼎鼎的同行对一处风水格局争论不休，莫衷一是。李先生飘然来到，手持罗盘转了一圈，断然道："此乃雄牛抵角形，好斗，妨主家，横蛮不显文星，富贵难求。"众大哗。李先生淡淡道："若不信，东七步，南九步，西三步，挖地一尺三寸，便知分晓。"主人将信将疑，令人在指定位置下挖，果然挖得一块枕头大小的白石头，还热乎乎的。李先生出剑，剑光一闪。这只"雄牛"就算是阉了。从此，武所家族和睦相处，文风兴盛，接连中了几个秀才、举人。传说有危姓举人正待上京赶考，志在必得。

李先生的风水故事，三天三夜也说不完。就此打住。

船行汀江，秋水清澈，鸭嫲船顺风顺水、渡险如夷。日落时分，抵达晒禾滩留宿。

日出三竿，李先生睡醒了，踱步船头，拉开架子，舞了一套二仪四象八卦剑法，徐徐收势。此时，他瞧见了愕牯子弯腰弓背站在船尾，手持竹篙，一动也不动。

这呆子要干什么？

这呆子啊，客家人称为愕牯子。传说某年大年初二，随媳妇转娘家。媳妇知他愕，临行前交代说，吃饭挟菜要讲规矩，我会在你的脚上牵一条丝线，我动一下，你就挟一下，切记切记。来到老丈人家，开饭了，愕牯子偶尔动动筷子，规规矩矩。老丈人真高兴啊，都说这女婿是愕牯子，俺瞧着像是个秀才郎嘛。正要夸奖几句，不料，这女婿突然筷子飞舞，尽往菜碗招呼。忙不过来啦，他就端起菜碗倒进自己的饭碗里，弄得饭菜狼藉。原来，饭桌下两只小狗抢食肉骨头，牵乱了丝线。满堂愕然，媳妇欲哭无泪。又传说愕牯子出门，挎了一竹篮煎粄，路见山间水车，发出"吱呀""吱呀"的响声。愕牯子想，你饿了吧，怎么一直叫唤"俺吃俺吃"呢？遂投入一块煎粄。水车响声依旧。愕牯子投了一块又一块，水车还在叫。愕牯子说，都给你吃好了。连竹篮带煎粄一同扔了进去。水车卡住了，不响了。愕牯子高高兴兴地回家了。

就在昨天租船之后，歇客店的老掌柜有意无意地向李先生说起了那些笑话。李先生一笑了之，没有说什么。

"唰""唰""唰"……一连串的闷响，但见愕牯子快速挥动竹篙，点击水面，一堆麦穗鱼就直挺挺地躺在了船板上。

麦穗鱼，又叫罗汉鱼，头尖无须，凶狠好斗，杂食。这个时节，成群的麦穗鱼从潮汕水底上溯千里，游到了这片水域。

愕牯子扔下竹篙，双手掩面，蹲在船板上呜呜大哭。

三伯公跳出船舱，指着愕牯子厉声道："大清早的，哭什么哭？乌鸦嘴！"

愕牯子吞吞吐吐说："铁钉公子……跑……跑掉了……一只。"

三伯公嘲笑道："什么铁钉公子？禾摆子！晓腔毋晓朘。不是看你有几把笨力气，学撑船，垫钱都没人要。"

愕牯子不敢哭了，啜嚅道："三伯公，俺要……跟您……学撑船。"

三伯公说："上午走七里滩，不用力气，你就不要吃早饭了。"

愕牯子说:"不吃,俺不吃。"

说完,三伯公进了船舱。李先生走了过来,掏出一块千层甜糕,递给愕牯子,说,张家老店的,甜哪。

愕牯子一把抓过,三下两下吞入肚,噎得双眼暴突。

船行七里滩,风平浪静。行三里许,就看到岸上有一群客商模样者,夺路狂奔。中有一人,停了停,说,快逃啊,黄拉虎下山啦。

杭武一带客家人叫老虎为拉虎。这黄拉虎,是千里汀江之上鹞婆寨的著匪,传说三个月前被陈捕头率百名兵勇一举剿灭。黄拉虎不知所终。怎么又回来了?三伯公犹豫了。李先生笑了:"船家,焉得不知是抢生意的?故弄玄虚?又焉得不知是乡人开玩笑?俺一个杨公弟子,行善积德,黄拉虎何必为难?这样吧,俺加一倍酬金,你尽快行船。"

三伯公吆喝一声,船行甚速。七里滩尽处,夹岸高山,收束江水,形似穿针,人称穿针峡。

转眼就要驶过七里滩了。忽见前头有一大堆横七竖八的竹木挡道,三五只鸭嫲船随意飘荡。三伯公暗暗叫苦。忽闻岸上铜锣鼓点乱敲乱打,嘈杂一片。又听啪啪两声暴响,两把铁钩飞落船舷,将鸭嫲船拖到了岸边。

岸上,一个铁塔似的蒙面人立在前头,手中是一把玄铁开山刀。

三伯公趋上前来,说:"俺就是叫铁艄公的,给个面子,这三两银子，留给弟兄们喝口酒。"

蒙面人一刀劈下，三伯公就滚落河边。

李先生踱出船舱，手持书卷，伸了个懒腰，说："好汉，俺就是个行地理的，俗姓李，道上朋友谬称李半仙的。脚跟上安灶头。交个朋友好吗？"

蒙面人哼哼冷笑。

李先生快速滑步退后，瞬间抽出了宝剑。

李先生舞动宝剑，剑光四射，寒气逼人。蒙面人又是一刀劈下，李先生就栽倒在船头了。

愕牯子拖着竹篙，呜呜哭喊："你赔俺三伯公，你赔俺李先生。"

蒙面人极不耐烦，不待他在船头站定，猛力挥出了一刀。

愕牯子提起竹篙，碰向开山刀。

竹篙斜断，成尖刺，直插蒙面人前胸，破膛而去。

狱家变

欢快的锣鼓声过后,是长串鞭炮炸响,声震四邻。

偶染风寒的阿贵,挣扎着从床上爬起,趴在窗沿上,瞧着房长叔公率族人肩扛"乐善好施"金字牌匾,热热闹闹地往隔壁邻居院子里去了。

"昌哥真是威风哟!"阿贵咂咂嘴,伸长了脖子。

"躺下,躺下,喝药啦。"八妹,阿贵的生媚,端来了大碗头浓黑的"狗咬草"药汤,侍候他喝了下去。

八妹扯过棉被,蒙住了他的头脸。这叫"发汗"。

昌哥,也就是一个挑担的。船到汀江河头城,下行粤东石市,有十里险滩,水流湍急咆哮,浪花飞溅似棉花,遂得名棉花滩。此处为行船禁区,上下游货物全靠挑夫的铁肩膀铁脚板驳转。汀江流域"盐山米下"。盐包是牛头包,每包司马老秤计三十斤。一般人挑四包,阿昌挑六包,长年如此。

阿贵也是挑夫,和阿昌同伙。他们还一块习练南拳朱家教,敲门师傅就是闽粤赣边江湖上大名鼎鼎的老关刀。他们也学南狮,阿昌舞狮头,阿贵牵狮尾。他们的打狮功夫,也有了些名气。年初五,均庆寺庙会,他们的青狮,缩上了三张层叠的八仙桌。

客家地区重冈复岭,山路弯弯十里八里则有亭翼然,形似廊桥。中置茶桶,常年有人施茶。茶桶里一柄小竹筒,千人万人用过,却无肚疼病患者。故里相传,大唐罗隐秀才说过:"路亭茶,驱病邪。"这是"圣旨口",一说就灵。

阿昌得"乐善好施"牌匾,源于一家三代为"甘露亭"长年施茶,风雨无阻。众乡绅联名上书。曾知县大为感动,亲笔题字,鼓乐送来,期在淳厚民风。

五月初九日,芒种。老黄历说:"一候螳螂生;二候鹏始鸣;三候反舌无声。"客家民谚说:"芒种雨涟涟,行路要人牵。"这个时节挑担辛苦,异于平常。山间石砌路光滑,不能有闪失。

阿昌和阿贵他们趁大雨停歇的间隙,一路奔走如风,将盐包从石市挑到了河头城。盐行检货的,是一个洋派后生,见到阿昌,就说:"你就系昌哥?"阿昌点头称是。洋派后生就让他挑来的牛头包先过秤了,还破例递给了他一根香烟。

天晚收工,阿昌和阿贵分享了那根洋烟。阿贵猛吸了三五口,说:"呸!怪味,跟俺村金丝烟比,差远啦。"

阿昌再忙再累,次日一大早,总要挑担热茶上甘露亭。甘露亭在村外的半山腰处。路人上岭下坡困倦了,多在此地歇脚。

来到甘露亭，阿昌惊讶地发现，茶缸不见了。哪只死贼牯啊。上百年的大茶缸，也算是古董了。怪就怪自家粗心大意哦。这一天，阿昌没有出工，买来了新茶缸补上。第三天，他挑茶上山，更为吃惊，新茶缸被砸烂了。当第三口茶缸被砸烂时，阿昌忍无可忍了。施茶行善积德，与人无冤无仇，恶人是谁呢？阿昌发誓要抓住他，游街示众。

就在阿昌频繁而痛苦地更换茶缸的同时，村子里风传来了狨家。狨家半夜闯入村庄，咬死了三头肥猪、两条看家狗和数十只鸡鸭。张三哥生媌的花衣裳晾在屋外，也被偷走啦。甘露亭打烂茶缸的，不是狨家又会是谁呢？

旧时，闽粤赣边崇山峻岭之间，活跃着一种大型的类人猿动物，浑身长毛，体格强壮且奔走如飞。传说，狨家神出鬼没，喜欢掳掠上山砍柴的妇女交媾。好些年头了，过山的乡民双手都套有竹筒。狨家突然出现，则紧紧抓住行人的双手仰天哈哈大笑。乡民趁机抽出双手逃逸。狨家，或说为野人，或说是山魈，是一个恐怖的传说。提及狨家，哇哇哭闹的孩童，立即吓得乖乖收声。

这天早上，阿昌又扛着一口新茶缸上山了。茶缸里，藏有两把八斩刀。多年前，阿昌在三河坝救助了一位落难的咏春拳师。临别，咏春拳师赠送了这对八斩刀。八斩刀便于隐藏携带，威猛，锋利，削铁如泥。

阿昌放置好茶缸，藏匿了兵刃，又挑担去了。傍晚，伙伴们都回去了。阿昌破例在河头城吃了两大盘"肉甲哩"和三海碗牛筋丸,一抹嘴角,径奔甘露亭。

"十七十八,岭背剟鸭。"五月十七日夜晚,月亮在太阳落山后,花费了剟一头鸭的时辰,露出了东山。月光如水,群山朦胧,汀江隐隐约约,蜿蜒南去。

阿昌潜伏在茶亭西侧的草丛里,双手握刀,随时准备和传说中的猍家决一死战。

月过中天,西移,猍家始终无影无踪。阿昌悄悄返回,就在他猫着腰走出百来步的时候,他听到了茶亭里传来哗啦一声巨响。阿昌义愤填膺,提刀狂奔。不远处,他看到一个庞大的黑影从茶亭窜出,隐没山林深处。

茶缸又破了。阿昌再次扛来一口新的。白天,他还是和阿贵他们一起挑担。晚上,继续潜伏在荒山野岭。这次,他更换了方位。月出,移动,西落。就在月亮阴暗的一阵子,阿昌抽身下山。

噗哒哒,茶亭的瓦屋上爆起一阵奇怪的响声。

风吹树梢,野虫唧唧。

一团黑影闪入了茶亭,举起大石块,砸向茶缸。

一把刀,砍杀在石块上,迸射出一溜亮光。另一把刀直抵黑影胸膛。

"俺就晓得是你。为什么?"

黑影掀落野兽皮,扯下面罩,跺脚哭喊:"为什么?你都有,俺都没有。力气,你大;好名声,你的;舞狮子,你当头,俺当尾巴。连洋奴的一根臭烟,都要送给你吃。从小一块光屁股长大,凭什么好事都是你的?老天爷啊,你偏心眼哪!"

阿昌收刀,说:"俺看到的是狍家变身,你不是俺阿贵兄弟。"

九月半

大雨,倾盆大雨,闽粤赣边客家话所言竹篙雨,密密匝匝直插山坡。丰乐亭瓦片嘭嘭作响,一会儿工夫,茶亭的屋檐就挂起了一道断断续续的珠帘。

丰乐亭在汀江边。汀江流域多雨,是以该茶亭的楹联写道:"行路最难,试遥看雨暴风狂,少安毋躁;入乡不远,莫忙逐车驰马骤,且住为佳。"此联如老友相逢,关切之情,溢于言表。

丰乐亭外,有一把棠棣树枝探入了窗内,一嘟噜一嘟噜的金黄棠棣,滚动水珠。

"棠棣子,酸么?"说话的是一位壮年汉子,敞开黑毛浓密的胸膛,手持酒葫芦,蹲踞在一条板凳上,剥吃花生。他身后的墙壁上,靠着一大帮刀枪剑戟家伙什。看来,他是做把戏行走江湖的。

"没落霜,样般有甜?呆子的婿郎。"说话的是花白胡子老人,干瘦干瘦的,山下千家村人氏,几个儿子都在千里汀江上当排头师傅赚钱。老人闲不住,时常挑一些花生糖果来茶亭售卖。

他那花生是自制的,加配料水煮花生晒干,入陶罐拌石灰储藏多日,这就是糠酥花生了。张记糠酥花生是很有名的。客家茶亭,有人施茶,行人至此饥渴,解下数文,买来二三两糠酥花生配酒配茶喝,正好。

"老伯,您这糠酥花生地道,再来半斤!"汉子将最后一把花生壳碾碎,摊开手心,恰好吹来了一阵山风,粉末就纷纷扬扬飘出了茶亭之外。

竹篙雨稀落了下来,东两点,西三点的,淅淅沥沥。远处的山峰,有云雾往来。

丰乐亭外石砌路上,一行人匆匆忙忙地闯了进来,他们是打狮班的,为千家村的张禄贵老太爷八秩诞辰祝寿,赢得了满堂彩。几封银子的赏钱,使他们难以抑制兴奋,他们不顾乌云密布,执意要当日返回枫岭寨。

半途,大雨就来了。闽西山地多草寮,他们齐齐窝在一个路边山寮躲雨,伏着雨空子,猛跑一阵,就来到了这丰乐亭。

进得茶亭,他们一个个拳花撸天,大声嚷嚷,重复着舞狮夺魁的豪勇。有几个,还蹦跶着舞步,意犹未尽。

"花生,糠酥花生哦。"花白胡子拖腔拖调地叫卖。这群汉子咽着口水,捂紧口袋,竟然没有一个人过来"交关"。

"花生,糠酥花生哦。又香又脆的张记糠酥花生哦。"花白胡子又吆喝了一声。

就有一个汉子说话了:"老人家,您老就别吆喝了,俺们不是猴吃牯。"

花白胡子自讨没趣,悻悻然,道:"没有钱,就莫充好汉。"

汉子说:"好,好,俺们没有钱,不是好汉,可也不是猴吃牯哟。"说着,有意无意地摆弄着钱袋子,哗哗响。大家都呵呵笑了。

花白胡子的脸,当场就黑了下来,把头扭到了一边。那个做把戏的,也有些不高兴了,什么猴吃牯猴吃牯的,难听。

客家人把那些个贪吃而又不顾体面的人,叫作猴吃牯。比如,村落里头,谁家飘出了食物的香味,此人就会适时地出现在这一家门口,借故入内,分一杯羹。猴吃,乃像猴子一样贪吃。其后缀,牯,男性;嬷,女性。

做把戏的站了起来,虎背熊腰,天暗了大半。他好像有些醉意了,大声说:"什么猴吃猴吃的,不买,就行开去,莫耽误人家做生意。"

"噫?俺们又没有撩拨你,你出什么头?这又风又雨的,荒山野岭,连个鬼影子都没有,做什么生意?"汉子也不高兴了。

"俺也没有撩拨你们哪,你们人多,俺也打不过,乡里乡亲,没得打。就讲啊,俺老马刀可以把话撂在这里,单挑,你们的狮头增发,也搬不动俺这小半条腿。"做把戏的原来是闻名江广福三省的老马刀。他放出了狠话。

汉子说:"俺就是增发。"

老马刀说:"试试看?"

增发说:"俺不是牛,干吗要相斗?"

老马刀又问:"搬得动么?"

增发说:"搬不动。"

老马刀说:"没有试,怎么晓得?"

增发说:"还要试吗?你脚下的麻石都开裂了。"

老马刀说:"原本就是开裂的。"

增发说:"客气了,昨哺俺也试过。"

老马刀说:"得罪了!"

增发说:"还说不准谁得罪了谁。十年后,俺来找你。"

老马刀说:"九月半,俺不走,三河坝等你来。"

雨停歇了。增发一招手,兄弟们鱼贯而出,很快消失在山坳边。

花白胡子下山,就把丰乐亭的故事讲开了,免不得添油加醋。他说,增发上前抱住了老马刀的大腿,老马刀一发力,增发就飞了出去,还摔断了两颗门牙。巧的是,那日山路湿滑,增发摔了一跤,刚好跌坏了两颗门牙。增发那是百口莫辩啊。

这十年,增发时常忍受着人前人后的指指点点,辛苦做工,厚脸过活。有人说,他拜了癫痫僧人为师,苦练一种常人忍受不了的功夫。可是,谁也没有见他露过一手半手的。增发变了,正月大头的狮子庙会也不凑热闹了。他沉默寡言,看上去有些呆。

这一天,是第十年的九月十三日,增发从上杭县城搭船下行百八十里,抵达河头城。河头城下行,沿棉花滩岸上过,到茶阳,再有半日行程,就是三河坝了。

　　增发在河头城街上行走,过木纲行,门前大石狮突然倾倒,增发飞起一脚,将大石狮踢回原处,位置分毫不差。其快如闪电,门子疑在梦中。

　　还是有人看出了名堂,增发功夫了得!这个消息,很快就传到了三河坝。有人就劝老马刀外出躲一躲,老马刀断然谢绝。徒弟们群情激昂,要拼了。老马刀摆摆手,叫他们都退下,没事,自有办法。

　　九月半,是决斗的日子。九月半,诸事不宜。

　　这日早上,老马刀独自一人在汇城东南角的一个老旧庭院里,生火熬稀饭。稻米在砂锅里翻腾着,清香四溢。老马刀忍不住一阵咳嗽,浓痰中夹杂血块。前年赣州圩场比武,伤了人,自家也落下了内症。他突然感到很孤独,很悲伤,很失落。他有些艰难地站了起来。这时,他看到了一个人,他等了十年的人。

　　增发右手握刀,左手提大包裹。

　　老马刀说:"来了。"

　　增发说:"来了。"

　　老马刀说:"晓得你一定会来的。"

　　增发说:"俺一天也没有忘记你。"

　　老马刀说:"是你的,就该还给你。"

增发放下大包裹:"这是你的。"

老马刀疑惑不解:"脉介?"

增发说:"利息。"

老马刀低头打开包裹,是梁野山金线莲。他想说些什么,却说不出来,呆呆地望着增发的背影慢慢消失在汇城墙角拐弯的地方。

第四辑 | 鄞江谣

汀江,又称鄞江,八百里水路到潮汕入海。赴江岸乡间采风,感慨系之。"汀水谣"外,又作"鄞江谣"。

八法手

围龙屋大宗祠前,是宽阔的三合土禾坪。禾坪前,有一泓碧绿清澈的鱼塘。"门前一口塘,代代出公王。"客家民谚如是说。鱼塘里,荷叶田田,荷花正开。

月光皎洁。吃过晚饭,南方的老历八月天,暑气还未散尽。农人们三三两两围聚在这里闲聊讲古。一盆木屑混合艾草燃起来了,发出红光,白烟袅袅飘散。"火烟转转,转去吃鸡卵;火烟上上,上去吃鸡汤。"孩童们很兴奋,打打闹闹,窜来窜去。此情形,当地客家话喻为"矐锣战鼓"。

德昌拉开了架势,走了一趟拳。进进退退,哼哼哈哈。和他一同演武的几个后生纷纷摇头,说他那"八法手"好是好,却好像有点什么不对劲。

德昌习演的,是流传于汀江流域大沽滩一带的五枚拳"儒家八法",传自神尼五枚师太,有二百多个年头了。

"儒家八法"又叫"软装八法"。此外,五枚拳尚有"绝命八法"之称,吞吐浮沉,刚柔相济,功法很是了得。乡村传闻，清嘉庆道光年间，五枚师太与少林寺智善禅师、武当山白眉道人齐名，自立门户，辗转来到上杭炉脚庵，收高徒梅花曰花鼓娘子。花鼓娘子与庐丰乡湖洋村邱家后生结为夫妻。很长一段时期，五枚拳精奥，为邱氏家族不传之秘。

拳术技击，易学难工。德昌的功力，也有些火候了。近年与人多次交手，从无败绩。但是，人们总觉得缺了些什么。

该找师傅去呀。德昌他们的敲门师傅叫仁发，同宗，辈分高，后生多称之为仁发叔公。仁发叔公少壮时，是一条担杆打翻一条街巷的狠角色。当年，德昌手提猪蹄酒坛登门拜师，叫他叔公。他说，你的叔公多着呢，你是学功夫还是叙亲情？叫他师傅，他说，俺一不打铁烧炭，二不剟猪剃头，三不蒸酒做豆腐，怎么叫俺师傅？后经族中高人指点，德昌口口声声称仁发叔公为先生。仁发大悦收徒。

仁发先生的武功底子是五枚拳，学到家了。又带艺拜师，跟把戏师老关刀闯了多年江湖。仁发先生是很有福气的人，儿子在汀江河头城做生意赚钱，家境殷实。一大把年纪了，按说该享清福了，可他老是闲不住，喜欢赴墟，摆摊卖狗皮膏药，图热闹。

大沽滩的西边，有武邑象洞墟，逢三八。此地笋干、红米、双髻鸡，远近有名。

仁发先生是老常客了。在廊桥东头老地方摆开了摊子。新收的小徒弟正是德昌的外甥，很卖劲，扯开嗓门咣咣当当敲响了铜锣。"做把戏的来啦！"新老看客慢慢地围拢了过来。

忘了交代几句,这仁发先生仪表堂堂,丹凤眼、卧蚕眉,长髯飘飘,手持青龙偃月刀,真如武圣人再世。说话间,仁发先生舞动大刀,轻轻比画,猛地前弓后箭,右手持刀杆,左掌护长髯,转换单掌向前徐徐推出,目光凝视远方。此招大有来头,叫"夜读春秋"。客家人耕读传家,多有通"三国"典故者。人群中就有了掌声炸响。

"哈哈,好功夫,好功夫!"此人鼓掌最是起劲,挤了上来。有人悄声说:"铁算盘来了。"有几个人怕事,溜走了。

铁算盘是南洋布庄的掌柜,随洋教堂在此"安营扎寨"。他以"物美价廉"的优势,挤垮了几家老布店,垄断了墟上的布匹生意。

铁算盘很随意地从地上捡起了一块鹅卵石,伸向仁发先生,说:"客套话不说,打开石子,送你一匹洋布。咋样?"哎哟,一匹洋布哪!有人失声尖叫。仁发先生点点头,说:"多谢大老板关照。"将鹅卵石抛起,接住,抛起,接住。反复多次后,停下。左手双指弯曲夹紧,右手并指运气,断喝猛斫。鹅卵石应声碎裂。满场喝彩。铁算盘呢?不见了。

仁发先生是个爱面子的人,对此不便说话,兴味索然,膏药也不卖了,叫小徒弟收拾家伙什,回到了大沽滩。

仁发先生回到家门口,老伴迎了出来,看他的脸色不好,生气了?她熟知他的脾气,喝口酒,睡好觉,多大的事也看开了,急忙摆出了早先预备好的酒菜。仁发先生端起酒碗,还是想起那得而复失的一匹洋布,铁算盘哪铁算盘,煮熟的鸭子,飞啦?

黄黑狗仔桌底争食。仁发先生心烦,大半碗酒泼去,狗仔猎猎,夹着尾巴逃开。

天色渐暗,老伴端来了洋油灯。民国初年,客家山区也用上"美孚"洋油了。点燃,灯亮了。这洋玩意确实比山茶油光亮,唉,俺那一匹洋布啊。几只飞蛾绕着灯光转圈。仁发先生弹指,一下,一下,又一下,飞蛾直射,粘在墙壁上。老伴说:"老家伙,你做嘛介?"仁发先生也觉得有些无聊,苦笑,反卷双手,踱出门去。

德昌迎面闯入,嚷道:"先生,先生,铁算盘是不是赖了一匹洋布?"仁发先生慢条斯理说:"德昌哪,你提它干什么?你不讲,俺都忘了。"德昌说:"一还一,二还二,他赖不了账!"仁发先生摇头:"算啦,算啦,本乡本土的,闪狗毋系愕人嘛。"德昌急了:"先生,这事没完!"仁发先生突然想起了一件事:"噢,德昌哪,你那八法手,好像还欠些火候。啥时有空,俺们再切磋切磋?"

德昌是个急性子,不等鸡叫头遍就起床了,次日清晨,赶到了一山之隔的象洞墟。廊桥西边的南洋布庄刚打开店门,德昌就踏了进来。

"俺买蚕丝洋布。"

"蚕丝洋布?小店没有这号货。"

"看俺买不起,是不是?欺负人?"

"大兄弟,真没有啊,又是蚕丝,又是洋布的,小弟还是头一次听说。"

"叫你掌柜的出来说话!"

小伙计不敢怠慢,转入内屋。片刻,铁算盘出来了,拱手作揖,笑眯眯说:"这位大兄弟,敝店是洋布店,货物还算齐全。你就是走遍江广福三省,也没有你那号蚕丝洋布嘛。"德昌掏出一把双头鹰银洋,捡起一块,吹气,凑近铁算盘耳畔。洋银发出了悦耳动听的声响。

德昌问:"俺的钱就不是钱吗?"铁算盘摇头苦笑。德昌发力,接连碎了三块洋银。问:"老板,认得大沽滩的仁发先生吗?"又捡起一块,要发力。铁算盘连忙说:"老弟停手。俺懂,俺懂!"德昌说:"你不懂。"铁算盘说:"愿赌服输。俺赔老先生一匹洋布。"德昌说:"打人莫打脸,你扇了人家的老脸。"铁算盘狠狠地打了自家一记耳光:"俺懂,俺全懂!"

正午,铁算盘和一个小伙计,气喘吁吁地随德昌来到了大沽滩。铁算盘扛一块牌匾,小伙计抱一匹洋布。老远,他们就燃起了一挂"遍地红"万响鞭炮,一路炸响,向仁发先生家走去。

附记:牌匾内容为"杏林春风",撰稿并书写者为当地著名邑廪生练增广,笔者的族叔公。

铁关刀

他叫满堂,是个老实巴交的客家后生,耨泥卵种田的,闲时上岭斫樵卖。他做梦也想吃上一碗油汪汪的河田粉干。现在,他终于实现了自家的梦想。

还是孩童时的冬日,他随外婆去山脚边耙拣落叶。那是一个黄昏,他看见不远处的土冈上,有一排排粉干架,雪白的粉干,镀上了金黄色的光泽。一位穿花布衣裳的村姑,挺着丰满的胸脯,悠悠然地端起了其中的竹箅。几只耕牛沿着小路踢踏回栏。

这一组金色的画面,定格在满堂的脑海里,回味无穷,长时段地成为他穷困生活中的一丝慰藉。今天,他的运气特别好,一担鱼骨樵木柴在墟市上卖出了好价钱,张大善人多赏了他五块铜板。

多少年过去了,他终于坐在了黄记粉干铺的宽厚的凳板上。以往,他卖了木柴,路过香气扑鼻的粉干店铺,咽着口水,怕控制不了自家的食欲,低头匆忙走过。家里的二分薄地，收不了几担谷子。卖木柴的钱，老娘说要存起来，积攒着给他娶媳妇呢。

黄记粉干铺的大铁锅里，熬煮一些肉骨头和鱿鱼块，咕咕冒着热气。抓一把粉干入锅，滚几滚，捞起，泼上半勺香菇、冬笋、牛肉杂碎精制的配料，洒上一小撮姜丝和葱花。忸怩不安又眼巴巴望着的满堂，口水就流了出来。

香哪，美味呵，幸福啊。满堂狼吞虎咽，又似风卷残云。放下鸡公碗头，咂咂嘴，意犹未尽。老板娘将他双手捧上的三块铜板，随意地扔到了钱盒子里，说："再来一碗？"满堂捏了捏口袋，吞咽口水，说："饱了，饱了，又醉又饱。"老板娘就笑了，她是梅州嫁来武邑的客家人，熟知此间风俗。到人家做客，客人只能说"又醉又饱"，说"又饱又醉"，视为对主家极大的不敬。店铺做生意哪，谁请你喝酒呢？真个系愕牯！老板娘给他添了半勺清汤，撒上姜葱，说："天冷，趁热喝。"满堂感激地看了老板娘一眼，就呼呼吹着热气，埋头喝汤了。

"啊哈，你在这里啊！"一只大手重重地拍在满堂的左肩窝。满堂惊恐，险些碎了瓷碗。他回过头去，那是个又粗又黑的陌生人。满堂迷惑不解："这位大阿哥，你是谁呀？"陌生人很尴尬，嗫嚅道："认错人啦，莫怪，莫怪。"说完，很狼狈地抓起他的挑担工具担杆落脚，涨红着脸溜了出去。

黄记粉干铺的食客中，有人认得粗黑大汉，说："莲塘寨的石桥妹，就是一个笨人，四六货。"客家男性，多取乳名"妹"字。那人讲话拖腔拖调，很多人都笑了。满堂却笑不出来，他感到胸闷头晕、四肢乏力，额角虚汗源源冒出。他挣扎着拿起扁担，歪歪斜斜地出了门。老板娘注意到了满堂的异常，追到门口，叫了声："路上小心哪。"满堂回过头来，说："老板娘，俺……没事。"

满堂忍着疼，跌跌撞撞赶回家，路上还迷迷糊糊地和来往熟人打招呼，就在离家百把步远的溪唇边，他再也坚持不住了，一头栽倒。

满堂醒过来时，是在他家的木床上，盖上了厚厚的棉被。床边围拢着他的一些亲人。他的老舅，将一粒乌黑的药丸塞入他的嘴巴，灌下了大半碗黄汤。

老舅是走江湖做把戏的，也叫教打师傅，是闽粤赣边威震武林的大师傅老关刀的同门师弟，人称铁关刀。他功夫好，膏药好，脾气却不太好，因为爱管闲事，不慎在一次以寡敌众的大混战中被打落了两颗门牙。他换上了两颗铜牙。

满堂在恍恍惚惚中瞧见了那两颗熟悉而亲切的铜牙，鼻子发酸："老舅……"铁关刀一摆手，说："你少说两句。俺说，你听。摇头不是点头是。"满堂点头。铁关刀："午时吃饭，是不是有人拍打你的肩窝子？"满堂点头。铁关刀说："这个人，是不是莲塘寨的石桥妹？"满堂不点头也不摇头。铁关刀急了："是不是？又粗又黑的。"满堂说："他，他，不认得俺。"铁关刀大吼："叫你莫讲话，还讲！这家伙是冲着俺来的。"说着，他掏出一包物件，按在一个老妇人的手心，说："老姐，你是晓得老弟的宝物的。记住了，一日一丸，童尿送服。三日噢,三日包好。"老姐泪眼婆娑:"阿弟,三日包好?"铁关刀一拍胸脯:"包好!"就在大家啧啧称奇之际,铁关刀操起了靠在屋角的青龙偃月刀,排开众人,迈步出门。老姐说:"阿弟,吃饭再走啊。"铁关刀大踏步向前,大声说:"阿弟要办正事,不吃啦。"

铁关刀说的正事,就是要讨还公道。根据他以往丰富的江湖经验,经过严密的推理,得出初步结论:外甥受伤,一定事关江湖仇怨。其幕后,说不定还隐藏着不可告人的阴谋。

铁关刀风尘仆仆地来到了莲塘寨。这是汀江流域的一个大山寨。村头铁匠铺主大铁锤是他的同门师弟。大铁锤说:"这石桥妹呢,就是一个挑担的苦力,他若是懂得子午流注,日头就从西边出来喽。"

不懂功夫,就不是存心害人;不懂功夫,则胜之不武。这一页,就算是翻过去啦。

次日清晨,一伙挑夫挑着大盐包络绎于途。这些盐包是潮州上行船载来的,经过莲塘寨,要在河头城"驳运"装船载往汀州、赣州。

石桥妹笨人笨力,挑得多,落在了后头。突然,路边芦苇丛里闪出一人,重重地在他的肩头一拍。石桥妹扛不住,单膝跪地。"做嘛介,做嘛介。莫搞笑子嘛!"石桥妹嘟嘟囔囔,很是委屈。那人说:"对不住啊,俺认错人啦。"

尖刀

闽粤边汀江流域多山，重冈复岭。武邑南岩前古镇东去，有三四十里石砌路，转到象洞乡。象洞乡出产"红米"，可酿好酒，清冽，香醇，滴酒挂碗。此地，古邑志记载为"群象丛萃其中"。

山脚下，有亭翼然。亭系茶亭，供来往行路人歇足打尖，遮风挡雨。

时为薄暮，落日为远近田野、村落涂上了金黄的余晖。

增昌步入茶亭，舀起角落茶桶里的凉茶，痛快地喝了起来。客家人延续中原古风，长年有人担茶施舍。在客家人看来，修桥砌路施茶水，都是修好心田的善行。

"来两块油炸糕哦，细阿哥仔。"说话的是一位老人，耀贵叔，山边梁屋村的老住户，多年在这个风和亭摆摊卖零食。

增昌认得他，说："多谢哩。耀贵叔，俺自家带了米板。"米板，一种客家米糕，爽口，耐饱。耀贵叔说："刚刚熄火出锅，香喷喷的。就剩三块了，半价，算你五个铜板。"增昌含糊应答，双脚却好像生了根，并没有走过来交关。耀贵叔说："要俺说你这个后生啊，会赚钱，也要懂花销。老古句都讲，吃在肚中，着在威风。吃下了，又暖又饱，山齿铁挏也挖不出来。"增昌想了想，买下了。耀贵叔收拾好挑子，说："老侄哥，莫要逞强，枫树釜闹土匪了，明日过岭。"增昌说："俺一个穷光蛋，长毛贼牯见了都怕。"

天色暗了下来。六月十六，山间清凉。增昌想着这次赴墟卖香菇得了个好价钱，心里高兴，加快了脚步。

岩前墟逢三六九，是老虎墟，人多货多，交易时间长，生意好做。同来的一伙香菇客在兴隆客栈住了下来，增昌独要连夜赶回家。他将一大把银钱藏入筒状的灰黑小布袋，形似短棍，托在手掌心，翻转，塞入衣袖，紧贴手肘。外人一点也看不出来。

"月光华华，挑水煎茶。"闽西夏夜的月亮，朗照着，山林间蒙上了一层薄薄的白雾。

"呔！"随着一声喑哑断喝，树林里，跳出了三个拿刀的蒙面人。增昌立定，垂手，甩动，灰黑小布袋滑入了路坎荆棘丛。蒙面人也不搭话，围定搜身，连破草鞋也不放过。他们只在增昌的裤腰带上捏出了几块铜板，连连冷哼，很生气。其中一个，用刀背狠狠地斫了增昌一下，哑着嗓子道："滚！"增昌顾不得背脊剧痛，连滚带爬几步，飞快逃跑。转过山坳时，他回头看，蒙面人不见了。

增昌惊魂未定，拔腿狂奔，转眼就到了枫树亭。借着残破瓦屋渗漏的月光，增昌在亭角找到了茶桶。他提起竹筒喝水，恐惧和劳累，使他感到口渴难忍。

"嘿嘿，嘿嘿嘿。"

增昌听到了不阴不阳的怪笑，很瘆人。他抬起头来，惊讶地发现那些蒙面人又围定了他。增昌哀求道："好汉老哥，俺真的没有钱哪，放了俺吧。"一个蒙面人呵呵笑了，扬起手中的灰黑小布袋："哼，没钱？这是什么？"增昌很痛苦，无言以对。这个蒙面人说："你认得俺们。"增昌急了："不认得，不认得。俺发誓不认得！"蒙面人说："你认得这把刀。"增昌默然。还说什么呢？说什么都没有用了。

前年秋，家族联宗祭祖，闽粤赣三省兄弟梓叔都来到了大宗祠。要杀牛，请来外村师傅下手。这把长刃尖刀，一刀就结果了一头大水牛牯。大水牛牯跪在血泊里，呜咽流泪。增昌眼眶发热，扭过头去。外村师傅注意到了他，极轻蔑。增昌永世不忘。

蒙面人说："你认得这把刀，认得俺们。留不得你！"

话音未落，三把长刃尖刀同时捅向增昌。

月色暗了。

当月色重新明亮的时候，地上已经躺倒了三个人，全是那些蒙面人。一把长刃尖刀，握在了增昌的手中，鲜血淋漓滴落。

增昌又流泪了，他懊悔出手太重了。功夫不到家，收不住哪。他抹净眼角，哽咽着，弯腰拣拾起他的灰黑小布袋。他没有往家里去,往回走。他要尽快赶回岩前古镇的兴隆客栈,明日和同来的香菇客商一起返乡。他杀了三个蒙面为匪的乡邻,却不能让任何人知晓。否则,很可能引发族群之间无穷无尽的仇怨。

原来,增昌是老关刀的开山门弟子,出了师。不过,他就是汀江流域的一介平常山民,谁也不知道他是江湖高人。

打铁客

邻近武南的鹧婆寨围龙屋,黑漆漆的瓦片上铺落了一层薄薄的白霜,屋脊间的杂草在寒风中摇曳。星月隐没了,天色渐渐地明亮起来。

围龙屋外的晒谷坪上,有人生起了炉火。随着鼓风箱的拉杆进进退退,火光忽明忽暗。

哦,是打铁客。

"叮当嘀嗒,火屎黏席。"打铁客是一群走村串户凭手艺卖力气的人。他们是师徒俩,汀江边大沽滩黄泥角人。昨晡下昼,他们肩挑家伙什来到了这里。当师傅的,带着徒弟,头顶破铁锅,绕着寨子,吆喝道:"补锅头哎,补锅头。"

风箱、锤钳坩埚、废铁等物是他们翻山越岭挑来的,木炭现买,火炉则挖泥搭做。常来此地,他们知道哪些田塅的泥骨好用。

除了补锅,他们修补或制作犁、耙、锄、镐、锹、镰等农具以及刀、斧、担钩、门环、铁钉、门插等生活用具,还制作牛鼻环。

转了一圈,晒谷坪上就堆积了好些需要修补的铁器物件。师徒俩不急于干活,担心会惊扰村民。他们借宿于围龙屋旁的一间空房子里,早早地出外砌炉生火熔铁。

敲敲打打的声响从上午持续到日头偏西,各类铁器修补齐全了,送回各家,清扫好晒谷坪,他们收拾担子,准备转到下一个村场。

一口铁锅孤零零地摆放在晒谷坪上。也好,用石块架起铁锅,倒入一桶水,滴水不漏。这手艺,没话说。

谁的铁锅呢?老雕根的。老雕根是绰号。这是一个打流的后生,游手好闲,脚跟上安灶头。昨天,师徒俩刚安顿下来,老雕根就顶来了这口铁锅,手提半畚箕番薯芋头。

打铁客熟知这口铁锅,修补过两次,裂痕四散。看来,都是石头砸的。这次,又是老样子。谁和这口铁锅有仇呢?打铁客笑笑,收下了。

日头快落山了,不等啦。

"老雕根,你不要躲,躲得了!愿赌服输。"斜刺里闯出一条大汉,黑铁塔似的,指着围龙屋高声叫骂。

鹧婆寨的哪一个角落。围龙屋陆陆续续走出了一些青壮年。其中一个说:"老雕根不在家,俺们也多日不见他了。"大汉说:"鬼才信!他欠俺一头牛。"那人说:"老雕根单只哥,打流仔,祖屋倒是有一间半间。俺可以指给你,叫人来拆啊。你试试看。"大汉打量了他们一眼,咬牙,跺脚,车转身要走。

就在这时,他瞄上了那口铁锅。大汉问:"老雕根的?"打铁客说:"你不能动。俺要亲手交给他。"大汉嘿嘿冷笑,后退半步,抬脚朝铁锅踢去。

这一脚,似有千钧之力。据说,此人在前些年汀州狮王争霸赛中,飞腿扫断三根碗口粗的杉木柱,遂得名"铁腿黑皮三"。黑皮三忙时打屠,闲时聚赌,是个不好惹的硬角色。

可是,这威猛刚劲的一腿,在半途硬生生地被一把铁钳夹住了,动弹不得。手持铁钳的人,是打铁客。铁钳松开,脚掌落地。打铁客说:"兄弟,得饶人处且饶人。这口铁锅,俺补了三次啦。"黑皮三说:"好,好,你记住,俺会还你的,连本带利还。"打铁客说:"乡里乡亲的,还不还呢?没有数算的。"

转眼半个多世纪过去了,铁腿黑皮三无数次的寻仇报复,都没有得逞。这其中的惊险曲折,演绎成了许多客家武林故事在汀江流域四处传扬。

时光流逝,老雕根、黑皮三早已成为古人。打铁客真名叫作邱锡龙,却迎来了人生的又一个春天。2013年9月,邱锡龙以耄耋之年在闽省农民运动会上表演了全套"少林梅花拳",获金奖,定为"非物质文化遗产"传承人。不时,邱老应邀在县市电视台讲解博大精深的客家武术文化。兴之所至,邱老还要在电视荧屏前比画几手。邱老走南闯北,见多识广,讲述生动有趣。一次,笔者在家乡杭川电视台科教频道目睹了邱老的风采。邱老擅长山歌,开口唱道:"八月十五赏月华,阿哥出饼妹出茶。阿哥好比深山长流水,阿妹好比深山细嫩茶。

嗬嘿！"

有人说，邱老是武林中人，怎么这样阿哥阿妹的？殊不知，所谓英雄气短，儿女情长。邱老的江湖奇缘一样精彩纷呈。只不过，是另一篇小说中的故事了。

我打算续写《客家武林志》，计划采访邱老。邱老的族亲宝昌兄在手机那边沉默了良久，哽咽着说，邱老不在了。

邱老的谢幕，不算豪壮，甚至还有些窝囊。说是汀江大沽滩两岸溪流，多有奇石。近年来，城里人出高价买，快卖光了。村头溪口有一块大青石，挡风挡煞，是村寨美景。邱老的侄孙又是个打流的，纠集了一帮混社会的兄弟，开来了挖掘机，要"开采资源"。村里没有人敢管，管也管不了，怕惹事。邱老闻讯大怒，颠颠上前阻止。侄孙求叔公放他一马，邱老不准许。侄孙就骂他孤老头、老绝户。邱老大怒，与之相搏。侄孙闪开。邱老扑空，不慎跌落深潭。

恭喜发财

月牙儿高挂中天,发出微弱的光,满天星斗闪闪烁烁,像是露出意味深长的笑容。

这是汀江流域群山怀抱的一个村落,一湾溪流,哗哗流淌,寒风吹动芦苇,起伏不定。草丛里的小动物卷缩窝内,咕噜有声。浸冬田里的禾茬歪歪斜斜,撒落了白霜。

大年初六晚,子时,远处不时传来零星鞭炮的闷响。村头水口的大榕树下,三三两两的身影闪过,聚拢一处。其中一个压低嗓门说:"齐了吗?"回答是齐了。那人又说:"家伙都带上了?"回答是带上了。他们箭一般地射向山坳的那一边。

他们意欲何为?说来也简单。昨日上午,也就是正月初五日上午,是闽粤边界岩前古镇均庆寺庙会。他们的雄狮班与李家班不约而同地前往曾大善人府上拜寿。双方技艺,旗鼓相当。绕场参拜一节,李家班雄狮似体力不支,跟跟跄跄紧随其后,蹿高伏低,亦步亦趋。锣鼓骤停。曾大善人发给了李家班一个大红包,笑眯眯地称之为"大雄狮"。有识者说:"朱敬贤没来,朱家班的嫩脚仔就中计了。李家雄狮步其后,玩其尾,嗅其骚,如雄护雌,起了赢步啦。"

朱家班的狮头是大名鼎鼎的南拳高手朱敬贤,有事走不开,没有来。头徒的"朱家教"桥马功夫,也是有几分成色的,气得当场就要出招,只是碍于乡里乡亲好事好头宾客众多且无胜算,遂装聋作哑,敲响七星鼓点,蹦跶而去。

回到朱家寨,头徒与众兄弟犹恨恨不已,就瞒着师傅,半夜在李家班的必经之地挖下陷坑,伪装好,单等看场好戏。

初六日,一山之隔的粤东蕉岭大坝墟"公王菩萨"庆典日。四乡八邻的客家龙灯、狮子、高跷、船灯、马灯、鱼灯将云集于此。

太阳出来了。李家寨传出了隐隐约约的锣鼓声。不久,人们就看到,李家寨远远地跳出了两头五彩斑斓的狮子。

李家班的领头是"燕子李三",负责敲鼓。这是一个常年行走江湖的角色。早年,他在广东佛山学艺,功夫过硬,鄞江杭武一带许多高手败在了他的"无影脚"下。

李家班狮子蹦蹦跳跳接近了三岔路口。他们发现,朱敬贤独自一人挡在了路口。

"恭贺新年哎,万事如意!"朱敬贤躬身作揖。

"风调雨顺呐,如意安康!"李三笑呵呵地拱手回敬:"贤哥请移步,借过,借过。"

朱敬贤指着路口,说:"这条路不好走。"

"定好了日子时辰,不便绕道。贤哥,劣徒胡闹,来日自当登门赔罪。"

"不好走。"

李三眉毛上扬："新年新头，发个利市。贤哥，俺早就想讨教几招了。"

朱敬贤的南拳功夫，远近闻名，其"铁桥手"和"无影脚"有得一拼。两村山水相连，沾亲带故的。两人见面，怕伤和气，从来不提武艺，更不用说交流切磋了。

两人抱拳为礼，即搭手过招，来来往往几个回合后，"无影脚"被"铁桥手"制住了。李三道："输拳不输理，不输人。贤哥，大路朝天，俺们还是要借过的。"李三擂鼓，李家狮子一左一右奔突跳荡。朱敬贤说："有老虎，半夜挖了陷坑。"李三挽起鼓槌，笑了："贤哥，有这么巧的事吗？俺们急着要过路，你就半夜来了老虎。"朱敬贤说："三老弟，俺们相识也不是一年半载的，俺啥事说过假话？"李三冷哼几声："以往是以往，今晡就有些不同啦。"朱敬贤累得满头大汗，"俺……俺……俺"老半天，说不清半句话，一跺脚，转身，纵步跳跃。

于是，李三他们听到了"哗啦"一声巨响，朱敬贤跌落陷坑。似乎与此同时，他们闻到了阵阵三月田间熟悉的气味，农家肥大粪的气味。

众人七手八脚地把朱敬贤拖了上来，笑嘻嘻说："贤哥，贤哥，恭喜发财！恭喜发财！"

第五辑 | 风水诀

闽西粤东汀江流域为中原南迁族群客家人聚居地，汀江自北而南，八百里奔流入海。岸边行走，又得乡土传奇若干，演绎成文，连缀为《风水诀》。风水若江湖，善恶皆由心生。过往云烟不远，君子高人一哂。

败绝符

夏日正午,吴家坊连片瓦屋在烈日下散发出丝丝热浪,田塅禾苗青青,正扬花吐穗,蝉声时高时低。

"当当嘀,当当嘀……鸡毛鸭毛鸡胗皮哎。"福茂挑着货郎担子,敲打铁板,悠悠然地摇晃在鹅卵石路上。

吴家坊是群山怀抱中的一个大村落,位于闽粤赣边驿道要点,三省通衢。村人耕读传家,出仕、经商者众多。鹅卵石路,为总道,是全村中轴线,墟天交易场所,店铺两边排开。

福茂拐入了"清香"粉干店,搁下担子,坐定。店主吴贵顺跛着一条腿,挪过来,斟上大碗凉茶,说:"福茂老哥,生意好啊,又是盆满钵满?"福茂说:"哦,转了几个村场,腿都跑断了。"贵顺说:"毋辛苦毋赚钱哦。"福茂笑了:"老规矩,多放些辣子。"

福茂也真是饿了,呼呼吃完满碗公河田粉干,似风卷残云。擦干额头,他很悠闲地掏出烟杆来,装入烟丝。"咦,火镰呢?"他差不多摸遍了全身,火镰不见了,便在货郎担里一阵急翻，累得满头大汗。贵顺见状，劝他不要找了，夹起灶炉里的一截木炭，给他点火。

福茂吸完一锅烟，似乎还在思忖火镰的去向，摸来三块铜板放在桌上，说声打扰啦，挑担走人。这次，他走得匆忙，没有和往常一样响亮吆喝。

暑气正盛。"清香"粉干店颇为冷清，福茂走后，再无食客。贵顺觉得有些无聊，摸出烟杆，也想吸上一口。这时，他发现桌底下有一团废纸，黄裱纸。捡起，展开，残缺不全，上面写道："……吴家坊……后龙山……功名将尽……比户蚁封……"还涂涂画画了好些奇形怪状的符号。

贵顺读过几年私塾，吟诗作对，先生曾惊呼为"神童"。据他口述，若非少时顽劣爬树摔断左腿，至少也该考取秀才功名的。读着残纸，他感到冷战从脚心向上传递，脊背发凉。他差点失声叫了出来："败绝符！"

乡间传言有一种厌胜之法，画符斩断人家龙脉，可使八煞临门、灾祸连绵、断子绝孙。这就是恐怖的"败绝符"了。

贵顺意识到事态严重，立马关上店门，朝大宗祠方向奔去。途中，遇见亲房叔伯，含糊招呼一声，便颠脚擦过，疾行如风。人们都很惊讶："这老贵顺，今晡日子做嘛介啊？"

半炷香之后，贵顺就坐在大宗祠的议事大厅上了。老族长和诸房长叔公一个个神情凝重。天井外飘入的蝉声，忽高忽低。

良久，老族长哼哼冷笑："兵来将挡，水来土掩。天光上昼，各房在家壮丁，上山掘符。"

这一日，十三房壮丁铆足了劲在后龙山反复巡查检视，眼看日头偏西，依然是一无所获。老族长当场宣布，明日起，各房分头扩大搜寻范围并绝对保密，以免引起不必要的恐慌。

似乎事有玄机。吴家坊接连出了怪事：在朝为官者，或上书言事忤逆圣意贬谪边疆，或剿匪失利损兵折将。再有汀江木排屡屡遭劫，潮州店铺失火水淹。三房孩童跌落水塘，九房妇女莫名失踪。又，南山书院生员乡闱均告落榜。从江西买回一群水牛，一路好好的，进入县境了，却受惊失足坠崖。七月初八日，大宗祠后墙突然崩塌一丈零三尺二寸有奇。

"败绝符"的传闻弥漫于吴家坊上空，人心惶惶。逢三六九日的吴家坊墟市，冷冷清清，商客寥寥。

"清香"粉干店的生意已多日没有开张了，没有外客，总不能喝西北风吧，开嘛介店呢？

向晚，霞光满天。贵顺枯坐家门，木然地凝视着屋檐前的"八卦阵"，一只灰黑蜘蛛静心埋伏，单等猎物触网。

老族长独自来到。他掏出了一把银子，要他去汀江诸县干老本行——弹棉花。

贵顺这一去，走出了百十里远。他来到了闽西粤东交界处的商贸集散地河头城。航行于江上的乡邻看到他时，多半是躬身在河头城神庙枫树下弹棉花，身形舞动，身上沾满了毛茸茸的棉絮。

一日,贵顺刚拿起纺锤,忽然狂叫一声,昏迷倒地。当人们救醒他时,他不认识任何人也不知身在何方,他声称自己是大神大佛,要赶到一个叫吴家坊的地方救苦救难。

河头城木纲行的吴家兄弟梓叔立即将贵顺送回了老家。当他进入村口时,望见了文武庙,一个激灵,神志变得异常清醒。他可以轻松说出离家后全村发生的大小事件,连老族长昨日辰时被油篓蜂蜇了臀部的细节也一清二楚。在老族长的全力支持下,贵顺率领全族壮丁浩浩荡荡地来到了后龙山,精确而顺利地挖掘出一口深藏的陶罐。陶罐藏有秃笔四支以绝书香,铜钉两枚以绝人丁,黑炭数块以绝香火,陈谷一把以绝禾粮,还有一张用狗血画的"败绝符",笔迹与捡拾的黄裱纸符如出一辙。

贵顺嘴角翕动,将陈谷铺排在土纸上,见阳光,腐烂陈谷慢慢地绽出了新芽。贵顺随即手舞足蹈,蹦蹦跳跳,作法起童:"陈谷发芽啦,陈谷发芽啦,吴家兴,吴家旺,吴家发达又兴旺!"

《吴氏族谱》记载:"晓起,遂如神归焉⋯⋯十九日,填脑;越旬又四,砂朱、燕泥、酒饭补窟,次日插青一道,催龙七次。又清明,插青、祭龙、安醮。如是十年,皆师教也。"

吴家坊阴云散尽,步入了一个新的辉煌时期。三百多年后,成为世界闻名的"客家大观园"。吴家坊的另一个名字为大家熟知——连城培田。

彼时，全族人心复归稳定，安居乐业。秋雨绵绵，田塅有农襄耕作；微风轻拂，南山时闻朗朗书声。老族长开心地笑了。他明白，其实，"忠孝仁爱"与"耕读传家"，是中原南迁族群——客家人——的最好风水。

风煞

"嗒,嗒嗒,大先生,大先生……"一身粗布新装的六旬老汉,提着两只双髻大雄鸡,侍立在大先生的家门口,轻叩铁门环,颤声叫唤。深秋的日头透过后龙山繁密的林梢,散落在他厚实而略弓的肩背上。一只老黑狗围绕他蹦跳,摇晃尾巴。

他是本乡溪背古屋寨人,名叫禄堂,是个老挑担的。青壮时,带着百十条担杆,来往于汀江流域的武南和松源一带,挑米挑盐。他今天来这里,是恭请大先生看风水。麦尾子快迎娶哺娘了,亲家公说,门楼相克,要改。

大先生是看风水的堪舆师,本事大,脾气也大。一般的人还请不动他。这不,禄堂的堂表叔是大先生的堂表弟,沾亲带故。他堂表弟涎着脸搭话引荐,禄堂才有机缘挨近大先生的门槛。即便如此,也还须正心诚意,禄堂这是跑第三趟了。

"大梦谁先觉,平生我自知。草堂春睡足,窗外日迟迟。"庭院内,传出回肠荡气、抑扬顿挫的吟哦声。禄堂心头狂喜,大先生,大先生云游回家了。他跺了跺麻木的双脚,深呼吸,再次轻叩铁门环:"大先生……大先生……"

"谁呀,谁呀?像个小猫叫,没吃饱饭哪!"大门豁然洞开。禄堂眼前出现了一位八卦道袍飘飘、长发披肩、手摇鹅毛扇子的高人。他就是大先生了。

"大先生,俺叫禄堂……"

"禄嘛介堂哪,小猫叫啊?没吃饱饭啊?要不是贫道眼观六路,耳听八方,哼哼。"

老黑狗紧盯大先生,猗猗数声。

禄堂适时地捧上了大雄鸡,笑容可掬。大先生也不客气,掂了掂斤两,高兴了,念白道:"咄,此鸡不是非凡鸡,啊呀,乃是王母娘娘金銮殿前的报晓鸡。"扭头问:"是不是啊,禄堂兄弟?"禄堂点头哈腰,连连称是。他唯恐大先生突然又改变了主意。

大先生来到了溪背古屋寨禄堂家门口,手持罗盘四处踏看,点点头,又摇摇头,惜言如金,一整天,只说了两个字,一个是"破",又一个是"煞"。

三日过后,仍无结果。

禄堂一家子惶惶然,顿顿剐鸡杀鸭,好酒好菜款待,唯恐有半点怠慢。

每到用膳,大先生一扫严肃神情,和颜悦色了。其实,他心里颇为窝火,远近四乡八邻,谁个不知晓俺大先生嗜好鸡胗下酒?这三日九顿饭,禄堂家的餐桌上,硬是不见半块鸡胗毫毛嘛。心不诚,意不坚嘛,如吾杨公弟子何?是可忍,孰不可忍也。

第四日,大先生观砂察水、寻龙捉脉,折腾了好一阵子。

大先生走到一处，猛地跳将起来，兀自鼓掌道："咦！好！好！乾三连，坤六断；震仰盂，艮覆碗。子山未申是贪狼，乾壬亥子潮来家大旺。"

大先生终于敲定了门楼朝向。

客家民居建筑，向来重视门楼，俗谚云："千两门楼四两厅。"在客家人看来，门楼将极大地左右主家的运势兴衰。

此门楼子山午向，与远处峡谷遥遥相对，巢煞直冲。此等玄机，禄堂家一无所知。

吃饱喝足了，大先生提起装满大把银子的褡裢，摇动鹅毛扇子，又要云游他方了。此时，禄堂的老妻慌忙钻出厨房，捧上了一坛香气扑鼻的腌鸡胗。大先生见状，有些隐隐的愧疚，但事已至此，不便改口了，暗自盘算好日后修正之策。他摆手苦笑："胃寒，俺多年不用此物了。"

次日，禄堂鸠工改建门楼。老黑狗一反常态，疯狂驱赶工匠；禄堂喝止老黑狗，又被咬紧衫尾，拼命往外拖。有亲朋说，此瞎眼狗冲撞喜气，可杀必杀。禄堂终是不忍心，将其紧锁杂物间内，日日供食。

门楼落成。也不知是何时，老黑狗不见了。

一天后，人们发现老黑狗蹲伏在门楼顶上，遥对峡谷，恰似镇物，制煞辟邪。才一天哪，老黑狗变得瘦骨嶙峋，气若游丝。它瞥见禄堂那熟悉的身影，双眼流出了两行清泪。

多年前的一个冬日黄昏，禄堂在汀江七里滩挑担路过，捡回了一只伤痕累累的小黑狗。

罗屋地

耀富来到罗屋地的时候，是一个十足的穷光蛋，这和他闪亮的名字形成了强烈的反差。那是一个凄风苦雨的阴冷暗晡，衣衫褴褛、蓬头垢面的耀富沿途乞讨，扑倒在罗氏大夫第温暖的大红灯笼之下。一声低哑的喝令，及时制止了两只狼狗的咆哮。老财主罗仁德的热米汤救助了因饥寒而身体虚弱的耀富，并且收留了他。

罗屋地背靠武邑东南白石顶，左狮右象，前有开阔田塅，遥接浩浩汀江，弯曲怀抱，距大沽滩不远。

罗屋地族人姓罗，谱牒载颛顼后裔祝融受封于罗，以国为氏，堂名豫章，门额氏联曰："豫章世德，理学家声"或"宜城家声远，豫章世泽长"。宜城、豫章为罗氏发祥地。

罗仁德乐善好施，人称罗大善人。他救了耀富，好人做到底，随手将一处缓坡地借给耀富养鸭，义助搭建茅屋，添置锅碗瓢盆桌凳铺盖，赠予鸭苗及三月食粮。耀富长跪不起，叩谢恩公。仁德扶起了他，念出了一句古语："老吾老，以及人之老；幼吾幼，以及人之幼。"族亲们个个点头称善，说，仁德，仁德，人如其名哪。

缓坡地前临一湾绿水，流入汀江，又有湖洋泽地连片，杂草丛生，荒废多年。这是一个养鸭的好地方。

眼看数百只连城白鹜鸭扑腾觅食，遥望村落华堂瓦屋袅袅炊烟。坐在缓坡地上的耀富的心中有无限的感慨。

转眼到了初秋，罗屋地田塅稻浪翻涌，一派金黄。几场秋雨过后，就该是开镰割禾的日子了。

"春羊，夏狗，秋鸭，冬鸡。"闽粤赣边的客家人认为，秋冬时节，鸭鸡最适宜进补。耀富赶鸭入栏的时候，就有了送礼的念头。

次日一大早，耀富提着两只肥硕的白鹜鸭来到了大夫第，适逢仁德扛着锄头巡田归来，他对耀富带来的礼物坚辞不受。他说："吃了可惜，留着生蛋吧，最好是双黄蛋。"

仁德这么随意地一说，竟然言事若神。耀富惊讶地发现，数百只白鹜鸭所产的鸭蛋，个大，双黄，分量足，珠玉般圆润，每每在墟镇上被抢买一空。他村养鸭客无奈却一致地认定，同是连城白鹜鸭，耀富养得最为纯正，遂纷纷购蛋做种。

这一夜，缓坡地茅屋黑漆漆的，野虫声声断断续续。耀富辗转难眠。他披衣而起，坐在门槛上。突然，他看到了河湾内外，浮动着一层薄薄的光带，朦朦胧胧，若有若无。耀富明白了，这就是大吉大利大发的风水宝地啊。

明说，这是罗大善人家传祖业，岂可相让？买得起吗？暗夺，罗大善人有大恩大德于己，岂敢忍心下手？

耀富神思恍惚，几次往墟镇卖蛋，都好似踩在棉花上，飘着来回。一次，平地踢破了脚趾；一次，算了又算，还是算错了铜钱。

仁德有堂侄女，叫罗三妹。巧女，老姑子啦，尚待字闺中。缘由是，她有点"癞痢头"，形象欠佳。

入年界了。耀富送来了满满的一竹篮精挑细选的大鸭蛋。这次，仁德没有拒绝。他客气让座，亲手泡了一杯云顶绿茶，还给耀富剥开了一个芦柑。耀富受宠若惊，双手也不知放哪里好。仁德说："耀富哪，今年贵庚啊？"耀富说："回罗叔，乙亥年生人，属小猪，虚长三十有五了。"仁德问："还是一个人过么？"耀富涨红了脸："罗叔，若不是您老收留了俺，俺还是个叫花子呐。"仁德说："岁月不饶人哪，这年纪，该成家立业啦。"耀富忸怩不安："想，想，做梦都想呐，可谁看得中俺呢？"仁德说："三妹啊，俺看就挺好的，一块癞痢头，又有嘛介呢？"耀富默不作声。仁德说："好哺娘哪。壬申年的，刚好大你三岁。俗话不是说，女大三，抱金砖吗？"耀富扑通跪地，哽咽道："恩人哪，俺都听您的。"

过年后，罗三妹就和耀富完婚了。尽管罗三妹没有如同传说中许诺的那样，婚后将出落为一个大美女。她确实旺夫，随着河湾白鹭鸭成群激增，她接连为耀富生养了九个儿女，缓坡地茅屋加盖后还是拥挤不堪。鉴于罗三妹和耀富的一再恳求，罗仁德沉吟再三，将缓坡地转让给了他们。索价是象征性的，一竹篮子双黄鸭蛋。

三百多年过去了,罗屋地成了历史地名,方圆数十里内,无一罗姓人家。文化社会学者在此地进行了多次田野调查,乡人重复讲述着扑朔迷离的传说故事,他们将姓氏人口在某地的兴衰消长的主要原因归结为"风水"。我们知道,此说多半为虚构,荒诞不经。

耀富贵姓?且按下不提。

一夜塘

在武夷山脉南端、南岭北端交界处的福建武平境内,有一座高耸入云的大山。这山,叫梁野山。梁野山下,有一个村落,就叫梁山下村。

话说多年前,村里有一对密友,一个叫富城,一个叫钟孟德。富城是富甲一方的大财主,而钟孟德则是私塾先生。

一个是富翁,一个是落第秀才,怎么会成为密友?原来,这两人既是同窗,又好围棋,且实力相当,远近百里再无对手,常三天两头下棋,怎么不会成为密友?

这一天,是初春的一个阴雨天。富城来到桃花坞,找孟德下棋。话说这桃花坞,隔一弯绿水,与梁山下村村场相望。孟德见此地风景秀丽,便单家独户构建居室。也不知过了多久,窗外下起了大雨。突然有人猛敲门,孟德虽不悦,还是开了门,进来的是位老叫花,被大雨淋得像落汤鸡,浑身发抖。孟德见状,便叫来妻子,弄一套旧衣裳给他换了。老叫花临走,说了声:"这宅基右侧山坡,千里来龙,到此结穴,是风水宝地。"两棋友一听，哈哈大笑。

雨停了，棋瘾也过了，富城就回去了。

这夜，孟德因赢了棋，高兴，多喝了些酒，便早早地睡了。

次日醒来，孟德大吃一惊，四周桃李树木不见了，成了鱼塘，鱼塘四周，则是一畦畦青菜，还挂着露珠。这是怎么回事呢？

怪事说来就来了。富城带着一帮人，手持地契，翻脸不认人，说这鱼塘菜畦是他家的，要移迁祖坟到此，敬请孟德一家早日搬走。孟德破口大骂，富城等人却扬长而去。

孟德告到了官府，无奈富城钱可通神，孟德官司打输了，一输再输。孟德一气之下，便悬梁自尽。妻子见状，也跟了去。

这个孟德一家算是家破人亡了？这话说早了。孟德有一子，年方十八岁，名叫玉山，因结交非人，专好偷鸡摸狗，偷香窃玉，被孟德赶出了家门。

这日，玉山正在怡红院鬼混，听得噩耗，却不动声色，谈笑自若。入夜，玉山失踪了。

玉山哪里去了呢？

玉山来到了梁野山均庆寺，苦求武功盖三省的大德方丈收为徒弟，传授武功。大德方丈一声佛号，便闭门不出。玉山于是长跪山门三天三夜。

第三夜，玉山昏倒了，被大德方丈救起，收为徒弟。

说是收为徒弟，大德并不传授武功，成天指使玉山干些扫地、砍柴、挑水、做饭等粗活。玉山为学武报仇，也便忍下了。这样，过了一年多。

元宵之夜，玉山独自坐在烛光前，眼泪直流。

此时，大德方丈来了，递过一个陶钵，叫玉山连夜到山下三元百年老店，买碗汤圆回来，要热的。

山上山下来回，足有四五十里。玉山起初愤愤不平，转念一想，便应了一声，捧过陶钵下山去了。

玉山气喘吁吁返回均庆寺时，天亮了，汤圆冷了。大德方丈说："此后，每日如此，何时汤圆热了，何时教你绝活。"

这样，玉山在山上山下奔走了三年，最后，捧回一钵热汤圆时，一炷香还没有燃尽。

这日，大德方丈唤来玉山，说："徒儿，你该下山复仇了。"便如此这般定下了一计。

玉山来到梁野山南二百五十里外的广东梅县开了一间山货店。三个月后的一天下午，玉山在梅江酒楼喝得大醉，硬要一盘泥鳅胡子。店家做不出这道菜。玉山便乘醉砸了这家店的招牌。庄主火了，唤人将这福建武平佬扭送进了县衙。县令见醉汉闹事，判了赔款，打了一顿板子，当场放了人。

当夜，玉山飞奔回福建武平，将熟睡的仇人富城飞刀射杀后，飞速返回广东梅县。

次日一早，玉山请来梅县贤达，又唤来了一班人，抬猪牵羊，一路鞭炮炸响，向梅江酒楼赔礼道歉。

话说武平县令接报大财主富城被杀一案，便去现场勘察，断定是仇杀，最后，认定玉山最为可疑。

武平捕快来广东梅县捕人。梅县县令哈哈大笑，出具玉山酒醉砸招牌一案具结公文，又唤来梅江酒楼掌柜，证实次日早晨玉山赔礼道歉一事。梅县县令笑道："一夜奔走五百里来回杀人，此非人也，乃神也。"

第六辑 | 谜　云

　　汀水南流，走州过府，蜿蜒八百里出潮汕入海。沿江行走，又得民间传奇故事若干，遂演绎成文。其间扑朔迷离，似云山雾罩，故冠名曰"谜云"。

药砚

阳光朗照,河头城浮动飘忽的浓雾渐渐消散。

石钵头赤裸脊背,噔噔踏入石坝码头肉铺摊点,立定,双肩一耸,大块猪肉扇啪嗒一声脆响,平摊在了肉案上。两个伙计手忙脚乱,将猪肉扇挂上一根铜皮红木大秤。一个掌挂钩,一个挪秤砣报数:"二百……三十一斤半。"石钵头乜了他们一眼,操起两把剔骨尖刀,咔咔摩擦,笑骂:"黄疸后生!"

河头城是汀江水路的一处大码头大墟镇。千里汀江发源于武夷山脉南段,流经闽西诸县,众水汇集,至粤东三河坝后称韩江,过潮汕入海。河头城往下走,险滩密布,流急浪高。土洋山海货物,在此集散驳运。往来船只,俗称有"上河三千,下河八百"。

河头城店铺多,人流量大,寻常日子,也可销出二三十只大肥猪。石坝码头石阶顶端的左侧,多有卖客家风味小吃的摊点。右侧,是一长溜的松木厚案板,竹狼叉撑起,谷笪搭棚。石钵头拳头大,头一张,铁定是他的。

墟镇巷道，湿漉漉的，水汽淋漓。此时悠悠然走来一位身穿灰布长衫、手摇折扇的精瘦老人。他迈着方步在猪肉摊边踱了二三个来回，瞧瞧，点点头，似笑非笑。

石钵头认得此人，是个老童生。传说是满腹诗书，考到胡子花白，连一个秀才也没捞着。每逢四乡八邻迎神打醮抬菩萨，他总要摇头晃脑地高声吟唱他那又长又臭的文辞。他教蒙馆。刻薄者当面叫他华昌先生，背后就不客气了，叫他老穷酸。

长衫洗得发白，几块补丁格外刺眼，看着老穷酸装模作样赛百万的架势，石钵头扭头噗地吐出了一口浓痰。

华昌驻足停步，收起折扇，倒转扇柄指点，问："前蹄，几多钱啊？"石钵头利刀游走剔骨，沙沙响。"老弟，几多钱？"华昌再问。石钵头说："现钱，不赊账。"华昌说："你这后生哥啊，好没道理，咋就说俺要赊账呢？"

石钵头说："搞笑嘴！"华昌在衣兜里摸索良久，拍出了一把制钱。石钵头将制钱收拢、叠好，放在案板前沿，说："钱你拿走，莫挡俺做生意。"华昌说："无冤无仇，做嘛介不卖？"石钵头斫下猪蹄，说："看好了，可是这副？"华昌点头。石钵头抓起猪蹄，猛地往后抛入汀江，说："俺要敬孝龙王爷。不行么？"华昌拣起制钱，一声不吭地走了。身后传来阵阵哄笑声。

半个月后，华昌带着几个破蒙童子江岸踏青，歇息于城东风雨亭。彼时，石钵头正惬意地嚼吃着亭间售卖的糠酥花生。

一扬手，花生壳撒落遍地。石钵头说："咦，巧了，今晡有八副猪蹄，老先生有现钱么？"华昌面无表情，牵着童子匆匆离去。走不远，就听到石钵头的两个伙计阴阳怪气地高唱一首当地歌谣："先生教俺一本书，俺教先生打野猪。野猪逐过河，逐去先生背驼驼……"

后来，他们还遇过几次。石钵头迎面昂首阔步，华昌就背向闪在路边。有一次，看到石钵头从远处走来，华昌竟绕上田塍，避开了他。

华昌是邻县武邑山子背人。山子背距河头城七八铺远。他那蒙馆设在张家大宗祠里。

夜晚，细雨蒙蒙，倒春寒风吹动西厢房窗棂。昏黄油灯下，华昌翻阅旧日诗稿。当他读到"学书学剑两不成"时，不由得悲从中来。

嗒，嗒嗒。有轻微的叩门声。没错，是叩门声。开门，竟是多年未见的老友李半仙。

奇香扑鼻。李半仙拎着一副卤猪蹄，笑眯眯地看着他。

转眼到了仲夏。这个午日，童子早散学了。华昌困倦欲睡。宗祠内，闯入了一个莽汉。定睛一看，却是石钵头。

石钵头拎着一副肥硕猪蹄，恭恭敬敬地放在书案上。华昌轻摇折扇，说："得非有辱斯文乎？"石钵头懵懵懂懂。华昌合上折扇，说："君子不食嗟来之食。"石钵头愕然。华昌站起，迈方步，七八个来回，用了大白话："有嘛介求俺？直说吧。"石钵头苦着脸，说："俺老娘瘫了。李半仙的药方，求您老给半块端砚,做药引子。"华昌坐下,说:"奇了怪了,这端砚何处无有?为何要俺给你?"石钵头说:"李半仙说了,定要半块阿婆坑的端砚,甲子年中秋日戌时月圆蓄墨的。百砚斋掌柜的说,那时日,方圆几百里,只有您老先生买了一块。""哦。"华昌说,"桌上有,识字么?"石钵头苦笑:"开过蒙,又被先生赶回家啦……略识几个字。"华昌微闭双眼,说:"自家看,可要看清喽。"

石钵头抓过端砚。长九寸,宽五寸,厚二寸一分,分量颇重。抬起,勾头看去,砚底刻字:"长风破浪会有时,直挂云帆济沧海。甲子年中秋日戌时练华昌购置于河头城百砚斋。"石钵头认得时日数字,说:"就是这块,就是这块!"说着,掏出一锭约莫五两重的银子。华昌正色道:"做嘛介?百善孝为先。拿开,俺不收钱。"

石钵头嗫嚅不知所措了。华昌自言自语:"李半仙?这个李半仙搞嘛介名堂?"石钵头急了:"老先生,俺……俺……"华昌举手截止,说:"后生哥,半块,何谓半块?就不能有丝毫差错,分得来么?"石钵头额上冒出冷汗,说:"刀斧斫开?"华昌笑了:"何须如此麻烦。"

华昌接过端砚,手执两端,正对天井。天井里阳光热辣,后龙山高树有蝉声传来,高一声,低一声。

华昌十指紧扣,双腕抖动。端砚分成两半,齐整如刀切。

破结

看不出来，邱佬年届花甲了。人说"六十花甲转少年"，他行走如风，在秋阳下一条蜿蜒的山路上。

邱佬提溜着一个褡裢，他赴墟去，象洞墟。该墟场是汀江流域的一个闽粤边贸集镇。《武邑志》记载：古时此地"重冈复岭，群象出没"。

象洞墟是老虎墟。日近正午，墟镇在望，此刻的邱佬哼着山歌小调，悠悠晃荡。

邱佬是远近闻名的功夫高人，南少林五枚拳师，一大把年纪了，尚可接连打几个旋风飞脚。他曾经是汀州府杭川县衙快班捕头，雷厉风行，手段狠辣。一般人说起邱捕头，大凡要四下瞧瞧，放低调门。

邱佬有五子，皆成材，长子为泥水匠，守家。余四子做木纲生意，在汀江大码头峰市、三河坝都开了店铺。

邱佬在长期的捕快生涯中落下了诸多伤症。前些年，他在无意间得罪了新任县令，遂退职还家。

邱佬闲不下来，扛一把康熙年间制造的"三眼火铳"满山转悠，猎获的山鸡，吃不完，腌制，风干，挂满了屋檐下的几根竹竿。

邱佬走近了一座石拱桥前。此处两山夹峙，溪流湍急。民谚云："石桥半，出通判；石桥全，出状元。"数百年过去了，出状元遥遥无期。

对面，鱼贯走来一群"上岭割烧"的村妇，都挑着两大捆柴草。邱佬昂首阔步，抢先上桥。村妇们只得退避路边，放下重担歇肩。一位叫黄三妹的，甜甜地笑："邱叔，赴墟啊。"邱佬轻哼，径直走了过去。

有村妇嘴一撇："呸，霸坑鸟！"黄三妹说："婶，邱叔好出鬼，衫尾巴也会打死狗。"

正午时分，邱佬抵达墟场。这恰是最热闹的时候，人潮涌动，摩肩接踵。张记饭铺里，邱佬美滋滋地吃下三大碗牛肉兜汤和三大碗鱼粄，惬意地踱出店门，他一眼就瞧见了街角的那一箩担金黄烟叶。

"哎，烟叶，几多钱？"邱佬鞋尖碰碰箩担。

"黄金叶哪，啧啧，先生好眼力⋯⋯咦？稀客啊，稀客！"卖烟叶的，是个粗黑汉子，脸色突变。

"你？"

"嘿嘿，贵人多忘事。"

"你是？"

"早听说捕头大人剥下老虎皮啦，哈哈哈，咋就不穿了呢？

威风!"

"你⋯⋯是?"

"十三年前,砻钩滩。捕头大人可还记得?"

"是你!"

"人都绑上了,还一拳打断俺哥三根肋骨。捕头大人,你好功夫哪。"

邱佬抬脚要走。汉子一手搭上了他的左肩。邱佬发暗劲,却动弹不得。他知道,走不了啦。

邱佬问:"你,你想要做嘛介?"

汉子说:"大老远的,山不转水转,缘分哪,到贵府讨一碗酒喝,咋样?"

邱佬想了想,朗声大笑:"好啊,走嘞。"

邱佬在前,汉子挑担在后,出墟场,往邱家寨。

路上,邱佬遇到了好几拨赴晚墟的乡邻,又是咳嗽,又是开合嘴巴眨眼睛。那些人好像什么也没有看见。

走了一铺多路,到了甘露亭。常年在这里卖盐酥花生的炳泰伯公,是邻村熟人。他的一个儿子就在木纲排帮,是老三的手下。打个招呼,料想他可以唤人解难。

入得茶亭,不见炳泰伯公。一个半大后生叫卖野果当莲子。

"人呢?"

"俺不是人吗?当莲子甜哦。"

邱佬虽不喜欢,还是掏钱买了一把。他背着汉子比比画画地，半大后生眼愕愕地，不解。

邱佬请吃，汉子不理睬。一路上，他通常板着脸不说话。

一前一后，两人来到了村口。向阳山坡上，有一群人挖山取土。"南七北六十三寨"功夫最好的"黑龙老虎"刚好在那里。

邱佬按捺兴奋，朝山坡高喊："黑龙啊，老虎，来俺家喝酒哟。"

山坡上，有人嘀咕了，不是年不是节的，霸坑鸟请人喝酒？啥时喝过他家的酒啦？记不起来了。

他们摆了摆手，又挥动了锄头。

邱佬有苦难言，磨蹭进村，磨蹭入屋家。

大儿子出门去了。哺娘见有人客来，麻利地取下两只腊山鸡，生火烹饪，很快整出了几样荤素，在厅堂八仙桌上摆放好碗筷酒菜，退入厨房。

酒，是大坛"酿对烧"。

两人东西对坐。

汉子不动筷子，连干了三大碗，鸡公碗。

两碗过后，邱佬说："上了年纪，不比当年啦……"

汉子说："喝酒。"

邱佬长吁一口气，端起酒碗，仰头，亮出碗底。

三个来回，邱佬歪歪斜斜，快扛不住了。

汉子依次慢慢地又喝下了三大碗，满上，点滴不漏。他目光尖锐，直逼邱佬："不喝，就不是人养的。"

邱佬嘴角微微搐动,南向瞄了瞄。南面墙壁上,挂着他的"三眼火铳"。

汉子伸出右手,缓缓收回。那意思很明白,他距离近,头脑清醒,手快。

邱佬说:"吃菜,您……吃菜。"

汉子说:"不喝?俺可认得你家。"

邱佬端起了酒碗,双手颤抖。

忽听外头传入咔嚓噼啪的巨响。循声看去,是隔壁邻居阿贵跑到院子里劈柴来了。

邱佬心想,这浑小子不是跟铁关刀跑江湖了吗?咋又回来了呢?还认错了家门?

正迷惑间,一团黑影遮挡了厅门。阿贵拎一截饭碗粗细、三拃长短、盘根错节的鸡翅木,说:"叔,借担杆。"

汉子问:"做嘛介?"

阿贵说:"劈柴。"

汉子冷笑:"铁斧破不开,担杆有嘛介用?"

阿贵恍然大悟:"对呀,对呀,麻烦贵客您搭把手。"

汉子手握鸡翅木。阿贵十指插入缝隙,大吼,鸡翅木开裂两半。

汉子起身,说:"俺喝高啦,喝高了呀,又醉又饱……又醉……又饱喽……"挑起笊担,跟跟跄跄,转入屋角后,疾步出了村场。

邱佬冷哼,回过头说:"老侄哥啊,往后有啥事,跟你叔打个招呼。"

阿贵说:"叔啊,俺家瓜藤爬过墙,您老就不要连根拔啦。"

蛱蝶军

当写下"蛱蝶军"几个字时,我正在汀江边枫岭寨的云高寺客房灯下。下午和文清、唐蓝重点考察了一块建寺碑记。山险路远,我们都有些疲惫。

此地处汀江要冲、赣闽粤边界,巍巍乎高哉,一览众山小。山下村落数十姓氏结寨自固,合力兴建了这座寺庙。

碑记载寺庙缘起与经过及有功者芳名。其缘起,乃"避长毛贼",数度兵锋波及,"黎庶赖以保全"。有一段漫漶的文字,依稀可辨,却让我们百思不解:"……玄首,彩翼,幻形……蛱蝶军……"

入夜,寺庙庭院桂子树下,我们闲聊。山上无酒,喝完一壶绿茶,笸箩内的山核桃硬壳狼藉石桌。秋风凉,山月清冷。我们各自回房歇息。

挑亮油灯,我开始整理笔记。风过山林,声在树梢。山鸟咕咕叫唤,愈增寂静。

晨起,用过早餐,我们下山,打算沿汀江继续南行。

回望寺庙，有薄雾浮动。老斋婆扛着锄头向茶山走去，步履蹒跚。

我心中一动，恍然。

二百多年前，汀州府管八县，八个纯客家县。知府李宝洪，号南坡居士，粤东人，文采风流，清廉，有惠政，善用兵。方志载："提兵扫荡潭飞漈三十六寨，余党悉平。"

汀州紫金山产黄金，系朝廷贡品，年输二千八百五十三两有奇。南坡居士上任以来，贡金在途中屡遭劫夺。福建巡抚大发雷霆，若再有差池，则严惩不贷。

出事地点，就在枫岭寨下的七里滩。

七里滩，两岸高山，束水飞湍，危石密布，连绵七里。

彼时，船队过滩前，在石龙寨歇息。落日熔金，风平浪静。忽见一群玄首、彩翼、幻形的蛱蝶成群结队掠江而过。船上人立时迷糊昏睡，醒来，检视贡金，全部不翼而飞。

这就是蛱蝶军了。有人看到，对岸山腰上，有白衣少女挥舞竹鞭乘风飘忽，蛱蝶随意迂回、起伏、进退。

一匹快马朝武邑百姓镇方向奔去。

古镇的街巷里，我的太叔公练耀祖正在"醉八仙"酒店举碗痛饮。那时，已经通行客家白话了。他对两个部下说："薄的不是春衫，是春衫里的人；饮的不是酒，是杯中的影子。"

我说过，如果不是铲形门牙稍微突出些，太叔公可谓玉树临风。他是名动三省的武邑快班捕头。他的两个部下，武秀才出身，粗通文墨。

一个说:"此乃客家三子之诗。"

一个说:"端的是好诗,当浮三大白也。"

说话间,快马赶到,公差递上火急公文。耀祖展阅,脸色微变。他向部属交代了一些话,大意是要加强元宵期间的巡查工作,确保平安,维护稳定。我要出趟公差,十天半月或许赶不回来,务必向知县大人禀报。说完,抓起身边的雁翎刀,跨了出去。

耀祖来到了七里滩,顺藤摸瓜,登上了枫岭寨云高寺就近潜伏。当贡金船队又一次浩浩荡荡来到石龙寨时,蛱蝶军再度遮天蔽日横江而过,归入了云高寺。

云高寺石坪,落日斜照。

白衣少女出现了。耀祖也及时出现。同时出现的,还有一把雪白的雁翎刀。

这时,耀祖见到了一位中年女尼,神情端庄,波澜不惊。就在这个黄昏,耀祖听到了一则往昔传奇:太平军残部剽掠赣闽粤边之时,有痴情女子护送某书生上京赶考,历经磨难,翻越武夷山脉抵达浙江衢州,一夜春风,作别天涯。书生殿试中试,赐进士出身,钦点翰林院庶吉士,散馆除汀州知府。下车伊始,屡遣鹰犬追杀旧情人,均铩羽而归。

耀祖何许人也?他听出来了,所谓的痴情女子就是这位女尼,书生即后来的汀州知府,无疑是李宝洪李大人。联想到公文中"格杀勿论"的严令,耀祖不寒而栗。

女尼说:"这个负心汉,该不该杀?"

耀祖刀尖垂落。

女尼问:"贡金,送得出去吗?"

耀祖收刀入鞘。

女尼转身入内。耀祖看到了步步莲花。她走过的青石板上,有条条不规则的裂痕。耀祖想,虽说雁翎刀法纵横汀江,恐远非敌手。

耀祖后来在我的家族史上消失了。同时消失的,还有那奇幻的蛱蝶军和白衣少女。《汀州志》记载,女尼自创了一种拳法,在汀江流域流布,名曰:梅花拳。

龙虎斗

"喤，喤喤。"听得一阵铜锣骤响，李家驹放下竹筷和鸡公碗头，从墙角操起长矛，跨出了家门。

家驹是汀州武邑李家寨武馆教头，俗称教打师傅，功夫了得，尤擅"长矛十八法"。长矛在手，十来个持刀壮汉，近不了身。

老父看着儿子渐行渐远的背影，摇头叹息，右手颤抖，夹起腌咸菜，嘶溜嘶溜地啜着红薯稀饭，啜着啜着，不觉得有两行浊泪滴落。

老父有秀才功名，坐族塾，人称德堂先生。平日里温文尔雅，老成持重。他的泪水中，隐藏着一段辛酸往事。

彼时，德堂结伴游学，在汀江西岸的蓝家寨，与一位畲家妹子一见钟情，频频野外约会。事发，为族人强力阻扰，不得婚配。蓝家女在牛栏产下一子后，跳崖自尽。男婴被送了回来，取名家驹。

家驹稍长，德堂坐在门槛上，望着夕阳下闪闪烁烁蜿蜒远

去的汀江和对岸薄雾茫茫的山寨,教唱起一首凄恻的歌谣:

> 火萤虫,橘橘红,夜夜下哩吊灯笼。
> 灯笼里背一枝花,畲家妹子入人家。
> 茶一杯,酒一杯,打扮施人大路归。
> 大路归,石按脚;小路归,芒割脚。
> 芒头尾上一点血,芒头据下一绞肠。
> 老爹见得出目汁,老娘见得叫断肠。
> 长竹篙,晒罗裙;短竹篙,打媒人。
> 上昼老鸦哇哇叫,下昼老虎打媒人。

歌谣流传了下来,成为当代社会学者眼中汉畲融合的佐证。这是后话。

眼下,家驹三步并做两步向大宗祠走去。铜锣响,是集结令。全族壮丁,各持兵刃云集。

隔江相望的李蓝两族,决斗在即。

起初,李家寨建宗祠,对岸蓝家寨以为龙虎相斗,有妨风水,派人要求减低高度。两厢言语冲突,不欢而散。此后,李姓耕山耕田赶圩场外出经商者,接连失事。双方遂零星互斫,各有损伤。邻族多方调解无效。对抗十年有余,双方精疲力竭。

汀州风俗,男丁之斗,不涉女性。妇女可探亲访友、自由往来。前些日,蓝族老姑子送来战书,相约重阳日决斗回龙湾。

回龙湾者,一马平川,沙滩芦苇丛生,红柳星散。往年游大龙、走古事的终点,多选择此处。

此时,晚稻收割完毕,秋谷入仓,山高高,天蓝蓝,农闲无事,正好建房、修圳、迎娶,似乎也利于大规模械斗。

九月六日,辰时,阳光遍野。大宗祠内外,三五郎裔孙齐集,刀枪耀目,旌旗猎猎。对岸山寨,同样是躁动不安,号角悠悠,鼓声隐隐。

老族长在各房长簇拥下,看看大铁锅里大块牛肉嘟噜噜地冒着热气,又焦急地看看天色。三九郎后裔距此不远,为何迟迟不发援兵?

三九郎与三五郎同出一脉,开枝散叶,另立大寨。族长德良,赣州府学教授致仕还乡,与德堂同庚同窗,交情匪浅。老族长略一思忖,传德堂即刻前来。

德堂到了,问明意图,即研墨铺纸书写。

信函大致说:亲有百代,族有万年。今蕞尔山獠,冥顽不化,犯吾宗祠,杀吾宗亲,旷日持久,变本加厉,致使天怒人怨。是可忍孰不可忍?吾李族远祖,一统华夏,文治武功,赫赫煌煌。客家非客,久住为家,中原望族,仁义客家,岂容山獠猖獗?当提合族劲旅,勠力同心,吊民伐罪,血洗畲山,永除后患,裨使汀江百姓,安居乐业,瓜瓞绵绵。

长老传阅,纷纷赞叹妙笔,义正词严,拔山举鼎,只是字体略微歪扭,似欠雅致。

一匹快马直奔大寨。

德良接过家驹呈上的书信,展阅,问了一些家长里短的话,笑着说:"贤侄一副好身板,也该找个媳妇啦。"

大寨按兵不动。

九月九日,重阳,午时,两族壮丁列阵回龙滩。忽见武邑县令领率五百兵勇横插其间,张弓搭箭,勒令双方停息干戈,起咒发誓,永不言战,江边勒石为记。

耕读书斋外,枫叶灿烂,秋风送爽。德良闻知事态平息,心情舒畅。他呷了一口梁野山云雾绿茶,瞄一眼书案上的信函,笑骂:"这个老家伙。"

二十八年前的风雨之夜,德良将一个男婴亲手交给了禁闭在宗族祠堂的德堂。德良永远也不会忘记,赴乡试途中,穿针滩翻船遇险,德堂拼命救起了他,而手臂负伤的德堂未能终卷,名落孙山。

谜云

清晨,在"康泰居"围龙屋内走了趟大洪拳,蓝乡绅从水井里提起一桶水,浇在庭院中的盆栽兰草上。

孝文闯了来,说:"九叔,来,来啦!"

蓝乡绅侍弄花草的动作不见迟滞,说:"细阿哥,咋咋呼呼的,做嘛介啊?"

客家人的一些亲属称谓,颇为奇特。有子女称父母为叔嫂者,意即妖魔不辨,易成活。蓝乡绅生有八子三女,孝文实为身边满子。

孝文说:"来了,老吴的人,来了。"

蓝乡绅靠近窗口,望见田塅远处,绿呢大轿隐隐约约,银顶发出晃眼的亮光。

蓝乡绅扯下脸盆架上的一条白毛巾,钻入卧室前,说:"九叔生病了,谁也不见。"

不到半炷香的工夫,那顶绿呢大轿就稳稳当当地停在了"康泰居"围龙屋的石坪上。绿呢大轿为八抬大轿,光轿夫就有八人,是总督巡抚级官员的"标配"。另有小轿也停下了,走出一位师爷模样者。他是蓝乡绅的同窗好友,秀才出身,入吴总兵幕,擅书,人称铁笔。

吴总兵系粤东奇人,弃举业,"襆被游吴越",历览山川形势。明末动荡岁月,训练乡兵拉起了一支队伍,剿灭巨盗,被委以丰顺营头领。清顺治三年,广东总督佟养甲提督李成栋挥师由闽入粤,吴率众迎降,东征西讨,因功实授左都督加太子少保,镇守潮州、饶平,挂印总兵官,"援剿无分疆界"。吴能战,与郑明军反复较量,互有胜负。地方志说:"郑藩终不得志。"

铁笔轻摇折扇,高声呼叫:"蓝兄,学弟登门拜见。"

孝文应声而出:"阿伯,俺九叔他……"

铁笔笑道:"莫非又是云游他乡去喽?"

孝文说:"风寒,病了。"

铁笔一惊,收起折扇,径奔入内。

"蓝兄,蓝兄。"

蓝乡绅躺在床上,盖三重棉被,头裹白毛巾,微睁眼:"来人可是俺铁笔兄弟?"说着,挣扎着要起身迎候。

铁笔赶忙俯身搀扶,说:"不急,不急。"

蓝乡绅咳嗽,说:"仁兄厚爱,学弟不胜感激。"

铁笔欲言又止。

蓝乡绅说:"铁笔兄,可有要事相商?"

铁笔嗫嚅,掏出请柬呈递。

日出东山之上，窗外阳光斜照，视线正好。蓝乡绅捧读请柬，笑了："贤婿戎马倥偬，却写得一手好字。庆功宴，理当贺喜。"

蓝乡绅唤来孝文，取出一个黄铜匣子，打开，有一封信函，上书"贺礼"两字。

蓝乡绅从信函内抽出一纸田契，说："区区一百石祖田，不成敬意，拜托吾兄转呈，万望笑纳。"

铁笔接过，点点头，道声珍重，出门去了。

蓝乡绅扭头向内墙。他不想让满子看见他那酸楚的眼泪。

蓝姓上祖迁自闽西，与某巨姓豪族失和，遂率族人投靠吴总兵，并将小女出嫁为如夫人。

地方志记载，吴总兵重筑三河坝汇城，修学宫，建寺庙，造战舰，"前后所捐累巨万"，很是豪爽。

为筹集钱粮，吴总兵多次宴请地方富豪。蓝乡绅一再延误。这次连超规格的绿呢大轿都抬出来了，却是再也拖延不得。

转眼到了秋日，粤东群山，红叶纷披，韩江蜿蜒，白帆点点。

传闻吴军与郑明军在狮抛球山一带激战，但这似乎并不影响"盐上米下"的航运生意。

箬笠白衣，蓝乡绅垂钓江湾。

忽闻马蹄声急。近前，滚鞍落马者，正是孝文。

孝文抓起茶罐牛饮，一抹嘴角，说："九叔，老吴要调俺乡团，征剿木寨贼。"

木寨距此不远，约三铺半路，重冈复岭，人尚武，民风强悍。传言举寨抗粮抗捐，日前追打官差致失足悬崖。吴总兵大怒，兴师问罪。蓝乡绅点齐乡团壮丁，从西南路赶到木寨时，木寨村民聚集在一座坚固的大围楼内防守，官军久攻不下。

这一晚，大围楼内火光冲天，哭号声撕心裂肺。有人冲出，立即被飞蝗似的箭雨射杀。

西南角的守兵头领是邹副总兵与蓝乡绅，两人对视，又移转了。邹副总兵借故走开。

蓝乡绅向着火光，喃喃自语："可怜啊，乡里乡亲的。"

孝文会意，直奔大围楼下，脱下衣衫挥动。片刻，涌出一群男女老幼，忍声吞气，消失在夜暗中。

木寨之变，极为惨烈。方志记载有千余人蒙难。邹蓝两公暗中救人，有大功德，至今为乡民祀奉。

乡间传言，吴当年乞食流浪，时或偷鸡摸狗，曾被木寨村民抓获羞辱。此番进兵，为公报私仇。

方志另有版本，大意是说木寨村民贪赏误杀朝廷命官，复受骗聚集大围楼内负隅顽抗，而后纵火自焚。

我们到达粤东大埔之时，是细雨蒙蒙的四月，汀江、梅江、梅潭河在此汇合，浩荡南流。江岸多花树，一丛丛三角梅如跳荡的火焰。

《崇正同人系谱》《香祖笔记》《聊斋志异》等书籍记载了吴总兵的传奇故事。大致说吴中名士查继佐结识铁丐于风雪之中，解衣推食。后铁丐发迹，极力报恩。不查阅原文，笔者将许多细节都忘了。其中的一段对话，却如石刻一般清晰。老查先生问："你是奇人啊，读书识字吗?"铁丐反问："我不读书识字，何至于此?"豪气干云。笔者创作客家长篇散文《千里汀江》一书时，专门写了几页，浓墨重彩，题为"大雪中的豪迈英姿"。

木寨废墟犹存，荒草萋萋。对此，沿江行走的我们默然良久。唐兄说："历史不能细看。"文清学弟说："历史会记住每一根头发的掉落。"

第七辑 | 汀江往事

"天下水皆东,唯汀独南。"八百里汀江蜿蜒飘过闽粤大地,其间诸多风物掌故,似迷雾幻影,神秘莫测。沿江行走多日,采风及感悟得传奇若干,辑为《汀水谣》《鄞江谣》《迷云》《风水诀》。此为续集,一脉相承,追溯久远往事。题为:汀江往事。

白石村

谁能想到,我们站立的地方,曾经有几千棵参天大树呢?如果时光重叠,我们大概隐藏在巨型松枫的腰身。

我和文清、唐蓝此刻位于谢公楼上,眺望"十万人家溪两岸"的璀璨灯光,江风吹拂着我们苍老或还算年轻的脸颊。连续多日,我们沿汀江两岸行走,来到了这里。

第一位从历史图像浮现的,是大唐丞相张九龄。他年轻未达时,为寻晤胞弟,曾客寓汀州,留下了《题谢公楼》。这一诗篇,后来被白居易《问刘十九》演绎成"绿蚁新醅酒,红泥小火炉,晚来天欲雪,能饮一杯无?"

一个寒冷的傍晚,诗人向好友发出了真诚的邀请。这亲切而温暖的呼唤,成就了千年之后的一座高楼。

唐开元二十四年(736年),置汀州,领县三:长汀、黄连、新罗。"谁见汀洲上,相思愁白苹?"文清说,从一开始,汀州就染上了浓浓的美丽的哀愁。

方志记载:"初治新罗,后迁旧县,再迁东坊口。"

东坊口多瘴疠,汀州治所将再次搬迁。下令者,是汀州刺史陈剑,时为唐大历四年(769年)。

选定的新址在卧龙山南、汀江之右的白石村。

白石村四周,浓荫巨木高耸入云。《临汀汇考》写道:"天远地荒,又多妖怪,獠狇如是,几非人所居。"

"妖怪"说,言过其实。此处背山面水,场面阔大,远山逶迤逐级抬升,端的是上乘宝地。白石村大树千余株,"其树皆枫松,大径二三丈,高者三百尺,山都所居"。刺史数次派出使者商议,汀州广袤,可随意择地。回答是:不迁。

使者为中州移民,地方耆老。他说:"初出城郊,雨中田畴多是蓑衣斗笠。昨日无功而返,看到的是稻穗金黄。可以开镰啦。"

刺史听出弦外之音,不能再等了。

汀州府发出最后通牒:限三日,逾期,大军进剿。

陈剑上任之后,主仆两人微服上溯汀江考察山川形势,途中遇大雨,成了落汤鸡。转过山脚,便见到密密匝匝的松枫大树,遮天蔽日。

暴雨如注,林地苦寒,树顶忽有绳梯溜将下来,有人向他们招手。他们将信将疑,便沿绳梯爬上树冠。树冠别有洞天,是一间鸟巢似的木房,厚实,防风防雨。一位头发雪白的矮小老人端出了美酒和干果。此酒清香飘溢,后来方知以松子壳文火煨熟米酒,叫松花酒。

老人说,神仙煮白石为粮,此地号白石村。上祖为秦始皇建阿房宫伐木深林，后天下大乱，遂隐居不出。刺史说，当今大唐天子圣明，老丈何妨移居？老人说，生于斯长于斯，迁往何方？刺史笑笑，畅饮，不觉大醉。

睡醒，已是日出时分。老人不见了，美酒干果一应俱全。高居树冠外望，阳光下的林海，莽莽苍苍，连绵伸展到蜿蜒汀江。远处，青山叠叠，气象非凡。

大树下仰视，"鸟巢"隐没。刺史拱手，朗声道："谢山友惠赐美酒，他日有缘，必不相负。"大森林回荡着他的诺言。

陈刺史主政汀州，剿山寇，招流民，奖耕种，兴文教，境内大治。

期限到，府兵开往白石村。

统兵校尉姓周，系刺史得力臂膀，上月进剿潭飞漈之役，出力甚多，尤善射，三箭夺占险隘。

周校尉率领五百劲卒，持陌刀，背负硝石硫黄火油，南向逼近白石村。闽西夏季，吹南风。

正午时分，鼓声为令，火攻破敌。

"禀报大人，卑职有话。"

"讲来！"

周校尉献计以法术驱敌。获准。

用红绳子捆绑大树之后，周校尉披头散发，足踏罡步旋转，念念有词。作法毕，这棵大树就被砍倒了。

腾出的空地上，架起了大铁锅。周校尉演示了硝石硫黄火油各种威力，烈焰熊熊，浓烟直冲天际。

沙沙声响起，一群群小矮人在丛林树梢跳荡飞奔，片刻杳无踪影。

《太平寰宇记》卷一〇二《江南东道十四·汀州》引《牛肃纪闻》资料说："当伐木时，有术者周元太能伏诸都，禹步为厉术，则从左后赤索围而伐之。树既卧仆，剖其中，三都不化，则执而投入镬中煮焉。"

唐蓝看出了其中奥妙，寓言，神秘化，象征意义。

茂密的巨型松枫轰然倒地，新的州府城池建造了起来。此后，没有再挪动，一直到21世纪的今天。

当天晚上，周校尉做了一个梦，迷蒙中，白发老人飘然而至，朝他作揖。醒来，江声满耳，月色遍地。

周校尉正是那位仆人。那天，避雨"鸟巢"，他们喝松花酒驱寒。刺史在上，轮不到校尉说话。他埋头喝酒，白发老人笑眯眯地一次次为他添酒。周校尉从老人的笑容中看到了善良和真诚。

谢公楼下来，我们在汀州城的三元阁走过。这里有一位修配锁匙者。人流熙熙攘攘，生意却是清淡。写有"电脑修配锁匙"字样的塑料板，沾满了灰尘。

有当地人轻声说，你说他是谁呀？他就是陈剑刺史的嫡传裔孙。

枫树鉴

您或许也有过这样的体验，一个月夜，您驱车在高速公路上奔驰，山川原野在月色下朦朦胧胧，如梦如幻。

此刻，我在闽赣高速公路的一个休息区，遥望那若有若无的山脊线，山上阴翳的原始森林不见了。我的心中有许多感慨，我想起了天地一瞬，人生如梦。是的，我想起了传说中的山都木客。

古书记载，闽赣边的枫松大树上，生活着一群山都木客，他们是一群小巧玲珑的人，"闻其声不见其人"，他们能歌善舞、豪放善饮。曾经有人在险峻的山崖听到过木客的歌唱，"酒尽君莫沽，壶倾我当发。城市多嚣尘，还山弄明月"，歌声美妙动听，隐隐的还有些忧伤，缥缈远去。

山都木客的消失，在历史上是一个悬案，言人人殊。

山都木客有记载的最后一次现身，是在一个汀江集镇的圩场上。目击者说，闪入人群不见了踪影。

记载者为练宝昌，邑廪生，曾为武邑知县幕僚，掌书案。

新修族谱时，我在未刊稿《耕读斋剩笔》看到这一记载。

故里相传，武邑唐知县未发迹时，系江湖郎中，一日行走山路，在枫树崟救助了一位金毛披肩猴形矮小的折臂哑巴。哑巴频频回首，嗷嗷入林。

一川远汇三溪水，千嶂深围四面城。此为闽赣边汀州。

入城，行至水东门，唐郎中走进河田米粉铺，要来一大碗，搭配一碟五香干，埋头呼呼大吃。邻桌有位老者，瞄了瞄唐郎中的虎撑子。这物件是郎中行走江湖的白铜摇铃，有些年头了。老者好似自言自语："知府高堂欠安，针药无效，杏林岂无人乎？"唐郎中抬头，老者已经走出了铺子。

夜晚大雨。临江客栈屋檐，水滴似断珠，嗒嗒作响。唐郎中酒碗在手，注目一只飞蛾环绕灯光旋转，自叹读书落魄，以算命、医药为生。忽闻瓦屋顶上有异常动静，刚起身，倏忽有块物件掉落在桌案上。推窗，但见空阔江面，烟雨茫茫。返回，挑亮油灯，此物竹叶重重包裹，打开细看，竟是一柄黑青灵芝。

此乃神品，极罕见。《神农本草经》云："久食，轻身不老，延年神仙。"

唐郎中毛遂自荐，治愈了知府高堂的怪疾。论功行赏，唐郎中啥也不要。恰逢知府统兵荡平悬绳峰山寇，遂以讨贼先锋冒名保荐，朝廷叙功任命唐文福为武邑知县。

福建巡抚听闻灵芝神效，指名向汀州知府索要。汀州知府限令唐知县克期上缴。

上哪儿去找呢？唐知县明白，他救助的哑巴，正是传说中形影神秘的山都木客。无奈，他再次来到了枫树崟，摆好三坛美酒，栖身茶亭，只留幕僚宝昌随从。练宝昌系俺太叔公，文武兼修，系南少林高手，武邑县志有载，此处不赘。

一夜无事，唐知县蜷缩在大棉袄里，迷迷糊糊竟睡着了。

太阳出来了，唐知县惊喜地发现，一柄黑青灵芝含露横卧在酒坛上。美酒原封不动。

如此这般，再三再四，灵芝总是神秘出现，只是越来越小了。

巡抚大人吹风说，近闻有冒名邀功者混迹要津，一经查实，必当严惩不贷。

好不容易才搞到一官半职，上了族谱，祠堂前还立了石桅杆，当官还真的当上了瘾。革职查办，岂非凤凰落毛不如鸡？唐知县很苦恼，就从"百味居"叫来几盘下酒菜，邀请宝昌陪同。喝着喝着，他就哭了。宝昌公能说什么呢？

八月廿二日，秋分。宜祭祀、结网、畋猎；忌开市、祈福、破土、造船。

唐知县又来到了枫树崟，带着"老三坛"。这次是冬至"酿对烧"，此物清冽香醇，滴酒挂碗。与以往不同的是，他还暗中布置了三十六名弓兵、捕快，统由"铁手神捕"带队，就近埋伏。

唐知县和幕僚宝昌走进了茶亭。他们颇为风雅，燃起松树明子，悠闲对弈。落子叮咚。他们留意着每一阵山风吹过。

唐知县接连出错，在屋内走了几个来回，又坐下。

"会来吗？"

"会来的。"

大半个夜晚，他们只有这两句简短的对话。

月影下，石坎上，静静地立着三口酒坛。

下弦月钻入云层。黑影闪过。

啪嗒，大网从天而降；哗啦啦，酒坛破碎。

唐知县跳将起来，顺手扯过松树明子，疾步赶到大网前。矮小山都浑身裹成了粽子，徒劳挣扎着，嘴含一柄小小的灵芝。他流下了眼泪。

唐知县也流泪了。

这滴眼泪，救了自己，也救了大伙的性命。

忽听林间沙沙有声，人影闪动。大事不好！唐知县念头甫转，就感觉到有硬物撞击胸口，昏黑倒地。

当他醒来时，已是次日天明。唐知县及其弓兵、捕快连同幕僚宝昌，皆为飞物所伤，片刻失去知觉。

山都，消失了。同时消失的，还有"铁手神捕"。

唐知县没有在官场上继续待下去，"挂印封金"而去。幕僚宝昌随之退隐，在汀江流域象洞乡一个偏僻的山村亦耕亦读。

转眼到了清宣统年间，俺宝昌太叔公由玉树临风之年步入古稀。某日，他来到一山之隔的上杭中都镇墟场。年老嘴馋，他很想吃吃这里现做的热气腾腾的正宗"邱记鱼粄"。他在熙熙攘攘的人流中踽踽独行。这时,他看到了一个熟悉的身影。几十年了,似乎没有任何改变。他努力往前挤,想打声招呼,说声抱歉。可是,那身影一闪而没。

太叔公郑重地记下了这一奇遇。《耕读斋剩笔》此刻就在我的手边。连城玉扣纸,大十六开本,一百七十六页,馆阁体楷书,每页八行,每行十九字,纸色泛黄。

飞虎

傍晚，梁老表通常要挑着鱼丸担子走过黄草冈。

那黄草冈介于武邑城南和松树崟之间，疯长了蓬蓬勃勃的猫毛草，朝晖夕照下，流动着金黄的波浪。

这日向晚，梁老表脚跟轻快，一步三摇。他今天卖出了二百碗鱼丸，精光滑净。一三得三，二三得六，整六百文铜板装入褡裢里，当当响。他很想唱一首山歌。

夕阳下山了，暮色四合。梁老表取出火镰打火，点亮了担子一头的红灯笼。红灯笼是摆夜摊用的，上书"梁记客家鱼丸"，红光中特别醒目。

梁老表摸摸褡裢，暗自感叹，老啦，孙子都养鸭牧牛啦，门牙缺了几颗，漏风，气口不顺溜，幸好，嗓门袅袅嫩嫩的，好像没有多大变化。他想起了年轻时和陌生女子对唱山歌的情形，唱着唱着，动情了，越走越近，面对面了，都收了声，相视一笑，一同钻了密林草窝。

于是，梁老表扯开了嗓门，唱道：

高山岽上哎一枝梅呀,爱唱山歌哎两人来也。
唱到鸡毛哎沉落水哟,唱到石子哎浮起来也。

感觉挺不错的,他正要发力以"噢嘿"拖腔煞尾,却是呆了。

一只大老虎挡在路上。

赣闽粤边重冈复岭,多有虎患。近日传闻,赵屋寨两个顽童在寨门口被老虎吃掉了;昨夜,一只大老虎闯入七里滩,叼走了一只小肥猪。村民鸣锣击鼓持刀铳围攻,大老虎扔下猎物,飞过寨墙。

乡人说,遇见老虎,有树爬树,高高的。无树,就将随身雨伞一张一合,老虎见此庞然大物,必定惊恐奔逃。此地空旷,身边哪有雨伞?梁老表清醒过来,颤抖着抓过红灯笼,要吹灭了它,他紧张极了,吹了几次,灯光闪了闪,更明亮了。

嗷呜,大老虎蹒跚而来。

哇呀!梁老表转身要逃,双脚打滑,摔倒了。红灯笼抛出,恰好挂在担子上。

绝望中,他抓起了身边的小石块。这时,他听到了大老虎的呜咽,似在乞求什么。细看,此虎吊睛白额,蹲伏,摇动右掌。一棵长长的荆棘刺入它的右掌心,红肿流脓。

梁老表明白了,这畜生向他求助。帮不帮?反正跑不了啦,帮吧。

他小心翼翼地将荆棘拔出,又从担子里取来剩余的姜丝葱蒜,撕下一块布,包裹好。白额虎摇晃尾巴,隐没草丛。

梁老表长长地舒了一口气,挑起担子跌跌撞撞地回家去了。

他再也不敢走黄草冈这条路了,上县城卖鱼丸,他宁愿弯二铺路,过七里滩,走东门。

几个月后,就听闻邻县杭川县令为民除害,在回龙滩猎杀了三只大老虎。有人赴杭川墟,亲眼看到了狩猎壮士戴红花大游街,壮丁们果真是扛着三只大老虎,小水牛一样大小。

虎踪绝迹了。

梁老表又走老路了。这一天,生意清淡。销完鱼丸,晚了许多,过黄草冈时,梁老表点亮了红灯笼。

起风了,一声呼啸,白额虎扑了过来,放下一只黄猄,目光温润地望着梁老表,绕红灯笼转了一圈,缓缓而去。

客家俗谚说,黄猄鹿肉鹧鸪汤,是为天下美味。梁老表靠这只黄猄,发了一笔小财。

此后,只要梁老表点亮红灯笼走上黄草冈,白额虎总是依时现身,总有野物献上。

梁记客家鱼丸,有讲究。新鲜鱼,新鲜水。梁老表一大早到井台提水时,滑了一跤,折断了腿。

伤筋动骨一百天,何况是年近古稀的老人呢。屈指算来,梁老表已经有八九十天没有上街卖鱼丸了。

那只白额虎,一直等着他。

八月中秋夜。

太平无事，风调雨顺。武邑唐知县下令在城门楼上高挂一排红灯笼，增添节日氛围。

圆月西移，秋草露冷。白额虎矫健地跃动身姿，疾驰向武邑县城。

白额虎飞过城墙。

夜深人静。白额虎在街市上东张西望，溜溜达达。

更夫发现了它。他躲了起来，飞报县衙。唐知县急调弓兵百名，爬上屋顶，张弓搭箭，悄悄地逼近白额虎。

忽听一声梆子响，箭似飞蝗攒射。

白额虎长啸，蹦跳倒地。它扭头无力地望着城头的那串红灯笼。红灯笼迷迷蒙蒙，越来越模糊，越来越遥远。

唐知县检视战果。他惊讶地发现，这只血泊中的白额虎，紧闭的双眼之外，挂着两行清泪。

《武邑县志》载："康熙八年，中秋夜，虎从城南逾垣而入。知县募勇士射殪之。"

彩虹桥

六月天,赣闽粤边的田畴山坑稻谷黄灿灿的,煞是喜人。过些日子,就要开镰了,就可以尝新禾了。

午后,日头还是热辣辣的。汀江七里滩西山嶂一带起了重重雾气,发散向上。有经验的老农低声嘀咕了几句,突然蹦跳起来,大呼大叫,赶紧将洗晒的衣物与山货收归里屋。全村顿时忙忙碌碌,鸡飞狗跳的。

"春雾晴,夏雾雨,秋雾蒙蒙炙死鬼。"当地客家谚语极为神验,也就是说,快要落大雨了。

个把时辰后,大风从江面吹来,一阵紧似一阵,雨滴三点两点,片刻,成了急雨,敲打瓦屋,接着,竹篙雨密集而狂放的雨柱瓢泼而来,不停不歇,足足有一炷香的工夫。

小圳小溪满了,卷着些枯枝败叶,哗哗涌向汀江。七里滩暴涨,江水黄浊,浩浩荡荡南流。

雨停了,红日高照,空气格外清新,远山有云气往来。农人三三两两走出屋家,走向田塅,正心疼到嘴的谷子掉落泥地,有人惊呼:"天弓!"

但见一道拱曲形的彩带飞跨汀河两岸,五颜六色,美轮美奂。这天弓也叫彩虹桥。乡间传说,运气好的人,可以看到七仙女飘飘过桥。

他们果然看到了一群女子,从白云庵方向来,手拉着手,走向七里滩长桥。

谁家女子呢?这么清闲。

她们伫立长桥,面向彩虹,很神往似的,一个接一个跳将下去。

"哎呀!"农人们惊叫着,拔腿狂奔江边救人。

水打三丈,不见踪脚。这样的大水,哪里还有她们的影子呢?

啧啧叹息过后,农人们就辗转打听这些人的情况。

消息很快传回,她们是到白云庵祈福还愿的香客。邻县临川人氏。

守土有责。七里滩地界上的事,里正不敢怠慢,立马上报武邑知县。

知县姓唐,广东大埔人氏,为诸生时,曾沿韩江汀江游学,流连七里滩多日,临别题诗,其中一句是:"七里滩头风物好,西山嶂前白云飞。"

唐知县接报,当即升堂,发下令牌。快班捕头老潘即刻率精干捕快出发,马不停蹄,将白云庵女尼擒获归案。

白云庵是个小庵,师徒两人,平日里香火不旺,靠山下庵田数亩租赁维持。住持法号妙玉，打坐诵经之余，爱好侍弄花草，是以小庵虽简，却花木扶疏，颇为清雅。

"威——武——"

县衙大堂，左右衙役以水火棍击地，嗒嗒响。

妙玉被押解过堂。

"啪嗒"，惊堂木骤响。

妙玉和唐知县打了一个照面，瞬息愣怔："是你？"

唐知县冷笑，扔下物证。

物证乃是从白云庵起获的七具小布偶，扎满铁针。此为妖邪咒术，谋财害命。

妙玉难以申辩，只道此事与小徒全无干系。唐知县明镜高悬，当堂开释小尼。

"劫数。"叹息一声，妙玉认罪画押。

案情上报，判斩监候。

如此奇案，传遍汀州八县，成为街谈巷议的热点。

武邑县衙有两捕头，正职老潘，副职老邱。老潘为南少林俗家弟子，打出木人巷后入行"六扇门"，擅使开山刀。老邱出身当地耕读人家，习练客家拳，随师傅铁关刀做把戏行走江湖多年，很有名声。他也用刀，一把雁翎刀。为何当了捕快？老邱说，俺就是看不惯奸邪，奸邪不除，俺牙齿痒痒的。

诸位看官，您不用怀疑。追求公平正义，这世界上，确实有这么一种人。

老邱近日很烦闷，那日闯入白云庵搜捕之时，疑点颇多。

快班兄弟押解女尼,来到庵堂庭院。老潘指着一棵桂花树,下令里正挖掘,当场起获七具布偶。遭此突变,女尼说不出话来。

"你老潘何时神机妙算啦?"

老潘拍拍老邱的肩膀悄声说:"天机。"转身大吼:"封了,任何人等,不得擅入庵堂!"

何谓天机?

老邱请来老潘喝酒,在临江楼。

几大碗酿对烧下去,老潘就喋喋不休了:"俺老潘出马,百案百破,汀州、赣州、嘉应州三州府同行,人人都跷起大拇指,硬硬地说声好,江湖朋友愣是要往俺老潘脸上贴金嘛,挡都挡不住呀⋯⋯"这些话,老潘常说常新,老邱的耳朵都快听出茧子啦。

问及彩虹案,老潘好像真的醉了,东拉西扯的,不知所云。

老潘说着说着,一手搭在老邱肩上,捏了捏,笑道:"邱老弟一副好身板,也该找个媳妇啦。"

一只绿头苍蝇嗡嗡叫,绕盘碟飞,恶心。

忽见亮光一闪,绿头苍蝇就粘在开山刀上了。老潘顺手扯下墙壁上的一张菜单,慢悠悠地擦拭刀身,扭头吐出一口浓痰。

咔嚓,开山刀入鞘。

老潘说:"邱老弟捕人,好像从不出刀。刀不离身,是配好看的吗?"

老邱笑笑："大哥神刀，小弟不敢献丑。"

这顿酒，喝得尽兴，喝到红日西斜。

次日，老邱向唐知县告假三日，理由是回家看看老娘。唐知县说："准了。百善孝为先。你早去早回，咱武邑三省边界，事多着呐。"

老邱快马赶到七里滩，沿江来回踏看，村人的目击口述了无新意。大海捞针，线索全无。

第三日，近未时，骄阳西移。老邱从白云庵走出，沿山间石砌路往江边行走，爬过山坡，口渴难忍。下山，半坡崟上，有一块平地，石壁渗出一泓清泉。此处鲜花盛开，彩蝶纷飞。远望，汀江如飘带，蜿蜒远去。

老邱走近泉边。阳光下有物闪烁，哦，一根银簪。捞起细看，有一圈淡淡的黑印。老邱环视周边，他看到了一丛丛雪白的洋金花。洋金花也叫曼陀罗，晒干磨粉，即为蒙汗药。全株有毒，根茎尤甚。泉水长期流经浸泡洋金花根部，喝了，就会产生幻觉。

倘若银簪正是那群女子之物，那么，彩虹案多半与白云庵无关。

一团黑影映入水池。

老邱抬头，对面上风位置，站立着手持开山刀的老潘。老潘神情冷漠，如同陌路人。

窖藏

悦来客栈。这样的客栈到处都有不是？这一家，在汀江中游的大沽滩。

八百里汀江南流闽西粤东，出汀州，经武邑，过杭川百十里外，就到了大沽滩，下行不远，是一百年后将被淹没在水底的河头城，河头城之下，石市、茶阳镇之后，是大埔三河坝，汀江、梅江、梅潭河汇聚成了韩江。

大沽滩是杭川中都古镇水陆码头，人货辐辏。悦来客栈的规模最大，二进三十六间客房，楼高三层，青砖黑瓦，临江，风景好，推窗，但见白帆点点，往来穿梭。

客栈老东家是邱泰昌，木纲行商人，发了财，起了"九紫屋"，还从潮州人手里盘下了这家客栈。

老东家泰昌的满女嫁到武邑象洞墟去了，一年后生了"双巴卵"。做过周了，路近，泰昌和大婆带着幼儿鞋帽衣物去做客，归途经山子背，就遇到了一伙持刀蒙面人。危急关头，有壮汉挺身而出，扁担呼呼响，打跑了劫匪。

这人是挑担行长路的，姓练名金旺，早上挑米下广东石寨，无货上行，空肩归，路上就遇到了这档事。

泰昌问金旺一年赚多少银两？金旺就笑了，说挑担的，混碗饱饭就行啦。泰昌问他愿不愿意留在悦来客栈扫地，管吃管住，一年开二十两银子工钱。金旺想了想，就爽快地答应了。

山子背故事，悦来客栈无人知晓。金旺勤快，鸡啼起床，先把客栈门前的一条百十米长的青石板路扫得干干净净。半上昼，客人起床了，再扫院子内的。客栈的力气活，随叫随到。

店小二叫阿宝，是老东家的堂侄儿，是个"人来熟"，嘴杂，有事没事的，爱黏金旺。

金旺扫地，很有章法，时快时慢，或左或右，竹扫把在他手上，像是一根鹅毛似的。奇的是，地面坑洼，他扫把一次过，再挑剔的人，也找不出半点拉杂。

通常，金旺扫完地，洗漱，抓几个铜板，就到大碗茶楼去。他的早饭是三个大肉包，一壶茶。老东家说："你一年挣不了几个钱，爱喝茶，就算在俺名下。"

早上，金旺又出去了。阿宝摸到大门角落，掂量掂量竹扫把，沉沉的，险些拿不动。摇摇，沙沙响，竹节里灌注了铁砂。阿宝有分寸，不说。

客栈按季发薪水。夜晚，阿宝拎了坛米酒来串门，找金旺喝酒。金旺拿出了一包五香牛肉干。大碗喝酒，喝得差不多了，阿宝凑近金旺说："哥，俺和您说一事。""你说。""春香楼来了几个新鲜的，嘻嘻。""嘭！"金旺将酒碗往桌上一蹾。

"啊，啊，忘了关店门啦。"阿宝溜了。

转眼到了腊月十六，过年气氛浓了。老东家设晚宴，请来众伙计。这就是闽地习俗"尾牙宴"了。酒席上，鸡头正对着账房先生，老东家又将一块鸡腿夹在他的碗里，说是辛苦了。账房先生强颜欢笑。他明白，按规矩，他被解雇了。

次日晨，金旺刚抄起扫把，阿宝就粘了过来，悄声说："账房先生，昨夜就走了，说是短了银子。"金旺不搭理，阿宝一脸诡笑："他，他是老板娘的表哥，表哥哦。"金旺盯了他一眼："闲嘴咬鸡笼！"

老板娘是老东家的小妾，在潮州做生意时带回来的，叫银花，大婆说她是"狐狸精"。银花后来生了个带把的，起名文龙，上蒙馆了，平日里就和娘亲住在悦来客栈。

开春的一天，文龙半夜闹肚子痛。银花拍门，金旺二话不说，背起文龙飞奔"悬壶堂"。小华佗问诊施药，文龙当即就不喊痛了。小华佗捻着花白胡子说："银花呀银花，幸亏你这伙计跑得快，迟几步，嘿嘿，就难说啰。"

老东家特地提了一坛全酿酒，送给金旺，说："金旺啊，好，好，俺不会看错人的。"

悦来客栈人来人往，被褥是一天一换。这就雇请了本地张二嫂洗晒打理。张二嫂人高马大，脾气也大，手脚却麻利。只要是晴天，日见她在井台边提水，洗洗涮涮的。一个上午，白净的被褥就挂满了整个庭院。

金旺扫地，一身臭汗。换下裤子，自家去搓洗。张二嫂搭眼一瞄，装着没有瞧见，一句客气话也没有。

这天上午，阳光暖洋洋的。银花歪在柜台边嗑瓜子，扒拉着算盘，啪啪响。她眼尖，看到金旺端着满木盆衣物往井台边走去。

"金旺，你过来！"

"哎，叫俺？"

"过来。"

"哎。"

银花叫金旺把木盆放下，说："这些活，叫张二嫂干就是了，一个大男人，怎么好意思抢女人的生意呢？"金旺脸红耳赤，不好还嘴。

汀江日夜流淌，日子就这么不急不慢地过去了。

金秋九月，客栈庭院的柿树结满了红艳艳的果子，落叶遍地。

昨日，入住了一位赣州客商。他招呼伙计抬入了十二箱重物。客房彻夜亮光，一大早，他们结账走人。

金旺晨起扫地，帮苦力搭了把手。客商咳嗽一声，伙计头目就推开了他。这个早上，金旺手脚慢了些，扫好地，差点错过了大碗茶楼的头笼包子。

夜晚，阿宝老辗转难眠，就起床摸到金旺的房门，轻敲，低叫，无人应答。竖耳听，没有动静，往日的如雷鼾声呢？阿宝蹑手蹑足缩了回去。

一夜无话。

第二天,整个古镇都沸腾了。说是那个赣州客商不是客商,是当大官的,致仕回家,带了十二箱金银珠宝,一路小心翼翼,日宿夜行。不料,昨夜船过七里滩时,被打劫啦。汀州府捕快,全体出动搜捕。

洗漱毕,金旺请阿宝一同去大碗茶楼。阿宝很兴奋,一路上连蹦带跳、喋喋不休的。

大碗茶楼颇热闹。一壶茶二碟六个大肉包端上来了。阿宝举筷,左肩被拍了一下。抬头,就看见一个大汉,刀疤脸。他说:"借一步说话。"

阿宝随刀疤脸坐到另桌去了。

"这位小兄弟,寨背人么?"

"是的。"

"老父篾匠,老娘做媒婆。"

"是啊,咋啦?"

"家有小妹,送张家寨做童养媳啦?"

"咋啦?"

"没啥,随便聊聊。"

说完,刀疤脸也叫来一壶茶、三个大肉包子,不再理睬阿宝了。

阿宝嘟嘟囔囔回到金旺桌边。金旺头也不回,筷子指向大肉包子,说:"趁热,趁热吃。"

三天后,金旺来"九紫屋"找老东家,说是想回老家了,要辞职。老东家说:"回家,随时都行。敝号有啥事对不住你的吗？说说。""没有。""哦，工钱好商量哪。"话说到这里，金旺就不好再说什么了。

转眼到了重阳，当地客家习俗要尝新禾打糍粑。九日上午，庭院柿树下，洗净了石臼，端出了蒸糯米饭。金旺和阿宝一左一右挥动木杵，起起落落。同样一右一左搅动石臼中糯米饭的，是银花和张二嫂。

"嘭……嗒。"

"嘭……嗒。"

热气腾腾的糯米饭散发出诱人的清香。

"嘭……嗒。"

"嘭……嗒。"

热气腾腾的糯米饭在竹板的搅动下，袅袅嫩嫩，洁白如玉。

金旺扬起手臂时，一不留神，手背碰到了银花的胸部，春光乍泄。

"哇啊！"张二嫂高声尖叫。

银花羞红了脸。

金旺愣怔片刻，扔下木杵，拔腿就跑。

银花追出门去："金旺，金旺哥，回来，你回来！"

金旺跑远了，没有回来。

老东家闻讯，叹息着摇了摇头。年底，叫人挑了一担米粄和油炸豆腐，连同剩余工钱，送到了金旺家。

十年后，金旺发了，娶妻生子起大屋。

乡人羡慕他行了好运。传说，他在汀江边做工时，半夜推窗看江，他看到了月光下一匹白马在江边奔跑，一闪而没。他跟踪过去，就发现了数不清的金银珠宝，他发现了古人埋下的"窖藏"。

第八辑 | 鄞江六题

鄞江即汀江。千里汀江蜿蜒闽粤大地,南流入海。其间山川草木、风土民俗、歌谣掌故或有异于他乡。沿岸多年行走,采风资料盈箧。冬日奇寒,隐迹闹市,复援笔演绎,得《鄞江六题》。

渡亭

水西渡在汀江及杭川城之东,古十二景"三折回澜"附近。"水东"号为"水西",却不知何故。

水西渡背靠连绵青山,一条的石砌路,鹅卵石铺就,曲折漫长,沿江直达黄泥垅。

"白漈滩头,白屋白鸡啼白昼;黄泥垅口,黄家黄犬吠黄昏。"

河头城上行的篷船,木船加盖谷笪,俗称"鸭嫲船"。远看,似鸭嫲漂浮江面。篷船经三五日的水上跋涉,到了黄泥垅,杭川城已遥遥在望。

黄泥垅往北,水路难行,需清空货物,雇佣脚夫挑担、纤夫拖船。办完这些事,船工师傅就手提褡裢,晃悠悠地望城而去。沿途,有诸如兜汤、鱼粄、肉甲哩、簸箕粄等客家风味小吃摊点迎候着,做他们的生意。

麦尾头次随阿爹石桥妹挑盐。客家人的乳名,很独特。麦尾,或麦尾拐子、满子,通常是家庭中最小的儿子。石桥妹,却是壮汉。

石桥妹挑八包盐，包是蒲草编织的，四向有角，似牛头，叫作牛头包。每包合老秤二十四斤。麦尾人小，上嘴唇刚长出绒毛，挑四包。

这一日，天上落毛毛雨，路滑。盐船到黄泥垅，船工师傅戴斗笠，上岸入城。脚夫都是些固定的伙计，老熟人，早等在那里了，就一拥而上，开始忙碌。

石桥妹挑担在前，麦尾在后。麦尾新上肩，步子摇摇晃晃。就有同行的脚夫笑了，个只细牛仔啊，上牛轭铁链啦。

挑了五里多地，到了渡亭。

渡亭也就是水边渡口的茶亭了。老炳泰常年在这里卖花生糖果，又用几块河石垒砌炉子，架铁锅，油炸薯包子。客家茶亭摆放有茶桶，一年四季都有人义务挑来茶水，谓之"施茶"。

《杭川县志》总纂荷公先生说："凡有渡必有亭，长途跋涉……风雨欲来，炎燠交逼……忽有亭翼然。"因其"嘉惠行人"，可见杭川"风俗醇厚"。

雨越来越大，落后的石桥妹和麦尾，躲入了渡亭。

老炳泰忙着炸薯包子。他的身边，今天多了一个扎羊角辫子的细阿妹。细阿妹捡拾枯枝败叶，照看灶火。

"这鬼天，咋落大雨了呢？"

"交秋啦，要落十天半月的。"

"哦。往年也是。"

"天冷。来一两块热的？"

"没带现钱。"

"乡里乡亲的,拿去吃呀。"

石桥妹就拿了两块给麦尾,又说自家牙疼,怕上火,吃不得,转到亭角灌了几竹筒免费的茶水。

雨停了。石桥妹父子赶往杭川城。

黄昏,石桥妹父子拿着竹签到盐商行结账。

噼啪噼啪,账房先生拨拉算盘珠子;哗啦,扔出一把铜钱。账房先生头也不抬,说:"少走两趟喽,多个人,少四包。石桥妹,会算账么?索米换番薯。"

石桥妹数好铜钱,憨笑。

麦尾拿着铜钱,一阵小跑,来到了渡亭。

老炳泰收拾物件,麦尾就把铜钱交到了细阿妹的手上。老炳泰说:"这后生,实诚。"

三年后,麦尾如竹节挺拔。他已经赶上老爹了,挑八个牛头包。又过了两年,麦尾孔武有力,竟挑得十二包。石桥妹却显出了老态,减到六包。他们日复一日地从渡亭经过,若非刮风下雨,少有停歇。

春日晴暖。麦尾一伙挑担途经渡亭。渡亭空落落的。听人说,老炳泰前些时不在了。麦尾一口气力提不上来,歇担,站立原地好一会儿。

八月秋风渐渐凉。八月秋高气爽,汀江水清浅,两岸芦花飞落,一行大雁在长空鸣叫,飞向远方。

麦尾挑十四包海盐,噔噔踏在河边的石砌路上,身后,是被甩得老远的跳夫伙伴。

路过渡亭,麦尾习惯地放缓脚步。忽然,他听到了一声尖叫。

渡亭八角,八面采光。麦尾看到一群人推推搡搡。

发出尖叫的,是细阿妹。细阿妹早已出落成了一个大姑娘了。她被几个粗汉逼到渡亭一角,欲哭无泪。

最凶狠的,叫大拉虎。大拉虎就是大老虎。汀江流域的客家话,通常把"老虎"发音成"拉虎"。大拉虎是个人物,杭川城西门市场的大小肉铺,都归他管。当面,众人都要称他文德哥。

大拉虎把半截薯包子摔打在细阿妹的胸脯上,大骂吃出了绿头苍蝇,要索赔。

"文德哥,叫俺怎样赔啊?"

"怎样赔?还用俺教你?"

粗汉们哈哈大笑。

麦尾跨入了渡亭。

大拉虎二话不说,冷不防双拳齐出,猛击来人的咽喉与心窝。

拳如铁钵,霸气威猛。

麦尾不躲不闪,双拳迎击。

"嘣嘣"两声闷响。

大拉虎倒退了几步,额上渗出汗珠,定定神,牙缝里迸出:"走!"

粗汉们簇拥着他，很快消失了。

大拉虎的双手废了，多处粉碎性骨折。赛华佗说，你这是碰到铁脚僧的高徒了，南少林的，俺救不了你。大拉虎无奈地失去了西门市场肉铺的管辖权，远走他乡。听说去了韩江下游的潮州小镇，卖兜汤谋生。

这一日，盐船泊黄泥垅。麦尾来挑盐，有人给他捎来了一个大包裹，打开，荷叶垫底，满满当当的薯包子，色泽金黄，喷香扑鼻。

麦尾明白了。

麦尾挑盐长年经过渡亭，偶尔进去歇歇。有时，提起茶缸边的竹筒，竟会忘记喝水。

渡亭，空荡荡的。

许多年以后，麦尾也像老爹石桥妹一样，带着自家满子到黄泥垅挑盐。村口，他看到了一个熟悉的身影，那是细阿妹，也显老了。细阿妹穿戴一新，挎香篮、持布伞，和一群叔婆叔婶来黄泥垅做客走亲戚。细阿妹大概说起了啥开心事，咯咯大笑，笑声高亢而尖锐。

细阿妹走远，一直没有看见麦尾。

铁艄公

春季，连日大雨，汀河暴涨，洪水波及杭川城南门码头将军顶，众船不发。

潮州客商涌到河头城，抢购田荠，价格飞涨。杭川货主邱老板放出话来说，田荠四十担，按时运到，鄙人愿出多倍工钱，二十块银圆。

两地水路百余里，险滩密布，激流汹涌。有谁吃熊心豹子胆了，敢冒这个险？

有。潜水獭和混江龙——这自然是他们诨名绰号，姑且称之为老谢与老张。他们是发小，自幼在汀江边长大，行船数十年，熟悉这段水路就像熟悉自家的掌纹一样，撑船技艺高超，是出了名的铁艄公。老谢是打头师傅。

老谢和老张双双上门应聘。邱老板乐了，说："等的就是你们。"

当地民谣作者刘老先生写有《田荠赶大水》，载《杭川客家》，记录此事：

拣好新船来装载，不用炊具不用蓬。
货主亲来壮行色，鞭炮噼啪助威风。

洪水汀江行船，极为艰险。歌谣道：

严肃有如临大敌，动作好像打冲锋。
一个掌舵一个桨，首尾生动活如龙。
眼睛不敢来斜视，手腕不敢稍放松。
能赶水头能压浪，片刻船已过长丰。

三个小时后，这只满载田荠的木船搏击风浪，穿越重重险滩，顺利抵达河头城。码头上挤满了看热闹的，水上商旅断绝，居然还有如此高人？商家点燃了鞭炮，将老谢和老张迎入天香酒楼，大碗痛饮，吃了个满堂红。

回到客栈。老谢将银圆平分，一份推给老张。老张说："俺是船尾的，该拿八块。"老谢说："老弟啊，规矩都是人定的。这次，就平分。"老张接下银圆，谢过老哥。

三日后的傍晚，老谢走山路回到了屋家。辅娘冬娣笑盈盈地迎了上来，他家的大黄狗，围转摇尾巴。老谢俯身摸摸狗头，扔出一块薯包子，直起身，从肩头取下褡裢，抛给辅娘，说："袁大头十块，你给收好啰。"

冬娣收好褡裢，端出了酒菜。五香干、韭菜炒蛋、卤猪耳朵，还有满锡壶温糯米酒，摆上了八仙桌。老谢坐太师椅，自斟自酌，不时以竹筷敲击盘碟，摇头晃脑，哼起"外江戏"西皮二黄曲调，有一句没一句的。

"酒，再烫一下？"

"哦，正合适。"

"当家的，俺不明白。"

"有啥不明白的？"

"二十块。咋就分到十块呢？"

"兄弟嘛，平分。"

"打头师傅多拿一成，这规矩咋就改了呢？"

"妇道人家，你不懂。"

"人家说了，狗腔不比红蜡烛，獭不比龙。他是混江龙。"

"鬼话！"老谢拍下竹筷，推开椅子，气呼呼地踏出家门。

出门西行，就来到了村寨的天后宫。天后宫侍奉天上圣母马祖。马祖救苦救难，保佑江海行舟。客家林氏族人称之为姑婆太太，当作自家人。

天后宫的斋公姓林，原也是闯荡江河的铁艄公，年迈退出，就来到这里服侍菩萨。老谢和他熟悉。

老林说："老张来过了，捐了三斤半香油。"老谢叉开五指，晃晃，说："俺捐这个数。"老林问："五斤？"老谢说："五斤！"老林的语调就有些兴奋了，他说："老张说昨晡过穿针滩好险，幸亏有天神保佑啊。"老谢双眉紧皱，随即放松，说："天神保佑，大吉大利。"

老谢告辞回家，路上，差点把牙齿咬碎了。

过穿针滩那会儿，船头竹篙铁箍脱落，竹头开裂，重船激流险滩，惊险异常。就在这间不容发的一瞬间，船尾的老张及时扔来了一把备用的，度过了劫难。

在老林面前说穿针滩的事，老张你啥意思？你不晓得老林有个闲碎嘴巴？

老谢回到家，倒头就睡。

次日，老张来串门。冬娣说："哎呀，俺当家的过山子背走亲戚去了。"老张说："回来后，到俺家喝碗淡酒啊。"等了几天，不见老谢来，老张又登门邀请，冬娣又说外出了，这次走得更远，到武邑朋友家去了。老张不是傻人，隐约感觉到了不对劲。

老张也有脾气，不再搭理老谢了。赴墟，老张原要经过老谢的家门边，顺便喝口茶。此后，老张赴墟，宁愿绕弯路。在汀江上吃同一碗饭，他们不时碰面，都客客气气的，甚至相互拍肩膀，爽朗大笑，却再也没有合伙过。

鸳鸯帕

九月初三，黄道吉日，诸事皆宜。

清晨，汀江两岸芦荻在江风吹拂下起起伏伏。

七里滩云高寨方向传来鞭炮炸响，在静谧的山野回荡，唢呐声声，跳动欢快的音符，一群人簇拥着一顶大红花轿在乡间土路上缓缓行走。

为首的，是福娣婶，头插红花。她在书帖上被尊称为冰人先生，俗称媒人婆。随后，是新娘子的细老弟，为送嫁公，拖动一根杉树尾。这叫"拖青"。杉，客家话有"多快生子"的寓意。一二十步之后，有两人合拉一块红毡，遇到路口或者不吉祥物，就用红毡挡住，护卫花轿通过。迎亲花轿前，左右有大红灯笼。

新娘子是李屋寨的玉招，此时端坐在花轿内，轿帘的飘动，让她可以瞥见外头移动的景致。她掏出一块鸳鸯戏水手帕，轻轻地擦拭眼角。

大行嫁前，好命婆婆替她梳头，说："妹啊妹，你就要嫁出去啦,你吃过一井水,要交好一村人哪。妹啊,你人好心好,心直口快,凡事都要忍一忍,让一让啊。妹啊妹,爷娘养育你一十八年,嫁出去的女儿泼出去的水啊……"玉招听着听着,大哭。这就是客家婚俗哭嫁了。

一座新造石拱桥横在面前,村人阻拦,说是族老还未剪彩,岂可让花轿通过?绕道误时。福娣婶给管事的递上大红包,笑着高喊:"新人过新桥,百年夫妻万年桥。"哎呀,好口彩!村人也笑了,让道放行。

过桥,走了二三里地,不远处,有一顶同样的花轿迎面而来。

唢呐不停,脚步不歇。一对花轿相向而行,就在并排的那一刻,两位新人按习俗交换手帕。玉招看到,那一只年轻的手,粗糙,乌黑,无名指有一道裂痕。

她送来的,恰巧也是鸳鸯戏水手帕。

绣工精良,色泽艳丽。想不到一个常年干粗活的女子,竟也有这等手艺。玉招很感慨,小心折叠收好。

玉招嫁入的人家,是武邑大族。夫君是河头城茂盛记木纲行大掌柜,人称金旺大哥。

河头城也叫峰市,是汀江黄金水路的一个物资集散地,上接杭城,下达茶阳三河坝。货船之多,民谚形容为"上河三千,下河八百"。

凤栖楼建在河头城的半山腰上,青砖黑瓦,二进,上下厅。上厅阁楼,俯视蜿蜒大江。

半年前，金旺以一万三千块银圆高价从潮州盐商的手上盘下了凤栖楼。看中的是这里的清静和风景。

三朝回门后，玉招随金旺来到了河头城，住入凤栖楼。

汀江岸边多枫荷，连绵数十里。入夜，江风微寒，江上渔火，星星点点。

金旺总理木纲行生意，忙累，热乎劲过后，平日极少着家。玉招清闲，就不时坐在阁楼窗前眺望。

这个夜晚，月光清冷。金旺外出未归。玉招闲得无聊，翻检嫁箱衣物。鸳鸯戏水手帕跳入眼帘，托起细看，色泽依旧艳丽。她想起了那只年轻的手，粗糙，乌黑，无名指有一道裂痕。玉招鼻子酸楚，怔在那里。

忽听敲门声。金旺回家了，带回一位文质彬彬的中年人。金旺说："这是老家来的族兄，叫金宝，双手都会打算盘，左右开弓。"金宝笑笑说："早听说老弟嫂才貌盖汀州，果不其然！"

金旺生意顺遂，高兴，邀请金宝上阁楼看江景，又叫来天香楼酒菜，与金宝大碗对饮，很快，他们喝光了整坛子全酿酒。金旺喊："玉招，玉招，俺那武邑花雕呢？"

上酒上汤热菜，玉招不声不响地走开了。

这一晚，金旺和金宝双双醉倒，交臂眠在楼板上。叫不醒他们，玉招就给他们添盖了一床棉被。

金旺又要出远门了。这次是和金宝族兄合伙，做一笔木材大生意。

三天后,传来不幸消息:茂盛记木排行经悬绳峰江面时,遭土匪打劫,人货失踪。

玉招强忍悲痛,求助木纲行,不料,行内空无一人。玉招来到河头城巡检司,呈上状子,恳请破案追凶。

半个多月过去了,悬绳峰窃案如石沉大海。

玉招苦楚、憔悴。她打算回武邑求救。金宝出现了,他来到凤栖楼,寒暄过后,金宝叙说了他跳水逃生的经过,安慰说金旺命旺,不会有事的。然后,吞吞吐吐的,出示了一份借据。借据写明:张金旺借到张金宝银圆三万九千块,以河头城凤栖楼及茂盛记全部股份抵押,空口无凭,立字为据。金宝哽咽流泪:"俺欠得更多,这也是债主逼的呀!"

木纲行诸同仁一致认定借据属实。

玉招无话可说,收拾包裹,出凤栖楼,沿河头城石阶到码头,租篷船回七里滩。

艄公一老一少,似闷葫芦。

篷船顺流而下,途经松屋寨上岸。

枪声骤响,一匹快马卷过土岗,抓起玉招绝尘而去。

玉招醒来时,发现自家躺在稻草铺上。屋角泥炉火红,砂锅噗噗,逸出小米粥清香。

灯下,一位粗壮女子坐在木凳上,十指翻飞,编织竹篮。

那只手,粗糙,乌黑,无名指有一道裂痕。

"这是啥地方?"

"悬绳峰。"

玉招半晌不语。

女子说:"啥也不要说了,俺大哥不会伤害你。该你的,都会还给你。"

拉花树

玉秀从枫岭寨嫁入老唐家有两年多了,不见动静。老唐家三代单传,金线吊葫芦。家娘年轻守寡,好不容易抚育独子成人。家娘心焦,苦楚无从诉说。

六月盛夏,艳阳高照。生媚玉秀从溪边回来,在门坪前的竹竿上晾晒衣衫。家娘端水出门浇花。客家妇女擅长唱山歌,黄遵宪先生说"矢口而吟",可以"竟日往复不绝",感叹"此才何其大也"。家娘会山歌,低声唱道:

> 新买花盆种芙蓉,朝朝沃水望花红。
> 唔知芙蓉无子结,花红结子有家风。

玉秀何许人也?出了名的山歌妹。家娘指桑骂槐的用意,岂不晓得?随口对唱:

> 大大田丘等郎耕,细细牛牯拖唔行。

犁头入无三寸土，话俺禾子样般生？

唔，意为不；话俺，叫我；样般，怎么样。田丘、牛牯、犁头、禾子是巧妙的比喻，形象、生动、含蓄。家娘悟出了生媚还无"恭子"的缘由，羞红了脸，闪入屋家，连浇花的瓢勺也忘了拿走。

文宝年方十五，清秀，颇单薄，讲话细声细气，随七里滩的六子师傅学剃头。六子师傅顶上功夫好，说不收徒，唯独看中了文宝。师徒俩沿汀江村落行走，摆开摊子，刨刨刮刮，一站就是老半天。

这天傍晚，文宝回到家，喊累，倒头就睡。

"阿宝，阿宝，吃饭啦。"玉秀摇醒了他。

文宝伸懒腰，趿拉木屐，坐到了桌前。娭子今晡端来了热气腾腾的陶罐，里头是党参、当归、枸杞炖牛鞭。娭子说："儿啊，赛华佗说啦，这个管用。"

文宝瞄了一眼，爱理不理的样子。玉秀表情平静，端碗吃饭。

深夜，娭子有心事，躺着竖起了双耳。隔壁果然有了动静，吱嘎吱嘎几下子，又消停了。

江边的枫叶又红了，灿若云霞。江上，不时有大雁飞过。

玉秀还是不见一点动静。家娘几次想问，嗫嚅着，就是张不开口。

排帮兄弟在悬绳滩失踪前，公爹置有三亩半河湾地。玉秀下地锄草,一走神,扭伤了脚腕。

桂招嫂看到了,背她回家,卧床静养。

家娘把生蛋老母鸡杀了,炖汤,送到玉秀的床前。

文宝到七里滩上工。六子师傅见面就说:"回去,回去,你想累死你娘啊?"

汀江常发大水,上游冲下些树木枝丫,捞起晒干,供烧火做饭用。秋日水清且浅,缺过冬燃料。家娘鸡啼起床,上山割芦箕,一日挑回两大捆。

芦箕堆满了屋后檐下。玉秀伤愈,要煮饭,来到后墙取燃料。家娘刚挑回的一担鱼骨木柴挡路,竹杠还插在那里。玉秀上肩试了试,死重,差点闪了腰。

玉秀的眼睛潮湿了。

夜晚,一家子围桌用餐。竹篾火光闪烁。玉秀红着脸说:"娘啊,听说有个啥,叫什么摸石头的。"家娘一听,满脸堆笑:"有,有,摸子石,摸子石!"玉秀说:"哦,是这个石头。"家娘放下碗筷,双手比画:"灵验哪。前村的细狗嫲摸了,生了双巴卵。秀啊,娘陪你去走走?"玉秀点点头。文宝问:"娘,你们都说什么呀?"娭子嗔骂:"你这个木犊雕,啥都不懂。"

摸子石在杭川紫金山麒麟殿前,高三尺,直径八寸,呈圆柱形,似男根。

暮色苍茫。玉秀悄悄来到摸子石边,看看四下无人,迅速解开上衣,裸露出肚皮在摸子石上下来回摩擦,而后扣好衣服,赧然匆匆离去。

转过山弯,家娘在黑暗中钻了出来,给玉秀披上小棉袄,说:"秀啊,莫着凉噢。"

春雨潇潇,矮墙上的木芙蓉绽出了新芽,房前屋后的草树,绿了。

惊蛰日。客家谚语说:"懵懵懂懂,惊蛰浸种。"庭院天井边,家娘和玉秀合力搬来大水缸,淘洗稻谷。得闲,家娘问,秀啊,有了么?玉秀摇摇头。家娘说,俺们去拉花树?玉秀点点头。

客家民间通常称生女儿为"带红花",生儿子为"带白花",不孕不育就是"不带花"。拉花树,指的是祈求花木神赐予子嗣。

老历六月初一,花公花婆会期日。家娘和玉秀提着一盏灯火,早早地来到了花神庙,挑选好一株开满白花的茶树,摆好米酒果品,燃烛焚香祷告:

> 茶树公,茶树婆,
> 保佑俺生养个学生哥。
> 俺生养了个学生哥,
> 杀鸡提酒来报喜,
> 相结您茶树做外公来做外婆。

许愿毕,烧了写有夫妻生辰八字的求子符,摘下一颗果实,她们提灯回家。到家,那盏灯火放在了灶君菩萨神位前,果实放在玉秀陪嫁衣箱的角上。

春耕大忙,家娘晨起脱秧,跌倒在烂泥地。

玉秀背负家娘来到赛华佗药铺。赛华佗一搭脉,沉思良久,复诊,又复诊,笑了:"都是累的,吃好睡好,百病全消。"

家娘执意要自家走回家。赛华佗招手,对玉秀低声说:"有好吃的,尽管做给你家娘吃。"

玉秀忍住泪水,紧赶几步,搀扶家娘。

现在,轮到家娘卧床不起了。

这天夜里,家娘辗转难眠。突然,她听到了隔壁玉秀激烈的呕呕声,反反复复。

家娘露出欣慰的笑容,迷迷糊糊竟睡着了。

红菇迹

临近午时，热闹的大河坝墟场渐次散集。福佬婆顺利地卖掉了一袋干红菇，手捏空荡荡的粗布袋，摸摸腰间暗袋，在廊桥边的牛肉兜汤摊点前逡巡，吞咽着口水，还是下不了决心。

牛肉兜汤在铁锅中噗噗有声，飘出诱人的浓香。

摊主是个干瘦老头，邻村的，前些年挑货郎担，走村串户。他瞥见了福佬婆腰间的一大串铜铁钥匙，知道是个当家婆，来赴墟了，总有些钱财。

"当当当，啪啪"摊主用铁勺轻轻地敲击着锅边，吆喝："散墟了哟，大减价，三个铜板一大碗嘢。"

福佬婆终于走了过去，要了一碗。摊主手势夸张地多加了一小勺葱油，说："阿婆好口福噢，好料沉底。"

福佬婆付过钱，拣边角的板凳坐下，美滋滋地捧着牛肉兜汤，刚拿起调羹，就停下了。

她看到了一个熟悉的身影。这人是她的生媌（儿媳妇），挑一担蔫儿吧唧的雪里蕻，软软地拖着脚步，上了廊桥。

生媚是来赴墟卖菜的，看来没人要买。

生媚桥秀是汀江七里滩铁艄公的女儿，做黄花闺女时，媒人婆把她夸出了一朵花。纳彩，问名，取回生辰八字庚帖。燃香，敬祖宗，置放在香炉钵下。三日内，出入平安，六畜无恙。就在老头子笑眯眯地取出庚帖时，门外大榕树上，一群乌鸦怪叫，扑棱棱惊飞。

福佬婆就有了不祥的预感，可是麦尾中了邪，特悦意这个叫桥秀的姑娘。

"爷娘惜满子。"麦尾，就是满子了。四子开枝散叶，满子留家。谁拗得过他呢？九头牛也拉不回。

纳吉，纳征，请期，亲迎。客家乡村婚嫁，一切如古礼。

单说拜堂之后，新郎新娘来给兄弟梓叔敬茶。华堂生辉啊，新娘子的美貌，盖过了全枫岭寨村。本家的几个后生，眼珠子都拉直了，半晌也回不过神来。

福佬婆嘴角一撇，暗自嘀咕，俺从潮州府嫁过来，虽说是逃荒要饭，俺人图子也平常，可俺肚皮争气啊，给老张家添了五丁。哼，人靓有喷，花靓有棘。

几年过去了，桥秀接连生了三个女儿，福娣，招娣，来娣。麦尾下河放木排回家，时常喝闷酒。问问，他就说困了，脸色很难看。桥秀田头地尾、灶头锅尾的，团团转。黑了，瘦了一大圈。

福佬婆回到家门口，桥秀正忙着把那担没有卖出的雪里蕻摊晒在门前的矮墙上。客家人将雪里蕻晒软、揉擦、入坛、加盐封存,做藏菜,或称咸菜。

"娘,回来啦。"

"回来了。麦尾呢?"

"同阿公下潮州了。"

"噢。细鬼呢?"

桥秀正要回话,福娣、招娣、来娣就涌了出来,大呼小叫地缠着娭馳。娭馳掏出手帕,慢慢打开,粘起麦芽糖,一人一块。

福佬婆早起喂鸡,自言自语:"咯,咯咯,卤料钵子一卤,咯咯,咯,人图子再靓,也么嘛介用。"

桥秀挑水回屋,恰好听到了,停了停脚步,又行前。

枫岭寨临汀江,千里汀江至此九曲回澜,对岸龙嶂山系,多山货出产,红菇特有名。

红菇味清,性温,解毒,滋补,常服之益寿。红菇纯野生,不可种植,生长在鲜为人知的栲槠林落叶堆里。煮食鲜菇时,置生米,呈蓝黑色,就说明沾染有蛇虫毒涎,不能吃。晒干的红菇无毒。

红菇生长有固定的时辰和地点,靠白蚂蚁爬过,传播菌种,集群而生。红菇有"迹"。山民探得一处,则秘而不宣。在他们看来,红菇是山神菩萨赐予的礼物。

福佬婆是采集野生红菇的能人。每年,她通常都有一袋半袋的上等干红菇背到墟场上卖,换得两三块银圆,贴补家用。

六七月，层层梯田禾苗杨花吐穗，汀江枫岭寨连续多日下了几场透雨。天放晴了，福佬婆取出竹杠、镰刀、钩索，出了家门。

村尾水圳边，有叔婶阿妹洗裙荡衫。有人说，福佬婆，扎牙扎手哟。福佬婆说，上岭割烧。

转过山弯，福佬婆习惯地扭头张望。她发现桥秀扛着劈镰，远远地跟上来了。福佬婆心头一紧，脊背透凉，定定神，就一头钻进了路旁的茅草棚，蹲下。

还好，桥秀往山坑田一边去了。噢，是了，八月粘的稻田，田坎杂草疯长，是该铲了。桥秀昨晡夜说了，咋就忘了呐？

傍晚，桥秀疲倦归屋。厅堂的一角架着满盘篮的新鲜红菇。家娘招呼阿公和麦尾的话尾子，拖得又软又甜。

鸡啼，起床。福佬婆照常打开鸡笼喂鸡，山子背的堂外甥石桥妹就上门来了，露水打湿了裤脚。他喜滋滋地说，添了放牛妹子，做过周，请大舅母明日来喝几杯淡酒啊。客家人谦虚，说是放牛妹子，实际上是个带把的。福佬婆说，大老远的，入屋喝茶呀。石桥妹说，还要喊客哩。

次日一大早，福佬婆衣着一新，持布伞，挎香篮，带三个"腾背"的孙女，转山做客去了。

归途中，多喝了几碗糯米酒的福佬婆跌了一跤，爬不起来了。来娣、招娣留下照看，福娣报信。阿公和麦尾随排帮下广东了。桥秀咬牙将家娘背回家。

福佬婆半身不遂，口眼歪斜，说不出一句半句囫囵话。她对忙里忙外侍候她的儿媳妇呜呜哇哇的。

好多次，都是这样。

桥秀俯身说："娘，俺早晓得了。在畲箕窝，乌石头下。"

福佬婆睁大了眼睛。

桥秀说："娘，每年要采红菇，您晚上就打天声（说梦话）。"

福佬婆赧然，流下了浑浊的眼泪。

伏月

夕阳西沉,龙嶂山群峰染上了一抹艳红,飞鸟盘旋往复,鼓噪归林。

汀江七里滩芦花湾。九妹手执纤长竹竿,轻轻摇晃,竿尾红布条,迎风飘动。不远处,一群白鹜鸭在清澈水面扑腾,荡起层层涟漪。

芦花湾有木驳桥,连接两岸。

一群村姑割烧归来,上桥。

"九妹。"

"哎。"

是三姐,远房的族姐,漂亮的三姐,亲亲的三姐。

她撂落柴担,歇肩,擦汗,向九妹招手。

"三姐姐。"

"该回家啦。"

"老鸭公还没有吃饱哩。"

"这个给你。"

三姐递给九妹一把野果子，俗称牛哈卵。通体金黄，香甜，多籽，深山沟才有。

三姐和九妹亲，上山归途，时常带回一些好吃的野果。多年前，汀江发大水，冲毁了九妹家，她成了孤儿，同族伯婆一起住。

八月十五夜，山村土屋晒谷坪在月光映照下，一片银白。

女伴抬出一张八仙桌，摆出了香炉、茶杯、月饼和水果。

一炷香点燃了，香烟袅袅，山野静谧，唯闻山风吹拂树梢的沙沙响声。

九妹属鸡，是小生肖。她被女伴们推出来，扮主角，抱臂伏在神案前的矮桌上。

女伴们围聚半圆，用客家话轻轻吟唱：

一点黄棘一点黄，送俺仙姑上天堂。
也有茶水送上来，也有香火透天堂……

歌声周而复始，连绵不绝。九妹在缥缈的歌声中进入了神秘状态，附了神，全身有节奏地抖动。她变身为伏月仙姑，在迷迷蒙蒙中来到了天堂。她的声音柔美而陌生。她惊叹道："哦，天堂好美啊。"有女伴问："仙姑，您在天堂看到了什么？"仙姑回答："漂亮的花树，漂亮的房屋，漂亮的云啊雾啊水啊，还有漂亮的仙鹤。哦，好漂亮啊！"

来娣挤上来，急切地问："仙姑，仙姑，俺银镯子哪里去了?"仙姑说:"来娣呀,你下手重哪,昨晡用一壶滚水倒入了老鼠窝。你的银镯子被老鼠拖到河里去啦。找不回来了。"来娣脸色煞白,半晌说不出一句话。

香香细声问:"仙姑,俺那当家的,过年回家不?"仙姑说:"看看你当家的呀。哦,他在亮堂堂的高楼上喝酒呢,好多菜噢。哦,有个女人。哎哟,俺说不出口。"香香惶恐,委屈,忍住泪水,退到一边去了。

"三姐,你也问问吧。"

"问什么呢?"

"你这人尖子、头碗菜,问就问婚姻运数呀。"

三姐羞怯,但还是按规矩报上了自家的生辰八字。

仙姑很长时间沉默了,说:"我到桃花仙境了,很远很远哦。三姐姐,你那桃花开得好旺啊,好漂亮啊。近的,很近的,树叶都掉光啦。"

有女伴悄声说,三姐这是嫁远不嫁近呢。

月亮西移,仙姑也该下天堂了。月落了,就回不来了。于是,众人唱道:

一点黄棘一点黄,送俺仙姑下天堂。

也有茶水送上来,也有香火透天堂……

歌声轻柔,若有若无。

伏月仙姑慢慢地抬起头来,一声长叹。她睁眼看看四周,似乎处在一个完全陌生的环境,如梦初醒,茫然问:"这是在哪里呀?"三姐笑了:"自家禾坪上,晒月光哩。"

静坐片刻,喝了口凉茶,伏月仙姑终于记取自家是叫九妹的。叙及前事,九妹愕然无知,像是听闻别人的遥远故事。

女伴们散了,走在冷清的月色下,山野寂寂,脚步声踢踏。

二十年后的一个冬日,入年界了,汀江流域弥漫着浓浓的年味。

一辆豪华宝马驶过七里滩大桥。车内,坐着三姐和她的丈夫。三姐多年前已经改名为李唐嫚莉,是南洋商界的一位风云人物。

芦花湾在车窗外铺展开去,不知道想起了什么,她的眼角噙满晶莹的泪花。

第九辑 | 葛藤坑

葛藤花开,神秘莫测;乡土江湖,幻影重重。此辑故事不一,内核相似,曰"客家乡土侠义小说"。

葛藤坑

这一日,向晚时分,青山叠翠的石壁,阴雨连绵不绝。

弯弯的山间石砌路上,走来一位游方文士。

他来到路旁的古茶亭口,趑趄不敢入。亭内,有一位上山砍柴的村姑。

"好大的雨。"

"雨,好大。"

"进来避避雨吧。"

游方文士走进茶亭,茶亭檐桷残缺,雨漏如注,半壁的茅草葛藤伸入,挂着水珠。

雨下个不停,两人都不说话了。风声雨声远处的流泉飞瀑声,淹没了彼此急促粗重的呼吸。

蒙蒙雨幕,遮拦着远山近山。

峡谷中,有一前一后,一高一低的黑色雨燕,来回飞舞。

游方文士望着雨燕愣住了,一丝温暖的、鲜活的干草气息若有若无,使人想家,使人想起明艳的青衣红袖。

雨停了,他们彼此一笑,各奔东西。

十年后,唐乾符五年(878年),游方文士挥动大齐劲旅,转战南北,李唐江山在他急骤的铁蹄下颤抖呻吟。

大齐军由浙江衢州挥师入闽,沿途寨堡,凭险固守,大将军大怒,下令:杀无赦!遂一路闯关夺隘,锐不可当,所到之处,斩草除根,石头过刀。

这一日,大将军纵马枫树岭。

枫树岭下,逃难百姓,扶老携幼,踉踉跄跄。

一位少妇身背大儿,手牵幼子,远远落在后头。

此举岂不怪异?大将军打马赶到。

"背上何人?"

"系……俺侄儿。"

"手牵何人?"

"系俺……儿子。"

"为何以大欺小?"

"俺家大伯……只剩下这根独苗了。"

大将军一怔,似乎又感觉到那熟悉的气息,眼前浮动着十年前风声雨声中的那座残破古茶亭。

大将军长剑一挥,劈下一根葛藤。

"记着,插在门口。"

次日,大齐军浩浩荡荡挺进石壁。石壁村家家户户,葛藤摇曳。

此为葛藤坑。

决斗

"三月三日,决斗梁野山。"

有财拿着挑战书,在屋子里来回走动。老婆在生火做饭,不时以惊恐不安的眼神瞄一下丈夫。两个孩子却正在酣睡,长子福贵梦中还嘻嘻傻笑。灶间火光一闪一灭,米饭的清香弥漫着。

远处传来嘹亮的鸡啼。有财一口吹灭了油灯,推开窗户。一缕晨光透射进来。

老婆捧上一大瓷碗白米饭,中有两颗"太平蛋"。有财鼻子一酸,吃得很慢很慢。

吃完饭,有财怔怔地坐了一会儿,突然站起,扎紧布腰带,猛地从墙角操起长矛。老婆递过斗笠。有财说:"要回不来,照看好孩子。"老婆含泪点点头,哽咽着说:"菩萨保佑。"有财喉结上下滚动,说不出话来,扭头推门大踏步走去。

"豆腐哎,装豆腐啊",阿三叔公挑着豆腐担照常出现在小巷那头,叫卖声很是悠长。有财老婆无力地靠在门口,眼泪就流了下来。

梁野山决斗，源于去年正月初五的一桩事。有财是陈家庄狮班狮头，领打狮班往刘家祠堂拜年，恰好仇家洪家班也来了，于是双方斗技，洪家班输了。狮头洪大目乃名扬闽粤赣边的教打师傅，忍气不过，送来战书。陈家曾私下送礼打点，洪大目不买账，扬言若不如约来战，定要血洗陈家班。洪大目功夫了得，据说，往日决斗中，有八名好汉死在他的钩刀下。

梁野山是武夷山脉南端、南岭北端最高峰，闽粤赣边界江湖决斗，多选择此地，约定俗成。

陈家庄、洪家庄距山腰均庆寺，各有三铺路。

有财来到山脚时，太阳已有二竿子高了。在步云桥，一位老叫花伸手乞讨。有财二话不说，扔下一把铜钱就走了过去。

均庆寺外，各路江湖中人早已聚齐。洪大目和徒弟们在一边闲坐。有财走过去，低声说："洪爷，我们不打了吧，我认输。"洪大目仰面朝天，手持小茶壶，笑着说："什么？我没听清。"有财说："洪爷，我认输。"洪大目扭头猛吐一口浓痰："呸！"

正午时分，决斗就要开始了。大德方丈朗声宣读完生死文契，问双方各有何话说。洪大目抖动手中的钩刀，钩刀上铁环哗啦啦作响，洪大目说："这就是话！"有财拖着长矛，结结巴巴说："我死了，就别再打了。"大德方丈一声佛号，退下。

三通鼓响后，便是一声锣响，双方即兵刃撞击，打在一处，但见你来我往，招招杀手，满场冷气逼人。突然，洪大目看出破绽，一声大吼，钩刀一挥，直往有财后脖挂去。有财躲闪不及，挺长矛直抵对方咽喉。此时，钩刀回挂则必然牵动长矛前刺，长矛前刺则必然牵动钩刀回挂。双方僵立场中，凝固不动，冷汗湿透了衣衫。

场外看客，屏声息气，苦思良策。忽听那位老叫花哈哈大笑："嘿嘿，岭下雄牛脱轭哩。"众人朝岭下一看，但见数头水牛悠然啃吃青草。

有财心头一亮，猛地蹲身沉桥、低头摔脱钩刀、上步挺身突刺，长矛直透对手咽喉而出。生死立决。

飞脚

细佬大伯公孤零零地缩在屋角晒太阳，耄耋老人了，脚还是跛的。真是可怜。

五叔说："大伯公是一条好汉哪，做后生时，一根扁担打一条巷。"

我迷惑了："跛脚啊？"

五叔叹了一口气："说来话长了。"

我们家族世代习武，大年初五规定在宗祠前校验全族壮丁武功。

某年初五，老祖师欲先试细佬功夫。

细佬功夫高，擅飞脚。见亲房叔伯云集观战，越发打足精神，抱拳施礼，猛然间身形不动，一个旱地拔葱，悄无声息地摘下屋檐上九块瓦片，但见屋檐上透开一排窟窿，阳光直透地面。

细佬甫一落地，又一个飞脚，跃上屋檐，但见九块瓦片原样铺排，齐齐整整，天衣无缝。

众壮丁自愧不如，大声喝彩。

老祖师点点头又摇摇头，令细佬再演练一次。

细佬欣然从命，再起飞脚，浑如鹞子钻天鹰击长空。

细佬正欲出手收瓦，猛然间右脚踝一阵剧痛，顿时提气不上，栽落地面。

原来老祖师后发先至，半空中挥击烟杆。细佬吃了一记暗算，一只脚从此就跛了。

细佬倒地不起，欲哭无泪。

老祖师叹了一口气说："细佬啊，你莫怪爷爷哟，想不到你飞脚这般高明，必有大灾大难。这一杆子，是让你多吃几年饭哪！"

五叔很感慨："多少高手都不在喽，细佬大伯公快一百岁啦。"

传人

石家寨的土圆楼此时正沐浴在金色的朝晖里。远处,是白云缥缈的梁野山顶;近些,是山麓蓬蓬勃勃的芦苇花,随风起伏,纷纷扬扬;再近一些,是稻谷收割后的浸冬水田,三五十只麻鸭在扑腾觅食。

一帮老人靠在土圆楼的朝东外墙,眯着眼睛晒太阳。与那些个老兄弟虾米般地弓背弯腰、双手捂着火笼不同,菩萨七叔公腰板硬朗,端坐在木凳上,啪嗒啪嗒地抽着一根油光发亮的旱烟筒。

一位花白胡子挪了过来,说:"要俺讲啊,老七,你那两下子,也该传啦。"

"该传,该传,都老喽!"

"跑不动码头,撑不动竹篙啰。传哪!"

"传,传给谁?这些个后生辈……"

菩萨七叔公在石板上轻轻敲击着旱烟筒,响声笃实。他说:"俺说几位老哥,做后生时,你们功夫差了?干吗就不传给你们？里头大有名堂哦。"

老兄弟们都不说话了，呆呆的，似乎回到了在千里汀江之上快意恩仇的岁月。可惜的是，青春似飞鸟，一去无影无踪。

老人们说出了一连串名字，菩萨七叔公一直摇头。花白胡子猛拍大腿，兴奋地说："石桥妹？"

菩萨七叔公笑了。大家都笑，心照不宣。

这个石家寨，有一种威猛凌厉的棍术，就叫石家棍，传自南少林至善禅师。石家棍，棍打八方，汀江韩江千里水路，二百年来罕逢敌手。洪刘蔡李莫、李家教、朱家教诸南拳流派高人，提起石家棍，表情不一，多竖起大拇指，道个好字。石家棍的精义所在，为"五点梅花棍"，非掌门人不传。

老人们提及的石桥妹，其实是个五大三粗的壮年汉子。闽西客家人新生儿取名，男性乳名后缀，多有妹字。一说是取其"贱"，好抚养；一说是尊重女性，勿忘母恩。两说大相径庭。

石桥妹此时正在夯墙。客家生土建筑，均就地取材。这个楼房已经有二三丈高了，石桥妹和龅牙三高高站立在墙枋的两头，按古法"六覆六夯"。"覆"，就是覆以"做熟"的黄土；"夯"，就是夯泥了。石桥妹和龅牙三都是夯墙高手，杵法娴熟，一先一后，兔起鹘落。他们双脚站直，提杵伸腰，落杵弯腰，舂杵直起直落，力道均匀，咚咚的撞击声在旷野回响。

房东是"春茗茶庄"的老板娘，多年前，从武夷山孤身一人来到此地，买下了一大片茶山。不多时，生意就做大了，自制的"大红袍""铁观音"沿江过海卖到了南洋，白花花的银子源源流入，遂又买下了官道边的一块地，要建一座大茶楼。

忽闻一阵银铃般的笑声。龅牙三停下了春杵，他一眼瞧见了一袭白衣的老板娘。细看，她高盘的发髻上还插着一朵艳丽的山茶花，手挽竹篮，脚上一双绣花鞋，却是纤尘不染。

龅牙三说："老板娘，又送包子来了，今个是素的还是荤的？"

老板娘笑骂："阿三哥，再贫嘴，俺就扣你工钱。"

龅牙三来劲了："扣呀，让你扣，没饭吃了，哥就住你家去。"

老板娘说："去你的，俺家不收二流子。"

龅牙三扭动腰肢，上上下下撞击春杵，说："老板娘，老板娘，这个，这个像什么？"

老板娘羞红了脸，笑骂道："去你的鬼阿三，没个正经样。咋就不学学石桥哥？"

石桥妹说："三哥，莫要说笑，该移墙枋了。"

"记得吃点心哪。"老板娘放下竹篮，转身走开。

石桥妹和龅牙三从两边松开墙枋的墙板卡，发一声喊，合力提起墙枋向前方移动，不料，龅牙三脚底一滑，带动墙枋往下掉落。说时迟，那时快。石桥妹抢前一步，一手抓起龅牙三的脚踵，一手抓紧下坠的墙枋，大声呐喊，双双提上了墙头。

墙下帮工尖叫、奔逃、高声喝彩。老板娘没有走远，她目击了事件的全过程。她在路上停了停，向"春茗茶庄"走去。

这个晚上，大雨倾盆，连续下了二三个时辰。梁野山外的汀江暴涨,有大量木排被冲散,上下河百十只"鸭嫲船"不知所终。"春茗茶庄"还没有建成的茶楼墙体也轰然坍塌,还原成硕大的黄土堆。人们发现,在这个黄土堆上,赫然出现了一双绣花鞋,两朵山茶花在风雨中红艳欲滴。

老板娘和石桥妹,都不见了。

红叶

我永远无法知道三百年前的江湖艺人红叶当时是怎么样的心情。那一刻,我站在河头城的后山上,遥想当年。多年以后,这个叫峰市的河头城已经沉没在汀江水底。我站立的地方只剩下残垣断壁,茅草疯长。我看到山下蜿蜒的汀江静静流淌,早已经没有了"上河三千,下河八百"的繁华景象。我明白,繁华总会过去的,繁华的顶点就是衰败,物极必反,月盈而亏。

红叶是江湖艺人,绳伎,名动诸边。当地百姓说:"个只做把戏的特有名。"客家乡亲们就是这样,把如此高空杂剧艺术轻飘飘地说成了"做把戏的",就好像他们把影帝影后说成是"戏客子"一样,很不严肃。确切地说,是消解了艺术的严肃性。他们动不动就说"江广福",其实,准确的说法是"闽粤赣",当然,如果我的祖籍地在广东,我要把"闽粤赣"写成"粤闽赣"。不可否认的是,"江广福"诸边是一个完整的历史人文地理单元,是一个整体。

红叶，使人联想起秋天，十月金秋。这个时节，满山红叶似火，田野金黄，客家山区如同林风眠大师的风景画。那时，红叶是最美丽的时候。

那天清晨，河头城码头人头攒涌，美丽的红叶已经在一根绳索上手持纸花伞婷婷袅袅地来回走了三趟，那媚眼，那身段，那惊险技艺，那万种风情，谁都会为之陶醉，可谁也写不出来，何况是三百年后的笔者？赏钱如雨点落下，红叶看似漫不经心，实则明察秋毫。

但是，红叶必须走下去，因为她看到了一叶轻舟顺汀江飘然而下，船头，站立着一位白衣飘飘的书生，如果用贴切词来形容，您猜对了，只能是"玉树临风"四个字，一如二十年前的区区在下。

红叶打足精神表演，一系列的高难动作博得了阵阵喝彩。就在红叶要表演拿手好戏"飞凤在天"时，随着炸雷似的一个"赏"字，三枚铜钱联袂飞来，飕飕飕切断了绳索，红叶在半空中坠落。

众人定睛一看，立即四散开去。

来者何人？是俺朋友的祖上，谱牒上详细记载了其"出身贫寒""艰苦创业""发了大财""回报社会"的形状，谱牒说，"四乡八邻，皆称某某公为大善人焉，人或忘其姓名"。其实，当时的老百姓当面称他是"张大善人"，背后却叫他"霸坑鸟"。"霸坑鸟"自然是禽中猛者，一鸟在坑，群鸟无声。

那时，张大善人说话了："三脚猫功夫，也不看看地方?!"

红叶泪花闪烁。

"所有行头,一概充公!"张大善人扔下了第二句话,转脚就走。

一群壮汉蜂拥而上。

"且慢!"一声断喝。

来人正是那位白衣飘飘"玉树临风"的读书人,气定神闲,也就是脸不改色、心不乱跳地站在张大善人的面前。

张大善人纳闷了,敢在太岁头上动土,好大的胆子,来头不小啊?于是,张大善人问道:"这位仁兄,有何贵干?"

"玉树临风"看着张大善人,微笑。武侠中人的风度,是离不开"微笑"的。不信,您随便翻看金梁古温新派武侠小说诸大师的集子,平均不出三页,就会有一个"笑"字,准确地说,是"微笑"。

"玉树临风"的身旁,是一位精干的老仆,他递上了一张"名刺"。名刺就是名片,木头做的,古代就有。

张大善人接过一看,严肃的脸上忽得闪电般地堆上了笑容。他身边的一群好汉也立即笑容满面。

张大善人笑着说:"啊呀,您就是咱们客家大才子文风先生啊?令兄陈大人可好?您一定要为咱们这小地方留下墨宝哟,这真是巧喽,太巧喽。"

"玉树临风"淡淡一笑:"家兄是有点忙,兵部就是事多。"

张大善人连连点头:"尚书大人为国操劳,日理万机,日理万机!"

"玉树临风"说:"张大善人没有看塘报吗?西北又有战事了!"塘报,就是报纸了。

张大善人说:"公子,您这是前往西北?"

"玉树临风"笑而不答。

老仆人说:"上京赶考。"

张大善人早听说这汀江仁义门的陈家三公子文才了得,是前科乡试解元。乡试是明清时逢子、午、卯、酉年的全省秀才"统考",考试通常在八月举行,因此又叫"秋闱"。乡试第一名称即为解元。

张大善人说:"陈公子,此番进京赶考,必定吉星高照,令乡梓山川增色。在下不才,口占一绝——"

"玉树临风"听到"一绝",眉头动了一下。

张大善人没有觉察到"玉树临风"神情的变化,高声吟诵道:"日头一出暖洋洋,陈家公子上京城;京城有个金銮殿,陈家状元系头名。"

这打油诗,不咋的,按客家话基本是押韵的,寓意好,是好兆头。"玉树临风"这次真的笑了,高兴地拍了一下张大善人的肩头,说:"张兄,好诗!好诗!"

张大善人高兴极了,得意地扫视四周,目光所及,众人振臂高呼:"好诗!张大善人,好诗!好诗!"

喊声经久不息后,终于停歇了。

"玉树临风"说:"张大善人,你看这位女子?"

张大善人朗声说:"听凭陈公子发落。"

红叶深深鞠躬,好像是叫什么"万福",她说:"多谢公子相救,可否允许小女子随船同往汀州?"

"既然同路,有何不可?"说着,"玉树临风"又拍了拍张大善人的肩头,说:"大善人,谢了,小弟就此告辞,后会有期。"

多年以后,陈公子由翰林院编修出任汀州知府,和张大善人真是结下了不解之缘。这是后话,且按下不提。

在张大善人率领众人高呼"高中状元""荣归故里"的阵阵声浪中,"玉树临风"一行走向码头,解缆行船了。

"玉树临风"此番"上京赶考",是为会试。乡试次年,即丑、辰、未、戌年春季,由礼部主持各省举人及国子监监生在京城举行全国考试,又称"礼闱""春闱"。中试者为贡士,第一名称会元。贡士再经殿试,头名者即为状元。

"玉树临风"上得船来,取出一本书,名著《梁野散记》,在船头正襟危坐阅读,《梁野散记》虽不能说字字珠玑,却是真性情,真文章,其对家乡的热爱令人动容。江涛声声,欸乃声声,两岸枫叶似火,芦花飞落。《梁野散记》正可解旅途寂寞。

"玉树临风"正读得津津有味,忽然闻得阵阵酒香。正要起身,老仆抱出一坛好酒,说是正宗的客家米酒"状元红",也不知道是谁送上船来的。"玉树临风"又笑了,他说:"这个张大善人并非浪得虚名,是个有心人呐。"说着,又埋头看书了。老仆说:"三大坛子哪。""玉树临风"挥了挥手,老仆退下了。

古志记载，从汀江河头城上行至上杭回龙滩百十公里水路，有险滩百十处，两岸悬崖峭壁，中流急湍。

船行江中，逆水而上，经虎跳滩、折滩、小池滩、马寨滩、穿针滩、大池滩、小沽滩、南蛇滩、新丰滩、长丰滩、大沽滩、砻钩滩，进入上杭城西，惊险曲折，非止一日。

在上杭县城歇息一日，又开船前行，过三潭滩、锅峰滩、小磴滩、大磴滩、七里滩、目忌滩、栖禾滩、白石滩、濯滩、乌鸦颈滩、龙滩，就到了回龙滩。

回龙滩至汀州，江面开阔，波平如镜，坦途在前。

船泊回龙滩的一处浅水边。此时，月上中天，江面水光接天，远村隐隐，时闻犬吠。

"玉树临风"问红叶："能饮否？"

红叶点点头。

于是，他们对饮"状元红"，喝到月落西山，喝到三更鸡啼。他们都醉了，歪斜躺在船头。江上秋风寒冷，"玉树临风"醉眼蒙眬，将随身鹤氅披在了红叶身上，旋即呼呼睡去。

日出，"玉树临风"醒了，红叶无影无踪。"玉树临风"的那件鹤氅齐齐整整地叠放在船头，领口有什么物件特别晃眼。

您猜对了吗？是一片鲜艳欲滴的红叶。

飞蝗石

上弦月，寒冬，陈家大院笼罩在朦胧的月色之下。

卢捕快摸了摸暗袋里的飞蝗石，心里平添了几分底气。他明白，他要对付的，是武功一流的江湖大盗，旬日之间，已经有三位兄弟伤在此人的飞蝗石之下了。

"盗贼不是善用飞蝗石吗？这趟差事，就该是你卢捕快的了。"汀州府武平县张县令似笑非笑，派出了卢捕快。张县令说："你们该是师出同门了，抓不到人，你就不要回来了吧？"

陈家大院是武邑退隐翰林学士陈大人的宅第。江湖大盗在连连得手之后，放出话来说，下一个目标是陈家大院的玉麒麟。传闻，陈翰林家的玉麒麟，乃当今圣上亲赐。为确保万无一失，陈家特地从汀州府雇请了威远镖局的两位好手看家护院。

陈家大院隐隐约约的灯光，在寒冷的冬夜散发出丝丝暖意。三更的梆子声自南门外断断续续传来。颇为困倦的卢捕快强忍住不时袭来的睡意。

"这鬼天气,盗贼也该睡大觉了吧?"卢捕快思忖着。

"谁?站住!"威远镖局两位好手几乎同时发出了喝令,但见一道黑影从陈家大院的屋脊一闪而没。镖师当即一左一右纵身上屋。看着威远镖师的敏捷身手,卢捕快心中暗叫了一个好字。不料,两粒飞蝗石破空射出,两镖师来不及喊叫,齐齐栽落。

"不好!"卢捕快立时冲了出去。三道寒光直奔而来,悄无声息。卢捕快一扬手,一把飞蝗石脱手飞出,快如闪电。

"啪""啪""啪""噗",四声连响,六颗飞蝗石在空中撞落,随之滚落瓦屋的,是一位黑衣人。

火把通明,陈翰林和众家丁围定了盗贼。卢捕快以戚家刀将蒙面盗贼的面纱挑开。火光下,是一位楚楚动人的女飞贼,目光哀怨。

那"噗"的一声,正伤在她的脚踝上。

陈翰林怀抱玲珑剔透的玉麒麟,悠悠然道:"卿本佳人,奈何做贼?"

鉴于此女飞贼作案跨州连郡,县令大人将其起解汀州府。押送者,正是卢捕快。

武平县位于汀州府南,临粤东赣南,系鸡鸣三省之地。北去汀州府二百余里,有两条捷径。水路,出武北桃溪湘店逆水而上;旱路,越当风岭,经大禾、桃溪、湘店,入汀南濯田、羊牯岭、四都或河田、南岩,抵达府城。

冬日水浅,逆水难行。卢捕快遂决定走旱路,即山路。日出时分,他们就上路了。张知县对卢捕快说:"如此要犯,只有偏劳你这位南少林高手喽。"

这一日黄昏,他们来到了当风岭。

当风岭是一脉连绵高山,山之北,为武北;山之南,是武中武南。高处不胜寒,郁郁葱葱的山峰之上,已经有了晶莹的积雪。

夜色四合,他们来到了一处茶亭。

闽粤赣边客家地区,多有茶亭,实为一间庞然瓦屋而中路贯通,旁有小屋作简易厨房,便利过往行人。

他们来到茶亭歇息打尖。

黑夜,天寒地冻。卢捕快抱来木柴,生起了火堆。女飞贼挨近几步,坐下,说:"这位阿哥,我冷。"

卢捕快不说话,解下自己的披风扔在女飞贼的木枷上,转身走向茶亭入口,左手紧扣飞蝗石袋。

"我独往独来,没有同党。我是梅影。"女飞贼见卢捕快警惕的样子,笑了。

侠盗梅影?为何在县令面前谎称跑江湖的绳伎,误入歧途?卢捕快皱了皱眉头。

"这位阿哥,梅影技不如人,没得话说了。看你那飞蝗石功夫,当是艺出南少林,与吾师五枚师太有莫大的渊源。"女飞贼侃侃而谈,她看到了火光中卢捕快双肩的细微颤动。

"这位阿哥,我们何不双宿双飞,快意江湖?你若是愿意,今晚,今晚,梅影就可以……为你取暖。"女飞贼注视着卢捕快,可惜她只能看到他冷峻的背影。

"咔嚓。"

女飞贼清晰地听到了飞蝗石碎裂的声音,她立即停止了说话。她明白,汀州府大牢在远处等着她。这种命运,看来谁也无法改变。

第二日,经大禾、桃溪,宿湘店。

第三日,入汀南濯田,宿羊牯岭。

第四日,过河田,抵达南岩,汀州城已经遥遥在望了。

正是午时,转过一处山角,一路跋涉的他们看到了一间路边店铺,飘动的"太白遗风"幌子明确地告诉他们,这是一间酒店。

入得店来,卢捕快看清当垆卖酒的是一位老头和老妇人。闻得酒香,他拍出了一把铜钱,说:"不要酒,要茶,云雾茶。"

一壶热茶很快就端了上来。卢捕快闻了闻,大喜,此茶是家乡梁野山云雾茶。他想了想,说:"给她,也沏上一壶吧。"

无惊无险,出奇顺利;异地他乡,居然还喝上了家乡好茶。卢捕快心情舒畅,大碗喝茶,喝了一碗又一碗。当他喝上第三碗时,他喝不下了,他感到天旋地转,茶碗在手中滑落。

卢捕快醒来时,是在汀州府的大牢里。他"私纵飞贼","罪不可恕",张县令密令捕头一路追踪,逮个正着。几乎与此同时,自以为高枕无忧的陈翰林大意失荆州,家藏玉麒麟不翼而飞。

令人意想不到的是，卢捕快越狱了。救他的不是别人，正是他一路押送的女飞贼。从此，千里汀江水路，时闻飞蝗石破空之声。

更令人意想不到的是，武平县衙的张县令在一夜之间消失了。他的消失，非常漂亮。他模仿义薄云天的关公，"挂印封金"。

这是为什么呢？

第十辑 | 铁桥仙

梁野山乃武夷山脉南端与南岭北端最高峰。"梁野山上仁义厅,千里汀江金刀刘。"这是一组笔断意连的系列故事,曰"铁桥仙"系列。

金雄刀

前面就是梁野山仁义厅了，李玉德加快了脚步。

江湖人称李玉德为李飞刀。他没有理由不激动，由他护镖的"排帮"顺利地沿千里汀江直达潮汕，路上虽有些小麻烦，飞刀破空处，只是为江湖上增添了几则传奇。

梁野山位于汀州南部。闽西汀州八县崇山峻岭连绵不绝，盛产优质原木，扎成排，顺水南下，销往珠江三角洲。这些年，汀江水路颇不宁静，"排帮"多有闪失。李飞刀受命于危难之间，这一趟镖，出乎意料地顺风顺水，为山寨立下了大功。

李飞刀知道，寨主年近古稀，早有金盆洗手之意。木排下水那天，老寨主亲自为他们送行。老寨主对李飞刀语重心长地说："我老了，山寨的担子，该交给你们年轻人了。"老寨主目送着足足有三里长的"排帮"浩浩荡荡地消失在河湾里。

想起老寨主，李飞刀心头一热。山寨是汀江边的著名山寨，人多势众，富甲一方。这倾注了老寨主大半生的心血。有道是:"梁野山上仁义厅,千里汀江金刀刘。"说的正是这位老寨主。老寨主当年一柄大刀纵横江湖,罕逢敌手,号为金刀。其实,行走江湖,单凭手上功夫是远远不够的,老寨主扶危济困、广结善缘。坊间又有一句话,四处流传。这句话叫:"有困难,找老刘;及时雨,金刀刘。"

这正是大年三十日清晨,山寨张灯结彩,弥漫着浓烈的节日喜庆。

李飞刀走过寨门,他就看到了老寨主的独生子刘天雄。他坐在轮椅上,闭上双眼,一手在空中不停比画。李飞刀明白,天雄又在练习书法了,看他气定神闲的样子,想必是进入了一个新的境界。行家们都说了,天雄转益多师,书法功力直追二王。二王就是王羲之王献之父子了。可以想象,要直追两千多年前的书圣父子,这是多么艰难的事。可是,据说天雄他做到了。

李飞刀不愿意惊动天雄。天雄奇才,传言八岁射落飞鸟;九岁驾马车载重物千里往返;十岁七步成诗;十一岁洋洋万言边防策论惊动了紫禁城……可惜的是,天雄在一次策马奔腾中,摔裂了脊椎,百药无效。这成了老寨主一辈子的隐痛。

咚咚鼓声响过三通,山寨仁义厅已经是人头攒涌了。

击鼓者,是一位白衣飘飘的儒者,后背的一把长剑剑穗如一团跳跃的火焰。此人姓陈名伟才,大有来历,传言其剑快如风,无迹可寻,号为追风剑。

追风剑是山寨总管,里里外外,经营得井井有条。多少回山寨危机,他运筹帷幄化险为夷。三日前,他从南京城返回,带回了大笔的茶款。梁野山绿茶闻名遐迩,李飞刀行走水路险滩的时候,追风剑正率领百十位挑夫担子辗转于闽浙苏三省的崇山峻岭之间。

出发的那一天,晨曦初露。老寨主送了一程又一程,临别时,老寨主拍着追风剑的肩膀说:"老夫老矣,山寨的担子可就靠你们喽,君其勉之,君其勉之啊!"

日出时分,老寨主颤悠悠地来了,一路上还止不住地咳嗽。一步一喘,他来到了仁义厅。环视着从四面八方赶来的各路英豪,老寨主缓缓地说道:"又是大年三十日了,山寨兴旺哪,癸丑年,进账纹银二十万有奇。山寨有今日,全仰仗诸位英雄豪杰齐心协力。老夫感激不尽。老夫老矣,境况一日不如一日,本该早日退出江湖,无奈山寨虽说人才济济,若论独当大局,却是青黄不接啊。老夫之所以还在这个位置上,全是为了后人着想,扶上马,送一程嘛。"

说着,老寨主从架上取下金刀,猛然抽出。金刀金光闪闪,照亮了整个大厅。老寨主说:"此乃山寨宝物,人所共知。殊不知,此刀一雌一雄,雄刀乃祖师爷佩刀,韩江三河坝一战,祖师爷力战群顽,身负重伤,人与刀,不知所终矣。"

这一山寨掌故,几乎人人皆知。今日老寨主旧事重提,却不知何故?

老寨主没有顾及众英豪的窃窃私语,继续说道:"我山寨有福啊,出了两位奇才,武学修为,道德品行,皆为江湖仰望。山寨有福！山寨幸甚！"

说着，老寨主目视李飞刀、追风剑，眼角含笑："玉德啊，伟才啊。"

"玉德在！"

"伟才在！"

李飞刀、追风剑抱拳出列。

老寨主缓缓道："玉德啊，伟才啊。你们分头出发，寻找金雄刀，半月为期，元宵节为限。诸位英豪，烦请你们作个见证。玉德、伟才以外，无论何人，元宵此地，谁金雄刀在手，谁就是一寨之主。殷殷此心，神明共鉴。"

群雄欢声雷动。

良久，老寨主对追风剑说："伟才啊，把今年的份子银发下去吧。"

今年的份子银远比往年厚重，上杭武婆寨甚至分到了五千余两，以至于不得不雇请挑夫，调来寨丁护卫挑回。在当夜的宴会上，大碗喝酒，大块吃肉，群雄说了许许多多老寨主的恭维话，很多人都喝醉了。

李飞刀、追风剑沿汀江南下，到达韩江三河坝。历尽艰难，终于找到了金雄刀。可是，不知何故，在粤东的一座荒山古庙，李飞刀、追风剑同归于尽。

甲寅年元宵，梁野山仁义厅，各路英豪齐集，人们看着厅堂正中的那把金刀，百感交集。

圆月在天，仁义厅烛光飘忽。此时，人们看到亮光一闪，只见一辆轮椅徐徐滑入厅内。轮椅上，端坐着一位脸色苍白的青年，他怀抱金刀，微笑着向群雄挥手致意。

此人是谁？居然拿到了另一把金刀！其实，不用笔者饶舌了，列位看官，你们一定猜到了。

金刀刘

老寨主和老管家主仆两人从汀江武婆寨下山。石阶上，老寨主身形不动，飘上了一只木船，回头，挥挥手，说："回去吧，都不要送了。"

一干人依依不舍，目送着木船顺流而下，直到看不见踪影。有一句诗化用在这里很合适，叫"孤帆远影碧空尽，唯见汀江天际流"。

老寨主不是武婆寨的寨主，是梁野山寨主。

上杭武婆寨是梁野山三十六寨之一。

前年，为了寻找失踪多年的镇寨之宝金雄刀，梁野山实力最强的李飞刀李玉德和追风剑陈伟才在粤东的一座荒山古庙同归于尽。老寨主的残疾"天才"儿子刘天雄手捧金雄刀如愿以偿地登上了寨主的宝座。可是，江湖多风浪，千里汀江之上，梁野山木排此后多次被拦截，血本无归。更可恶的是，峰市、三河坝、潮州三处木纲商号居然拖欠巨额货款。

派出去了几批"特使"，旷日持久，都空手而归。欠债的大爷们似乎是约定好了说辞：俺们欠货款是有的，都是李玉德和陈伟才经手的，俺们还口头约定了一些附加条款，叫他们亲自来办，跟你们说不清。

老寨主想了多日，决定亲自出马。

老寨主今年七十有二，身板魁梧、硬朗，满脸红光，三绺银白长髯飘洒。身边的老管家，六十开外，却看似干巴的老头。

老管家怀抱一把厚实的大砍刀，长三尺二寸，宽五寸，厚半寸许，刀背及刀柄安装有九串铁环，刀柄上一把鲜红的绸布，如燃烧跳荡的火焰。这就是江湖传闻的"金刀"了。

有道是："梁野山上仁义厅，千里汀江金刀刘。"老寨主当年一柄大刀纵横江湖，罕逢敌手，号为金刀。有诗赞曰："千里汀江，梁野山高；金刀一出，八面威风。"

木船顺流而下，穿越重重险滩。落日时分，抵达峰市。

峰市就是河头城了。汀江水流至此，跌落百丈深谷，浪花四溅如棉花铺盖，曰"棉花滩"。汀江下行、韩江上行货物在此转运"驳肩"，河头城遂店铺林立，人烟稠密，成为集市。

陈家驹是此处木纲会首。此时，正于会馆客厅招待刘寨主用茶。轻轻揭开茶盖，金刀刘闻到了一阵熟悉的清香。

"老寨主，这茶叶如何啊？"陈家驹笑着问。

"多谢贤侄有心，记挂蔽山寨。"

"这梁野山云雾茶哪，还是俺玉德兄弟前年赠送的，一直舍不得喝哪。"

李玉德李飞刀已然在江湖消失。陈家驹这不是醉翁之意不在酒吗？

"贤侄重情重义，老夫甚感欣慰。"金刀刘从怀中摸索良久，掏出了一块玉佩，递给陈家驹："贤侄，这块玉佩，是俺兄弟留给老夫的。老夫须臾不离，四十三年了。老夫来日无多，还是物归原主吧。贤侄好生珍藏。"

陈家驹双手捧起这块玉佩。玉佩有凤凰图案，左翼残缺。陈家驹睹物伤情，登时泪眼蒙眬。四十三年前，陈家驹九岁，随父亲船队前往汀州。船队行至回龙湾，中了仇家黑虎寨的埋伏，家丁损伤大半，父亲中箭，奄奄一息。就在这千钧一发之际，一彪劲旅从斜刺里杀出。为首一人，砍刀闪闪，所向披靡。他就是江湖上大名鼎鼎的金刀刘。金刀刘义薄云天，一路护送陈家船队安全抵达峰市，分文不取。重伤初愈的父亲遂与之义结金兰，赠送了这块家传玉佩。

陈家驹捧还玉佩，动情地说："伯父，您这是……"

金刀刘哈哈大笑："探亲访友罢了，看到贤侄兵强马壮、生意兴隆，老朽这就放心了。贤弟哪，您在看着吧，贵府后继有人哪。"

陈家驹说："伯父，您老就多盘桓几日吧，敝处的江枫渔火可是小有名气的。"

金刀刘说："约好了呀，明日还要赶到三河坝呐。"

陈家驹说："伯父，忘了告诉您老人家，敝行所欠五千两纹银，前些时手头紧，此时大概已经送到上杭城了。明日此时，该可以到达贵寨。"

金刀刘笑了："和您爹一个样，都是急性子。不急，不急。俺此番来，看看贤侄就高兴了。你说是不是呢？啊？"

三河坝位于粤东大埔，崇山峻岭处，一马平川，汀江、梅江、梅潭河在此汇合，水势变得更为浩大。三河坝江水南流，即为韩江。此地有城，清初传奇铁丐将军吴六奇主持修筑，曰汇城。人货辐辏，富甲一方。

三河坝木纲会首邱文贵号称邱百万。钱多了，脾气就大。传闻嘉应州大埔县令新官上任，必来三河坝访贤。这邱百万让某县令大人白跑了两趟；第三趟，邱百万穿着一双木屐，大刺刺地见了一见。因此，这位邱百万又有另一个外号，叫邱木屐。

果然，金刀刘住在汀州会馆等候，老管家白跑了三趟，邱木屐下属皆称会首外出未归。

第四天，金刀刘和老管家将如期前往潮州。吃早饭的时候，金刀刘拿出一封信函，在窗口阳光下晃了晃，交给汀州会馆主事说："麻烦您派个快脚。若无意外，邱百万会赶到码头，见上一面。"

金刀刘和老管家慢慢地吃完早饭，慢慢地收拾行李，然后，告别汀州会馆，慢慢地向南江边码头走去。

码头上，雇请好的船家在静静地等候。江风吹动着金刀刘花白的头发和三绺花白的长髯。老管家怀抱着黑鞘九环刀，刀柄红绸飘拂。想起主人纵横无敌的那些岁月，老管家突然鼻子发酸,扭过头去。

金刀刘此番送去的书信,是一张书页,来自《客家诗文集》,主编是邱天德。其中引用了一句诗:"清风不识字,何故乱翻书。"出自江苏举人徐述夔《一柱楼诗》。当年,该诗被举报为攻击朝廷。乾隆大怒,下令处斩校编诗集者,大兴"文字狱"。消息传出,邱天德赶紧派出人手,悄悄重金收回发散的诗文集,秘密销毁。但是,百密一疏,还是有一册流落在外,不知所终。

这个邱天德,就是邱百万的曾祖。近百年来,邱氏家族头上一直隐秘地高悬着一把利剑。现在,这把足以摧毁一个势大财雄家族的利剑终于出现了。邱木履再高傲,也没有理由躲避不见。

金刀刘很自信,他一定会来的,俺不等了。就在他一跺脚要跨上木船的时候,他听到了一声声急促的呼喊:"刘老伯,刘老伯,请留步,请留步哪……"

金刀刘没有回头。老管家看到,一群当地富豪模样者,踉踉跄跄地奔向码头。他知道,收回欠款已经没有任何悬念了。

在邱百万的盛情款待下,金刀刘在三河坝流连了半月有余。前往潮州,顺风顺水。抵达潮州的那天中午,木纲行会首刘水长率众在湘子桥迎候多时。

当晚,刘会首在湘子楼设歌舞宴会款待,各商号的头面人物差不多来齐了。酒酣耳热之际,说起闽赣木料,人人称好;说起梁野山仁义厅,都说,黄金有价,仁义无价,这名字漂亮、响亮！

兴尽散席，早有豪华马车将金刀刘主仆两人送回闽汀潮州会馆。

其时，月上中天，庭院积水空明，一树茶花在块块青砖上映出细碎的光影。

金刀刘豪情满怀，从老管家怀中抄起九环刀，哐当出鞘，却感觉异常。细看，这口曾经纵横江湖的神兵利器，通体锈迹斑斑，黯淡无光。

屈指算来，金刀刘不操兵刃，差二月有一十三年。

铁桥仙

入秋以来,梁野山变得格外迷人,红叶满山,时见秋雁成行,飞过汀江,飞往粤东蕉岭方向。

这一日清晨,梁野山西麓的陈家寨炊烟升起,村前古榕树下,此时闪出一匹乌黑的骏马,四蹄闪亮,踢踏在晨露湿透的石砌路上。马上,是一位身形魁梧、鹤发童颜的老人。

四乡八邻的老少都知道,这铁桥仙,又要到"高胜"茶楼喝早茶去了。

"高胜"茶楼位于武邑县城的东门,西望群山,北有荷塘,南临汀江支流武溪河,风景优美。此地兼营正宗粤式茶点,向来有名。

铁桥仙策马款款独行,不时和行人打打招呼,脸上持续保持着一代宗师应有的风度,似笑非笑。

铁桥仙姓陈,名仙霞,字云天,是闻名闽粤赣边的"赛百万"的独子,家有良田千顷,山场万亩。乡间传言,此公琴棋书画兼善,十八般武艺样样精通。铁桥仙年轻时参加武邑南三乡民间比武大赛,连续挫败了多名高手,夺得锦标。夺标之战的高潮,是陈仙霞与武邑江湖顶尖高手张九峰巅峰对决,那真是好一场扣人心弦的大搏杀啊。最后,艺高一着的陈仙霞看出破绽,猛下杀手,一招制敌。这一招,大有名堂,叫南拳"铁板桥"。乡人惊呼:"这铁板桥真正是神仙功夫!"从此,陈仙霞就被尊称为"铁桥仙",真姓大名反而鲜为人知了。

决战次日,张九峰变卖家产,从此远走他乡,再也没有回来过。

铁桥仙的大名传开了,汀江武林难免有一些人不服,"江广福"三省高手纷纷前来切磋武功。来时,个个口头客气,神态冷酷。走时,又个个笑逐颜开,称兄道弟。铁桥仙把他们一个个送到村口榕树下,依依惜别。一次,一位铁塔般的汉子当众单膝跪地,哭着说:"铁大哥哟,小弟甘拜下风哪!"

某晚,月黑风高,汀江武婆寨的强人把陈家寨"九井十三厅"团团围住,火把飘忽,照亮了大半片天际。武婆寨主老黑皮指名道姓要和铁桥仙单挑。铁桥仙下令家丁紧闭大门,以弓弩压住四角,引而不发。闽粤赣边客家围屋高大厚实,有极好的防御功能,使用得当,可谓一夫当关,万夫莫开。老黑皮叫骂声不绝。铁桥仙在上厅阁楼上亮着灯笼,高声吟哦唐诗宋词。

老黑皮气得直跳脚,叫骂声更大了。

此时,高楼上的铁桥仙看到了县城方向升起的三朵璀璨的烟花。他笑了,推开窗,高喊:"老黑皮,你等着,俺铁桥仙来也!"

铁桥仙顺手拈来一根鸡毛掸子,慢悠悠地踱步下楼。

下得楼来,众家丁见主人冒险前往,苦苦哀求。家丁甲乙丙蹲抱住了主人的双腿,涕泪纵横。

铁桥仙苦口婆心,劝说大家松手,区区土贼,何足道哉?!

这时,铁桥仙眼角一瞄,屋顶墙角有三道红光一闪而没。铁桥仙一改和颜悦色,突然踢开家丁,大发雷霆:"滚!开大门!"

家丁们战战兢兢地打开大门。铁桥仙手提鸡毛掸子,昂昂然走向大门口。

老黑皮群匪看到铁桥仙怪异的样子,一时蒙了。就在这时,猛然间听到弓弦之声,箭似飞蝗,连绵不绝,从四面八方攒射而来。

援兵到了,武邑李知县的三百弓弩兵所向披靡,一切都结束了。

云聚云散,花落花开。转眼五十年过去了。

现在,乡村石砌路上,铁桥仙策马款款独行。

来到"高胜"茶楼临江雅室,早有灵洞山道观的微尘道长等候多时。老高迅即亲自端上了各色茶点,悄悄退出。老高明白,这两位武林泰斗常常在此聚会,月旦人物,切磋武功。

吃喝得差不多了,铁桥仙问:"江湖上,听说有了一批新秀?武功尚可乎?"

微尘道长哈哈大笑:"什么新秀?吓,尽是一些三脚猫,比起您我，还差远啦！"

铁桥仙摆摆手，说："道兄哪，老夫发愁的是，江湖上一代不如一代，青黄不接呐，假若再次遇上苗刀无敌老黑皮，该怎么办呢？"

微尘道长正色道："说起贵寨陈家寨一战，江湖朋友谁个不竖起大拇指，大喊一个好字！现如今江湖后辈，还有哪个敢拿一根鸡毛掸子迎战百十强匪？啊？没有了嘛。"

铁桥仙沉吟片刻，说道："江湖零落，吾辈自当努力，不敢一日懈怠也。来，来，来，咱们继续编创无敌神拳。"

接着，两大师手舞足蹈，捏着剑指比比画画：你一招"雾锁汀江"，他一招"梁山风月"；你一招"玉女穿梭"，他一招"犀牛望月"；你一招"燕子抄水"，他一招"金鸡独立"；你一招"旱地拔葱"，他一招"苏秦背剑"……一来一往，双方大战三百回合。

这一激战，两大师神游太虚，口干舌燥，他们立即唤来跑堂的续水。进来的是一个新手，叫傻根。傻根面对一代武林宗师，很害怕，不小心把茶汤洒在了铁桥仙的布鞋上。一尘道长摔了傻根两个耳光，喝令傻根立马舔干净，否则，以"铁扇关门"半招置之死地。

傻根吓傻了，说："我有工钱，我赔。"

铁桥仙拿起桌上的小蒸笼，轻轻地倒扣在傻根的头上，缓缓道："你赔不起。"

傻根说："我赔，我不舔。"

"啪",又一只蒸笼扣在傻根的头上:"你赔不起!"

傻根说:"我赔,我不舔。"

当第三只蒸笼扣在傻根头上的一瞬间,傻根抄起一条板凳,大吼一声,拦腰横扫。铁桥仙、微尘道长肋骨腿骨不同程度折断,齐齐栽落武溪河。

玉箫郎君

腊月，薄暮时分，一位文士独自来到了云翔阁。

"云翔风月"是汀州八景之一，位于城北，远接卧龙山，临滔滔汀江。

彼时的云翔阁，极为清静，只有一位老斋公在不声不响地清扫落叶，哗啦一声，哗啦又一声。

老斋公就是那些"服侍菩萨"的普通老百姓，男性。又有老斋婆，不用说是女性。现在的闽粤赣客家地区，还有不少。那老斋公看到有一个人上了山门，好似啥子地方见过，面熟，又想不起来，只得闪过了一边。

"喂！清茶一壶。"文士向老斋公扔去了三枚铜板，铜板咣当当地滚落在扫帚旁。老斋公不悦，但还是为文士端上了一壶热气腾腾的梁野山上等云雾茶。文士就坐在那江风亭上，看着江面，木雕似的。

不久，又来了一个人，此人一袭白衣，腰间斜插一根洞箫，红丝带飘飘荡荡。如果用一句精确的词来形容，我想，只能是那个滥俗的"玉树临风"。

白衣人对老斋公笑了笑，径自来到了文士的身边，坐下，喝了一口茶，说，好茶，梁野山云雾茶。

文士把茶壶往白衣人一侧推去，说，喝吧。

白衣人却不喝茶了，解下洞箫，以白绸布轻轻擦拭，良久，吹出了忧伤的曲调。

老斋公听着听着，不知道是什么原因，他想哭。他跌跌撞撞地过来了，说，客官，客官，请您不要再吹了，我，我受不了啊。

那位文士却笑了，指着"云翔阁"的匾额说，不是云翔阁，要改，是云骧阁。

口气好大啊。老斋公想，不会是啥大人物吧？抬头，这两个拟似大人物却不见了。

老斋公有眼力，这确实是两位大人物。那位看似落落寡欢的文士，正是汀州知府陈龙渊。龙渊巨阙，是宝剑，据说所向披靡，不过眼下，龙渊知府却屡屡受挫，他派出的两批贡金，都在汀江水道的河头城一带被强人劫掠了，无影无踪。

列位看官，您可能要说话了，只听过古时贡银的，很少听说过什么贡金哪。原来，这汀州境内，有一个上杭县，县北有座山，俗称"金帽铜娃娃"，盛产金铜。这座山，就叫紫金山了。依例，汀州府年贡金三万两。

近年，汀江流域，盗寇聚啸。连续失手的陈知府，如果在正月三十日之前送不出贡金，眼看着乌纱帽不保，甚至有性命之虞了。

江湖传闻，窃掠贡金者是一位黑衣女子，怀抱琵琶，妙解音律，江湖人称"黑牡丹"。江湖传闻，她的琵琶声可以杀人。陈知府重金招募的两批押送贡金的高手，就神秘地死在了"黑牡丹"的琵琶声中。

其实，关于"黑牡丹"，另有隐情。于是，这陈知府就约来了那位文士。

这位文士大有来头，来自赣州，他是一名落第秀才，科场屡败后，精研音律，"洞箫横吹千山翠，姹紫嫣红万木荣"一句，就是赣州士林对他的评论。他的外号叫"白衣玉箫"或者"玉箫郎君"。

天将降大任于是人也。龙渊知府选定的第三批贡金的押送首领，正是这个玉箫郎君。

次日，晨曦遍洒粼粼汀江。一组"鸭嫲船"队乘流而下，船上满载汀州名产"玉扣纸"。打头的船上，玉箫郎君迎着阳光，把酒临风，是那样的潇洒从容。

龙渊知府在临江楼上看着船队浩浩荡荡地开出汀州城，松了一口气。

船队出汀州，入武北，往上杭城而去。

古志记载，从汀江回龙至永定峰市的百十公里水路，有险滩百十处，两岸悬崖峭壁，中流急湍。

船队穿过龙滩、乌鸫颈滩、濯滩、白石滩、栖禾滩、目忌滩、七里滩、大磴滩、小磴滩、锅峰滩之后，就来到了三潭滩。

三潭滩在三潭村,此村多货栈,汀江过驳船只,多在此停歇或过夜。

玉箫郎君传话,船队在此过夜。

在一处客栈,玉箫郎君吹了半炷香的洞箫。但见月白风清,四野寂静。一夜无话。

次日,船队又出发了,过上杭城西往南,穿过砻钩滩、大沽滩、长丰滩、新丰滩、南蛇滩、小沽滩、大池滩、穿针滩、马寨滩、小池滩、折滩、虎跳滩,就来到了河头城。

舟船到河头城,就此停泊。河头城以下,落差大,更有十余里巨石大礁,但见激流翻卷,吼声震天,山鸣谷应。因江流卷雪,恰似团团棉絮,故得名"棉花滩"。

"棉花滩"名看似温柔,实则险象环生,是汀江下行及韩江上行船只的绝境。绝境的两端,一为福建汀州河头城,一为广东嘉应州石市。上行船只货物,到河头城停泊,肩挑上岸沿山路运往十里外的石市,再装船顺流而下;而溯韩江而上的船运货物,也由石市上岸,肩挑峰市再装船上行。

河头城依山傍水,商家云集,每日过往船只,号称"上河三千,下河八百"。

玉箫郎君的船队来到河头城时,已是夜色四合,远望山半河上,万家灯火,星星点点。

船工住船看护物品,玉箫郎君携随从十数人,飘飘然入住"云帆客栈"。有诗曰:"长风破浪会有时,直挂云帆济沧海。"

他们把"云帆客栈"包了下来。

酒足饭饱,随从们早早歇息去了。玉箫郎君从腰间刚抽出玉箫,便传来一阵轻轻的敲门声。

开门,一位黑衣女子怀抱琵琶亭亭玉立在门口,微笑着望着他。

"清风明月,漫漫长夜,如此良辰何?"

"《阳关三叠》。"

"何如《春江花月夜》?"

"请。"

黑衣女子款款落座,转轴拨弦二三声,未成曲调先有情,接着轻拢慢捻,悠扬的旋律就回荡在孤寂的客栈了。

开阔的江面上,明月高悬,薄雾朦胧,一群曼妙的女子在月色下载歌载舞……箫声传来,似流水,似龙吟,似天边的彩云缥缈,让这群欢快的女子无端生出今夕何夕、人生苦短、韶华易逝的感慨。琵琶声来,洞箫声往,水乳交融,珠联璧合。

曲终。两人良久没有说话,只听江涛高一声低一声。

还是黑衣女子先开了口:"客官就是赣州白衣玉箫郎君吧?洞箫横吹千山翠,姹紫嫣红万木荣。"

玉箫郎君一怔,随即道:"正是区区在下。嘿嘿,想不到如斯俗称竟然传到汀州潮州了。敢问女公子当如何称呼?"

黑衣女子笑了:"什么女公子,江湖中人,无姓也无名。"

玉箫郎君奉上十两纹银:"听君妙曲,三生有幸也。区区薄礼,不成敬意,万望笑纳。"

黑衣女子并不忸怩，接过纹银，笑问："客官出手如此阔绰，是要小女子一荐枕席吗？"

玉箫郎君正色道："岂敢，岂敢，岂敢唐突佳人！古有大唐红拂，复有大宋红玉，虽误入风尘，却建功立业于国家社稷。在下岂敢以凡俗之人视女公子哉？"

黑衣女子若有所思。

玉箫郎君见状，更是侃侃而谈："方今太平盛世，万民安居乐业，四海笙歌。正是吾辈大显身手之时也。礼乐者，乐者，礼也，礼者，乐也。"

一阵冷风吹来，烛光摇曳，黑衣女子衣着单薄，微微发抖。玉箫郎君取来一袭锦袍，披在黑衣女子身上。

黑衣女子投来感激的目光。

玉箫郎君把蜡烛拨亮了一些，继续说道："在下观女公子天生丽质，是为良玉也，岂是池中之物？若风云际会，他日必当……"

室外，突然传来三声猫头鹰的鸣叫。

玉箫郎君皱了皱眉头，说："若风云际会，他日必当……"

玉箫郎君的话戛然而止，因为一把飞镖闪电般地直穿其咽喉而过。发镖者不是别人，正是他正对面的黑衣女子。或许，玉箫郎君在扑向地面时，听到了黑衣女子转身离去时留下的最后一句也是恶狠狠的话："一介酸臭腐儒！"

就在《春江花月夜》琵琶箫声响起的时候，尾随玉箫郎君船队的另一支船队迅速将货物起岸，沿山路运往石市，再装船顺流直下潮州。这支船队的领头人是谁呢？老斋公。老斋公确实是老斋公，汀州知府陈龙渊将一把铜钱侮辱性地扔在地上，老斋公还是恭恭敬敬地奉呈了上等梁野山云雾茶。由此可见，此人冷静、沉着、有大勇，可用。玉箫郎君自命不凡、故作潇洒淡定从容，树大招风，正可为诱饵，拖住匪盗。此为"明修栈道"，以便老斋公"暗渡陈仓"。三声不祥的猫头鹰的叫声，是匪盗打劫失败的信号。那个精通音律的黑衣女子是谁？列位看官，您一定猜出来了。在此不赘。至于，河头城为何成为盗寇渊薮？且听下回分解。

第十一辑 | 鸿雁客栈

此辑多取自古笔记小说及民间传说,注入客家因素,叙述乡土传奇。

鸿雁客栈

黄昏时分,连绵群山雾霭沉沉,凄厉山风掠过萧疏林木,呜呜作响。

群山之间的某处缝隙,有一条羊肠小路,盘旋往复,此为汀漳要道。

山顶叫坂寮岭。

坂寮岭上,有一间客栈,叫鸿雁客栈。

客栈有楹联曰:"两岸荻枫鸿雁影;满途荆棘鹧鸪声。"

鸿雁客栈有一位三十出头的女子,当垆卖酒,一袭白衣,纤尘不染,高耸的发髻上,插有一朵鲜艳欲滴的红牡丹。

风更大了,黄叶纷飞;天色更暗了,南山的飞鹰已不见了踪影。

该不会有人来了吧?

不。半山腰石砌路上,有两粒黑点,在缓缓向上移动。

走近了,是主仆两人,为首的是位年近不惑的男子,看他的神态,像个读书人,却更像是个富商。

"哎哟,两位客官,外头风大,快快进屋来。"

"可有宿处?"

"后厢房有干净房间。"

"好。可有卤牛肉?"

"有。"

"来二斤。"

"嗯,二斤。"

"可有猪胆肝?"

"有。"

"一盘。"

"嗯,一盘。"

"可有汀州油豆腐?"

"有。"

"来一碗。"

"嗯,一碗。"

"可有花生米?"

"有。"

"一碟。"

"嗯,一碟,客官还要点什么?"

"一壶酒。"

待商人在靠窗位置坐下,刚喝完一杯茶,女子就把热乎乎的酒菜一一端了上来。

长途跋涉,饥肠辘辘,主仆两人风卷残云,片刻把桌上酒菜扫了个精光。

商人唤来女子添酒加菜。

仆人不胜酒力,就跌跌撞撞地摸到客铺歇息去了。

商人自斟自酌,逍遥自得,似醉非醉地吟出一句:"晚来天欲雪,能饮一杯无?"

女子见惯南来北往客人,陪酒也算是分内之事,就嫣然一笑,款款落座。

"这可是好酒啊!"

"客官有眼力,这是酿对烧。"

"何谓酿对烧?"

"冬至日,取山泉精选珍珠米酿造,色泽明黄,入口甜顺清香,滴酒挂碗。"

"嘀,真是滴酒挂碗。"

"此乃小店招牌酒。"

"好酒!好酒!"

"客官,可是还要些酒菜?"

"再来一壶。"

说话间,室外北风怒号,屋顶沙沙有声。

"喂喂,什么响声?"

"下雪了。"

"下雪了?"

"下雪了,山间米头雪。"

商人推窗,但见残月当空,四野茫茫,一片雪白。

冷风袭来，女子一个寒噤，酒壶失手落地。

商人急忙掩窗，咝咝吸着冷气。

"碎了？"

"碎了。"

"你家掌柜……该怪罪你了，我赔。"

"不……"

"我不该推窗。"

商人留下三两纹银，嚷着好酒好酒，手持蜡烛，摇摇晃晃地拐入了后院。

次日，风静雪霁，日上三竿之时，主仆两人歇足了劲，又上路了。

走出店门百十步，女子就追了上去。

"客官，可是前往漳州府？"

"正是。"

"可否将此物，捎带给悦来客栈掌柜的？"

物件为两头对接的竹筒，当是乡间捕鼠器。

"好吧，你尽可放心。"

"小女子谢过。"

"区区小事，何足挂齿。"

主仆两人风餐露宿，赶赴漳州，途中，遇上几拨精壮人马，目露精光，凝视竹筒良久，又呼啸而去。

漳州悦来客栈里，掌柜接过商人送上的竹筒，随意扔在了一边。

"阁下可识得吕三娘?"

"吕三娘?"

"阁下囊中百两黄金没事吧?"

"您……"

掌柜朗声大笑过后,自顾拨弄算盘,不再言语。

商人怏然退出,随即恍然大悟:竹筒对接,为两口,两口为吕,鸿雁客栈女子即是纵横闽粤赣的侠盗吕三娘也。

商人此去漳州,乃是捐官,百两黄金捐得某县知县一职,任期内鱼肉百姓,横征暴敛,三年后,又重金买通上司,打通关节,晋升汀州知州一职。

上任之日,护卫人马浩浩荡荡,威风赫赫。

途经坂寮岭,鸿雁客栈,已成废墟。知州下轿,回想三年前寒夜风雪,正自感慨沉吟,突然一道白光一闪而过。

左右侍卫,见知州大人僵立不动,大惊失色,细看,颈脖口,齐齐整整画有一圈红线。

针刺

闽西南崇山峻岭之间，浩浩汀江水路破隙而出，九曲十八弯，缓缓南流到一个叫棉花滩的地方，突然水势汹涌，奔腾咆哮，飞落百丈悬崖。

南下梅州潮州、上溯汀州赣州的粮船盐船，有"上河三千，下河八百"，到此只能停步不前，驳肩转运，驳肩转运处，人货辐辏，久而久之就有了个繁华集镇，人称峰市。

峰市渡口，店铺相连，自不必多说，单说有个和记小酒店，店主是个精壮小伙子，姓钟，名富祥，人称阿祥。

这日黄昏，天气异常闷热，成群结队的红绿蜻蜓飞来飞去，密匝匝的大水蚁在炉火四周打转。

黄泥小火炉在葡萄架下，紫砂壶正咝咝有声，冒着热气。

阿祥将一盆清水猛地泼在店门前的青石板上。

"嘿，狗东西，泼湿人家哩。"

说话的是一位跛脚老人，住对岸白云道观，每日这个时辰，准会来沽半葫芦水酒。

"哟，是六叔公。"

阿祥称他六叔公，是按钟姓辈分，其实六叔公是广东潮州人氏，三十多年前途经峰市，留了下来。

"酒。"六叔公将八枚铜钱拍在柜台上，扔过酒葫芦。

"今日是李家寨新出炉的好酒，叔公真有口福。"阿祥用竹筒量好酒，递了过去。

"六叔公，来杯茶？"

"有啥好茶？"

"云雾。"

"梁野山云雾？"

"正是。"

"来一杯。"

说是来一杯，其实是喝个够，酒能醉人，茶也能醉人。

两人就坐在了葡萄架下石凳上，慢慢喝茶。

江岸边，停泊着许多船，在船上过夜的人，已张挂起灯笼，火光映着江水，一波一波地闪烁。

"阿祥，明日，俺要走哩。"

"走哩，走哪里？"

"潮州。"

"回家去？"

"哈，还有什么家，去紫霄宫。"

"噢。"

"这些年头，酒，不掺假，实在。"

"做生意,图个信誉招牌。"

"说得是。"

"是。"

"你每日,还多给半勺酒,当俺糟老头不晓得。"

"本家梓叔,本家梓叔。"

"这些年,还练功夫?"

"连城巫家拳。"

"是真家伙,南少林的,看你走路模样,俺也猜个八九分。"

"叔公……叔公也会拳脚?"

"俺这条腿,怎么跛的?"

"这……不晓得。"

"要听么?"

"算了,算了,叔公您还是不说的好。"

"老侄哥,要说给你听。"

"叔公……"

"老侄哥,俺明日就走了,你好好听听,记着。"

六叔公就这样一边喝茶,一边讲起了他的故事……

那是清光绪末年,阿六(六叔公)在汀州卧龙山学艺,十年苦练,就有了副好身手,同辈师兄弟有十八人功夫最好,人称十八郎。

十八郎出入江湖,威名赫赫,闽粤赣边,罕逢敌手。

这年寒冬,广东汕头来了一趟镖银,为首的是夫妻两人,传闻是罗浮山派的好手。

入闽省境,头一日在武北当风岭观音庵歇足打尖。

十八郎志在必得,倾巢而出。

阿六善轻功,先行探路,飞身伏在屋顶上。

观音庵右侧厢房内,一灯如豆,一位妙龄女子正自顾纳鞋底,她的身边,一位男子呼呼大睡。

一长溜的银车就停放在床榻旁。

女子一直不紧不慢地飞针走线,时不时用铁针抹抹头油,时不时刺一刺窗户。

阿六心头着急,师兄弟怎么还不来呢?此时不出手,更待何时?

这时,女子起身叫道:"梁上君子,该下来了。"

阿六一惊,知道逃不了,就揭瓦飞身而下。

女子推开窗户,指向庭院说:"你的同伙就留在这里了,我的丈夫脾气不好,一旦醒来,你就没命了。"

阿六强忍悲痛,借着烛光,检视师兄弟伤处,见人人眉心,均有针刺痕迹。

临走,女子说:"窃赈灾银车,罪不可恕;留你活命,是为布道。"

男子呼呼翻转身,又睡了。

阿六猛然感到右腿一阵刺痛,这轻功算是废了。

女子又说:"快走,还能回家。"

阿六走到峰市,就走不动了,白云道观一尘道长救了他,但右腿还是跛了。

阿祥听着听着,茶壶在手中颤抖,茶水洒落满桌。

江风徐来,炉火明明灭灭。

"后来呢?"

"后来,俺就和老侄哥一块喝茶。"

"对,对,喝茶,喝茶。"

"喝茶。"

十三郎

十三郎排行第十三,九莲山下人氏,南少林俗家弟子,善射,强弓在手,百步穿杨,江湖人称"小李广神箭"。

古汀漳路崇山峻岭之间,常有悍匪聚啸,洗劫商旅,行人视为畏途。十三郎出,凡数战,群匪尽落下风,遂不敢撄其锋。

突然有一日,十三郎厌倦了江湖杀伐,回乡种地去了。

汀漳山路,又成了黑道的天下,为首一人,人称燕子吕三郎。

各商会纷纷来请十三郎复出。十三郎架不住老朋友们的三番五次苦苦哀求,就半掩柴扉,重操旧业。

这一日,春风拂面,细雨霏霏。十三郎及盛德镖局人马护送商队,由漳入汀,走老路,途经坂寮岭。

坂寮岭逶迤奔走,山腰山顶,烟雾萦绕。

猛听一声锣响,四周杀奔出大股悍匪。

盛德镖局数十位趟子手处变不惊,快速稳住阵脚。

十三郎抽出强弓。"嘣"的一声,弦断!正诧异间,飞骑逼近,十三郎失去顺手兵刃,苦战不敌,被擒获上山。

群匪将十三郎严严实实地绑在山神庙石柱上,又呼啸下山,追击商队去了。

十三郎悔恨交加,闭上了眼睛。山下杀声动地,激战方酣。商队在劫难逃吗?弓弦怎么断了呢?谁做的手脚?盛德镖局吗?正胡思乱想之时,十三郎听到一阵轻微的响声,睁开眼睛,就看见一位明艳照人的女子,薄雾飘过,几分神秘。

女子说:"你就是十三郎?"

"在下行不改名,坐不改姓。"

"我是压寨夫人,一位苦命女子。"

"哼,那我就是苦命男子了。"

"我要救你。"

"为何要救我?"

"助我脱离苦海,送我回家。"

"好!"

女子抽出尖刀,唰唰两声,割断绳索,又找来马匹、器械,两人飞驰下山。

两人纵马狂奔了百十里地,就来到了一个有棵大榕树的僻静山村,拍开一户人家门扉,出来了一位白发苍苍的老婆婆。

适逢老人的儿子随儿媳回娘家省亲去了,就留下他们。

吃罢地瓜稀饭,闲聊了几句,老人就去歇息了。

农舍新房,繁花满树的夜晚,浮动着暖暖甜甜的气息。

女子吹灭油灯。

十三郎端坐在椅子上,一动也不动。

半夜,起风了。

十三郎起身关好窗户,重回椅子上端坐。

风过疏竹,蛙声起伏。

星光透窗渗入,女子一转身,被子滑落地板。十三郎扭头走出室外,徘徊不止。

女子睁开眼睛,又闭上了,她听到了响遍整个下半夜的沙沙脚步声。

三天后,两人抵达泉州。在一处深宅大院的门口,十三郎一抱拳,转身默默离去。

女子倚门一笑,说,还是回家种地去吧。

十三停了停,说,我这就去。

"小李广神箭"十三郎为何要回家种地?因为,他早已明白,所谓压寨夫人苦命女子,其实,就是纵横江湖的侠盗吕三娘,世人不知,误为吕三郎。试问,谁能两刀割断纵横交错三浸三晒的牛筋绳索呢?森严山寨,又为何空无一人?那么,吕三娘又为何要与十三郎一同出逃?因为她要探查盛德镖局沿途明暗站点。"大盗"行事,多半匪夷所思。

玉面飞狐

烛影摇红,喧闹的唢呐声平静了,贺喜的宾客散去了,简陋的洞房内,孤儿阿三面对亭亭玉立的新人,呼吸变得格外粗重。

窗外,是一轮皎洁的圆月,一棵繁茂的桂花树,落叶有声。

阿三颤抖着双手揭开了新人的红盖头。

"啊!"

如此佳人,不会是仙女下凡吧?

新人玉儿粉面飞红,眼角含笑。

阿三说:"娘子,俺们就……就歇息了吧。"

玉儿说:"俺们家守着几分菜地,一贫至此,郎君且稍等片刻,俺去借些财宝回来。"

阿三大惊:"你莫非果真是玉面……"

玉儿道:"不错,俺们爹娘指腹为婚的媳妇儿,正是玉面飞狐。"

阿三说:"咋这么急呢?"

玉儿说:"今天是好日子。"

阿三说:"可千万莫有闪失,俺等着娘子回来。"

玉儿一笑,一闪即逝。

半炷香后,阿三还在呆坐着,怔怔地望着一寸一寸燃尽的红烛。

忽背后吹气如兰,阿三回头一看,玉儿站在身后吃吃窃笑。

次日,阿三上街转悠,听得街市上传出惊人的消息,说是三十里外赵家堡恶霸堡主大院昨夜失窃,飞天大盗乃玉面飞狐,一照面之间,即射杀两名家丁。赵堡主横行乡里,怎咽得下这口气,悬赏千两黄金,捉拿盗贼。

阿三急奔回家,媳妇玉儿正在灶间生火做饭。麦饭的清香,弥漫草屋。

阿三说:"你没事吧?"

玉儿一笑:"身为人妇,金盆洗手了,不会有事的。"

阿三长吁了一口气。

这一日,玉儿早早出门,上街卖菜,日暮时分,急急返回,一进家门,就倚在柱子上大口大口地喘气,胸脯起伏不止。

阿三端上一碗茶水,玉儿接过,一口喝干,恨恨道:"樊七,好个樊七!"

樊七是捕头,在南七北六十三省江湖上大名鼎鼎,奉调至此协查赵家堡窃金杀人案，一上手，就搜获到了玉面飞狐的踪迹。

这次，玉儿使尽解数，方才摆脱追踪。

阿三说："今后俺去卖菜，你待在家，啥地方也甭去，啊！"

玉儿点点头，眼泪就涌了上来。

次日，阿三从菜园拔得一担鲜嫩青菜，上街去了。

刚到菜场，就被一高一矮的两个公门中人硬"请"进了临江茶楼。

阿三结结巴巴地说："两位大哥，俺要卖菜哩。"

高个子说："俺们全买下了。"

阿三说："一担十个铜板，中不？"

矮个子大笑："给你二十个铜板。"

阿三说："赶明儿，俺再送一担补给大哥。"

高个子说："没有明儿了。"

阿三说："咋会没有哩？"

矮个子说："你媳妇是玉面飞狐。"

阿三大喊："冤枉啊冤枉，俺玉儿……"

高个子大喝一声："住嘴！"

矮个子说："兄弟，你还执迷不悟，俺哥们这是救你，救你媳妇！"

阿三说："咋个救法？"

矮个子说："取出财物，就没事了。"

阿三信了，带着两个公门中人，往家里去。

到家了，媳妇玉儿正坐在门槛上缝补衣服。

阿三流着泪说："玉儿，咱们还了人家财物吧。"

玉儿不说话，一针一线，细细密密地缝着，良久，她打好一个结，咬断针线。

公门中人静静地站立一边，高个子说："玉面飞狐，上路吧。"

玉儿说："唉，我早知道会有这一天。"

玉儿将衣服递给阿三，凄然一笑，就上路了。

县衙公堂，县令在众衙役层层护卫下，提审五花大绑的玉儿。

玉儿长叹一声说："俺玉儿自出道以来，纵横江湖，不想竟栽在樊七手中，这樊七，莫不是神仙？"

忽听一阵哈哈大笑，屏风后转出一位干瘦矮小的老头，手持三尺来长的烟杆，悠悠然踱了过来。

"鄙人正是樊七，非神仙也，阿三就是……"

玉儿大喊一声好，口中飞出一根银针，直穿樊七咽喉。

傀儡戏

正月十三,晨。杭川"老荣顺堂"傀儡戏三脚班师徒三人,从武溪河的鸭嬔船上走出,上坡,来到了百姓镇。

"师傅入村仅两仨,全班胡笼挑一担。锣鼓竹架背一把,男女老嫩都喜欢。"顺口溜描述了傀儡戏班行走乡村的生动情形。

汀江流域客家聚居地,逢重大节庆,排场的村镇,必请"吊傀儡"的来热闹热闹。去哪里呀?看"吊傀儡"的。

"老荣顺堂"仅一师二徒。师傅叫公背佬,头徒为法荣,小徒法顺。田公弟子,多有法字。开演时,前台正副两人提线演唱,后台一人掌鼓板兼帮腔,"生旦丑公婆净"六行七腔,高腔。

眼下,三脚班穿过古镇的迎恩门,他们要到武侯庙去。

这古镇,号为百姓镇,位于武溪河畔,控扼诸边。大明洪武年间设置武平千户所,筑三城,城高而厚,互为勾连。草创之初,有十八将军入城。北地将军,思念家乡。朱洪武特许其制作宫廷花灯，闹灯时间延长。民谚说："有食无食，嫽到正月二十；有嫽无嫽，嫽到灯了。"

迎恩门到河边，有一条长街，两侧店铺林立。长廊上，悬挂形制各异的精美花灯。道路中间，铺设清一色的石板，光滑锃亮。师徒仨靠边走。旧时，石板路仅供军家人和有功名者行走。虽时过境迁，他们还是守着老规矩。

小徒法顺身板挺拔，他挑着担子，走着走着，就落后了几步。

路旁店铺，有卖簸箕粄的，热气腾腾，食客甚众。当炉操持者是一个美艳少妇，见法顺，抿嘴一笑。

"来啦。"

"来啦。"

"食朝么？"

"庙里有吃的。"

"俺送过去的。"

"多谢。"

公背佬和头徒双双停下，他们没有回头。迟疑片刻，法顺赶紧跟了上去。师徒仨的脚步又向前移动了。

民间组织的主事者，此地称总理。武侯庙的，姓罗，唤作罗总理。罗总理年近古稀，笑呵呵的，似笑弥勒。望见师徒仨，就迎了上去，嘘寒问暖的。身后的几个理事点燃了千响鞭炮"遍地红"。

武侯庙又叫上庙，是三进二厢的庭院建筑，飞檐斗拱，花木扶疏。正殿，有仙风道骨、羽扇纶巾的诸葛孔明雕像，香烟袅袅，电灯红烛闪亮。木柱上刻有楹联："日月同悬出师表，风云常护定军山。"

恭敬上香毕，公背佬领两徒退到西厢房歇息。

正月十三，开场戏安排在夜晚。三脚戏班子既来到此地，便须开锣，鼓点不停。傀儡戏班的锣鼓经类似汉剧，"火炮鼓""后槌""水波浪"都有。锣鼓声中，公背佬虔诚地请出一尊观音木偶，稳坐镇台。

食朝，果然是温软如白玉、葱油香扑鼻的簸箕板。

公背佬提着一盒礼品和笑弥勒出外去了。徒俩明白，这是去打点关系。远道谋生，这是免不了的礼数。

就在公背佬跨出庙门的瞬间，愣住了，他竖起双耳，捕捉到锣声有一丝散乱。笑弥勒说："咋啦，丢金元宝啦？"公背佬说："光记得带五香豆腐干，添放（忘记）鱼粄啦。"笑弥勒说："嗨，老朋老友了，客气啥？老镇长等着你呐。"

公背佬心似明镜，打锣的，是法顺。这浑小子，丢了魂啦？

夜幕降临，古镇花灯次第点亮，交相辉映，色彩梦幻。近年，青壮镇民多外出务工，一些人刚过完年，就迫不及待地涌向城市。古街上行人稀落，与年前形成鲜明对比。

三三两两来人了。和以往熙熙攘攘、大呼小叫的热闹景象不同，来人多半是老幼妇孺。

往年这个时候，下庙的锣鼓声总是抢先响起。今年正月，崇德堂戏班就不来古镇了。他们随打工者到广深一带巡回演出，称之为："送温暖。"少了唱对台戏的劲敌，公背佬颇为失落。

笑弥勒和一干理事会成员拥着老镇长来了。老镇长手捧菠萝罐头玻璃杯，喝口浓茶，说："傀儡戏好，好啊，开演吧。"

锣鼓齐鸣，开台仪式唱道：

香烟袅袅透云霄，拜请杭州铁板桥。
铁板桥头请师傅，腾云降雾下云霄。
……
远道带来沉香木，降福消灾，家家齐唱太平歌。
你问他，将军战马今何在？四路鲜花满地开。

开场戏是《跳加官》《打八仙》。再一出是新编的《刘伯温筑城》，说的是大明诚意伯刘伯温督建武所城的故事。

看完《六国拜相》，老镇长一干人就客气地告辞了。接下来，便演出《金殿配》《打金枝》《张四姐下凡》，热闹而漫长。孩童们新奇过后，个个昏昏欲睡，老妇们也困倦了，打着哈欠，提着板凳，陆陆续续携带孙辈回家去了。

春寒料峭，屋檐有露水滴落。偌大的一个场子，就剩下了一个人，坐在空阔天井边缘的竹椅上。

此人正是古街簸箕粄店的女主人，叫阿惠。

正月十三到二十，阿惠每晚都是最后走出庙门的观众。她嗑瓜子，看戏，也看人，不经意地瞄瞄法顺，更多时候，看着一盏一盏花灯出神。

笑弥勒不能走，陪着，就四处溜达。这又折回来了。他说："阿惠，你也该挂一盏花灯啦。"

阿惠半晌不语，泪光闪烁。

"哎哟老鼠！"笑弥勒惊叫着钻入厢房了杂物间。

正月二十，古镇演出最后一天。早上，法顺说要上街买点东西，公背佬问买什么？法顺支吾其词。

法顺还是逛街去了，傍晚才返回上庙。师兄敲打了大半天的乐器，手腕酸疼，气咻咻的，说："簸箕粄带回来了？"法顺说："千层糕，您爱吃的。"

深夜，曲终人散。师徒仨默默收拾行头。法荣突然冒出半截话："咦，没来！"法顺低头不响。公背佬轻咳了两声。

次日大早，师徒仨要走了。笑弥勒把一个大红包塞入公背佬的口袋，略带歉意说："都打工去了，明年早点来。"公背佬笑笑，点点头，又摇摇头。

出门，走在古街上，晨光普照。途经簸箕粄店铺，还是老样子，热气腾腾，食客盈门。阿惠看见他们了，她将蒸笼盖一把揭开，茫茫白雾，笼罩了店铺门面，挡住了他们的视线。

纸花伞

"千祈莫碰纸花伞。"

千祈,客家话,就是普通话"千万"的意思。

纸花伞,也就是戴望舒《雨巷》中描写的油纸伞,有梅兰竹菊一类图案,就成了纸花伞。江南岭南多雨,绵绵不绝,持纸花伞的女子袅袅婷婷。因此,纸花伞很女性。很多时候,成了风流女子的代名词。

"千祈莫碰纸花伞"的意思就非常明白了。

这句话是闽粤赣枫岭寨的谚语。这个谚语常常挂在老人的嘴边,这个谚语可以说是九叔公以生命为代价换取的。

九叔公那时还年轻,二十出头,魁梧、英俊、聪慧,还很善良(刚才说过九叔公刚二十出头,我们暂且叫他阿九好了)。那年头,来提亲的四乡八邻媒婆踏破了我家族古寨堡的门槛。

终于,阿九相中了陈家庄的赛银花,问名纳彩什么的礼数都顺顺当当做好了,当年中秋过后迎娶。

这赛银花她爹是个了不得的人物。八百里汀江韩江水路上都有他的人；他家的山林木头，"比全县人家的竹筷子还多"。有人暗地叫他土霸王，更多的人当面叫他陈大善人。总之，民国年间的历任县长上任的三件大事之一，就是来陈家寨拜访他。

这赛银花呢，是陈家八虎的九妹。说起来也怪哉了，八虎个个满脸横肉，独独这九妹貌美如花。因此，乡人齐唤赛银花。

阿九排行第九，赛银花排行第九，而且是同年同月同日生。朋友们，您说这是不是缘分呢?

话说有一日下雨，赛银花持纸花伞在泥泞的山路上独行。为什么独行，没人知道。一阵狂风，纸花伞吹落山溪。阿九恰好访友归来，喝高了，虽看不清美女，却看不惯女子淋雨。见状，将自个儿的斗笠扣在赛银花头上，下溪捞来雨伞，取回斗笠走了。赛银花记住了阿九。

后来，就有媒婆来枫岭寨我家族提亲。后来，阿九就去偷看赛银花。咦，好像在梦中见过，很亲切，很怜爱呀。阿九应了婚事。

八月秋风渐渐凉。转眼到了八月，八月的闽西，可是最美丽的时节了。山上，五彩缤纷；清溪，游鱼可数；梯田，秋禾收尽，禾田鸟雀纷飞；天空，碧蓝，高远。

阿九"放木排"后溯韩江汀江归来，闲了几日，很是无聊，和家里人打了声招呼，扛起锄头锄梯田去了。

我家族的梯田很多。阿九这次去的是湾尾角，汀江岸边的湾尾角。

我们知道,阿九很魁梧,健壮,几袋烟工夫,在二三十丈长的梯田里锄了个来回。

顺便说几句,我家乡梯田,形状不规则,大的像操场,小的像木勺、斗笠、蓑衣,很多梯田牛上不去,要靠锄头。锄头重量一般是三斤半,客家人叫镢头,这可是中原古音。我回乡务农时,扛过几年三斤半,感觉最深的,这是力气活。

话说阿九锄了个来回后,直起身擦汗。他的汗巾就绕在头上,光着膀子的,汗水在他宽厚的脊背上淌成了条条小河。

这时,他听到了吃吃的笑声。定睛一看,一位持纸花伞的妙龄女子亭亭玉立款款而来。她的身后,是汀江湾尾角。湾尾角柳树上,系着一条小船。

阿九不笑,用力锄田。

"阿哥仔,讨口水喝。"

这女子走近了,说话了,话尾子(语调)很是恬静、温柔。

"田头,自家喝去。"

阿九哥头也不回,锄地。

"阿哥呐,水好甜呢。"

女子又说话了。

"甜?甜就拿去。"

不知怎么回事,阿九丹田上下一阵阵燥热。

"哎,莫敢呐,多喝一口好了。"

又是柔柔的声音,像是一根鹅毛在耳朵边撩拨。

说话间,一阵乌云飘来;接着,起风了;接着,大雨倾盆。

荒山旷野,四处无人家。阿九和女子只得一路奔逃到小船上躲雨。

小船很干净,很舒适。空无一人。不,现在应该说有两人。

雨打竹篷,砰砰作响。

雨脚如麻,遮没了远山近山。

女子拿了一条粉红的香甜的干毛巾给阿九。

这场豪雨,持久了一个多时辰。

雨停了,阳光斜照。

上游飘来了黄浊的水流和残枝败叶。河水开始上涨。

阿九羞涩地一笑,跳上岸去。

刚上岸,船就移动了。

女子说:"阿哥仔,去梅州城吧,钟神医能帮你。"

后来,阿九,也就是九叔公一夜之间在我们家族消失了。

阿九消失后,传闻很多。较一致的说法是,那女子是麻风女子,陋俗说是交接的人越多,病愈得越快,从汀州一路下来,船出潮州,也就差不多了。

还有人说,陈家的一位兄弟不乐意阿九,收买了那女子来害他。

不管怎么说,纸花伞是碰不得的。"千祈莫碰纸花伞"成了谚语，成了一些族群的记忆，成了戒律。

20世纪70年代后，有村人去粤东名胜某山上香。那人说，有一位九旬高僧酷似我堂兄建雄他五爷，也就是说酷似咱们家族中人。他会不会是阿九——九叔公呢？

凤栖楼

这日黄昏，阿财从古镇兴隆当铺回家，走过翠柳古桥，往西一拐，即走上了石砌路。石砌路伸向三铺半外的山脚，山脚下则是一个叫松山下的村落。

民国二十三年秋天的斜阳懒洋洋地照在阿财的身上。秋风起，河岸芦花飞落，层层山间梯田翻涌着阵阵稻浪，南岭山顶有苍鹰盘旋，禾雀子鼓噪归巢。这年头，地处闽粤赣三省要冲的古镇，常成为百十股土匪贼盗的袭击目标，零星枪战，无日无之。阿财一路走来，未遇上一个行人。此时，他看到了松山下那平静而舒展的袅袅炊烟。

推开家门，媳妇正抱着一大把柴草走进厨房，阿母却在庭院内赶鸡子入笼。阿财捏了一把媳妇，媳妇忙把他的手扯开，朝庭院张望了一下，飞红了脸。

阿母在庭院外说："阿财，文凤伯搭话，喊你食夜。"

阿财应了一声。

文凤伯是阿财的亲大伯，是松山下陈家庄唯一的晚清秀才。有道是读书落魄算命医药，文凤伯却有一手看风水行地理的绝活，名动诸边，闲时云游四方踏遍青山，居家则以种花植树吟诗作对自娱。

阿财穿好中山装，别上一支自来水笔，出得家门，天色已晚了。

转入后山，走了一程，爬上九九八十一级石阶，便来到了凤栖楼土堡。

古镇一带，鸡鸣三省七县，地势险要，十万大山，兵戈四起，故民风粗犷，一俟秋谷登场，木材下山，即家家户户购置枪弹，积蓄渐丰，便构建土楼，邻里互为犄角，守望相助。民谚云："出门不带刀，不如家中坐。"又云："大围楼，大土堡，土匪来，拔根毛。"

土堡门前，有位粗汉兀自坐在石阶上吸烟。此人叫蛮古雕，系粤东人氏，前年偷牛事发，送官途中，逢到贵人，文凤以三百袁大头救出。蛮古雕长跪不起，铁定心肠，跟了文凤。

蛮古雕见阿财来了，说声凤伯等你呐。

阿财喊声伯，便来到了土堡厅堂，但见香桌两边太师椅上，端坐着凤伯和一位瘦子。

这位瘦子模样很是斯文，金丝银镜配怀表，灰布长衫，一尘不染，一只戴白手套的手优雅地捏着火纸，轻轻一吹，火纸吹出火，咕嘟咕嘟地吸起了烟。

阿财一惊，此公大有来头，莫不是威震八方的兰亭先生？兰亭先生亦是晚清秀才，为凤伯同窗，琴棋书画，十分了得，比凤伯尤有过之。辛亥那年，闻风而动，率家乡八百子弟，走州过府，饱掠一番后，散尽部众，解甲归田，隐居梁野山下，而号令一出，闽粤赣周边三省七县百十股杆子，莫不惟其马首是瞻。传闻历任县长，下车伊始，即备厚礼往山中问计，名曰访贤。又传闻此公一年四季，均穿皮鞋洋袜、戴白手套、着灰布长衫、架金丝银镜、挂瑞士怀表，人称此为大先生派头。

文凤伯说："侄哥，这是兰亭先生。"

阿财叫声先生，上前斟茶。兰亭先生抽完烟，长舒一口气，笑眯眯地打量了阿财一番，说："闲时读什么书啊？"

阿财说："三国。"

兰亭一笑："真三国假西游风（封）无影水无踪呢，还看什么哎？"

阿财说："唐诗。"

兰亭又笑："晤，好啊，熟读唐诗三百首，不会做诗也会吟。会打枪么？"

阿财说："凤伯不让打。"

兰亭说："好，兵者，不祥之器，圣人不得已而用之，读书好。"

说话间，八仙桌上已佳肴飘香。兰亭、文凤伯谦让一番后，分宾主坐定。君子之交，绿茶代酒。阿财作陪，照顾茶水。

席间，谈笑风生，兰亭又问了些诸子百家楚辞汉赋一类的话，阿财应对自如，兰亭频频点头，说孺子可教也。阿财一时得意，便伸出筷子挟了兰亭面前的鸡肉，文凤用筷子猛敲阿财，骂声不懂规矩。兰亭呵呵大笑，便挟起鸡腿往阿财碗中去。文凤见状，又挟回去，说莫惯坏小辈。双方一来一往，如此再三，末了，鸡腿还是放在了兰亭的碗中。

吃罢饭，再上茶，桃溪茶换成梁野山极品云雾茶。兰亭初闻茶香，连声称妙。两同窗谈兴甚浓，说些文坛掌故奇闻轶事，很是风雅。兰亭突然问何处为佳？文凤说龙行千里到此回头云卷云舒南山朝斗。兰亭想了一会，说声高明，便告辞了。文凤送出了老远。

送客返回，文凤便拿出两颗乌黑药丸，叫阿财尽快吞服，又将剩物连同碗筷茶器烟筒等一同倾入箩筐，叫阿财搭手抬往后山埋了。

回土堡路上，文凤问："侄哥，知不知为何以茶代酒？"

阿财说："君子之交淡如水。"

文凤问："为何筷子打你？"

阿财说："小侄挟过河了。"

文凤问："为何吃药丸？"

阿财说："补药么？"

文凤又问："人家为何这等装束？"

阿财说："大先生派头。"

文凤再问："埋东西又为何？"

阿财说："伯看不顺眼。"

文凤说："唉，别人不知，我何尝不知？多年不来，何必再来!"

阿财吓了一跳:"伯,你说什么?"

文凤说:"无事,夜深了,侄媳等你呢。"

阿财想起了媳妇飞红的脸,心中一动,就说:"伯我回去了。"

文凤一笑,说:"伯今夜吃多了,明日的饭也不想吃了。"

阿财一听,欲言又止,便沿台阶走到山脚,回头看见凤伯仍静静地提着穿箩筐,在石阶上、凉风中,在溶溶月色下。

松山下村犬吠此伏彼起,房前屋后,秋虫唧唧,远山隐约,涧溪有声。

半夜,阿财正和媳妇细声说话,突然从山背土堡那边传来断断续续的炸响。媳妇说谁家妹子嫁人了,阿财静听,不吭一声。媳妇又说谁家后生娶婆娘了,阿财却失声痛哭:"凤伯啊!"

阿财与众亲房叔伯操家伙火速冲入凤栖楼土堡。匪贼远飏,凤伯全家遭难,独不见蛮古雕。

众人破口大骂偷牛贼狼心狗肺恩将仇恨,将举族追杀,决不宽恕。阿财却返回家中,将所有的书籍烧了,片纸不存。

三个月后的一天,有人发现了蛮古雕、兰亭先生及其两个神枪马弁铜铁疤头横卧南山朝斗,兰亭先生常年不离手的一双白手套却抓在蛮古雕手中。人们发现,兰亭先生双肩和心窝各中一弹,尚有鲜血流出,手掌溃烂红肿,五指齐平。

第十二辑 | 积善堂

家乡武邑，多奇人奇事。参以虚构，连缀成篇，曰"积善堂"。

积善堂

这古镇名曰武所,即"武平千户所",位于闽粤赣边崇山峻岭之间,地势险峻,控扼汀江、韩江水路要冲,古来为兵家必争和山货集散地。

古镇形胜,闻名遐迩,中有"一树遮三城"景观。树下有一巍峨恢宏的五凤楼,五凤楼门楣上赫然以颜体字书写着一行镏金大字"积善堂"。传说出自明朝开国元勋诚意伯刘基刘伯温先生手书。积善堂堂主谓谁?乃明初闽西神针二十三代传人张神针是也。

积善堂数百年英名不坠,誉满闽粤赣边,乃是岐黄之术高妙所致。几多游方郎中杏林高手暗藏杀机,千里迢迢来古镇所谓切磋医技,实则多半是来踢场子也。古镇这块繁华风水宝地,有本事的谁不想在此大展风云?但数百年来,来客纷纷,无不落荒而走。数百年风风雨雨的吹打,积善堂三字,依旧金光闪闪。

话说张神针常年一袭布衣,长髯飘飘,满脸红光,慈眉善目,寅时即起,窗户四开,走完一趟传自张三丰祖师的武当太极拳后,稍事洗漱,即端坐于积善堂布满华佗再世江南神针一类锦旗的大厅正中太师椅上,或诵奇经八脉、道可道非常道,或诵环滁皆山也、臣本布衣躬耕于南阳,或闭目养神参悟玄机。此时,天大的事不管,若有人擅自闯入,必严词训斥,绝不留情。有一新仆好意送茶,蹑手蹑足,甫一入门,端坐太师椅默想玄思的张神针双目暴射精光,如先祖燕人张翼德长坂坡威风,大喝一声:"杀人强盗,滚!"新仆惊怖,茶具落地,一副落汤鸡相,跪地苦苦哀求,张神针头也不回拂袖而去。当日,此仆卷铺盖走人。

张神针治病救人,神验异常,妙手回春。这不仅仅是祖传秘方金字招牌吓人,真功夫硬功夫还是有的。话说古镇三省通衢,圩天自是人如潮,货如海。一圩日正午,古榕树下,人群里三层外三层密密麻麻,喝彩声不断,如雷贯耳。这可惊扰了积善堂清静,弟子小三仔来报,那汉子了不得。接连三次,张神针依旧端坐如故,不动如山,慢悠悠地替一位老者望闻问切,最后,轻轻提起羊毫,濡墨铺纸,气定神闲,用端端正正的颜体字写药方,嘱咐伙计抓药,然后,客客气气地送老者出积善堂,顺便踱出了门。

但见古榕树底下,一位精壮的客家汉子,一身短打,精神抖擞,正摆开四平马,左手食指徐徐推出。正面是一位病恹恹的山民,光着脊背浑身颤抖。随精壮汉子的运动,山民的光脊背显出一块黑紫色的斑痕,黑气蒸腾直上古榕树顶,盘绕不去,良久,黑斑无影无踪。汉子收功,长吁一口气问道:"老哥,好些了吗?"山民道:"咦,舒服多了。"众人道:"伤症都断根了呢。"山民惊喜:"是有伤,断根了?师傅好功夫。"山民掏出五块铜板过去,汉子二话不说接过,无意间看到一位挑箩担卖地瓜者,汉子叫道:"哎,番薯卖不卖?"此人停下箩担说:"卖呀。"汉子问:"几多钱?"此人答:"论斤论两还是论担?"汉子说:"论担。"此人说:"二十块铜圆一担。"汉子说:"我带箩担家伙一同买了。"此人说:"那要二十五块铜圆。"汉子从腰带上取出二十块铜圆,加上手头五块,一齐递上。此人赶紧抓过铜圆,走开时说:"嘿,识货,大红心番薯,甜!"

汉子嘿嘿一笑,转身拍了拍山民肩膀说:"挑上,走上三步看看。"山民支吾不敢动。汉子微嗔:"你还想不想治断病根。"山民说:"想呀。"汉子说:"挑。"山民咬咬牙,挑起担子连走三步,嘿,神了!神啊!汉子笑道:"你奉了个人情场,一箩担番薯搭箩担家伙送你了。"山民大喜,不知所措。汉子大声说:"走哇。"山民挑起番薯,健步如飞,蹿出圈子。

众人齐声喝彩。

"啪嗒"一声,八根棕索齐齐断开。山民惊回头:"哎,师傅功夫了得,我不要了,样般好意思白拿您的东西?"汉子一怔,心中暗道,我没有发功呀,知遇上高人了。

张神针一袭布衣长衫,美髯飘拂,满面笑容地向各位熟人打招呼,顺手拣起一根番薯:"哎,好大个番薯,试尝个新鲜。"咔嚓一咬,惊道:"咦,样般个平平淡淡一点不甜哦。"

说着随手抓起一把分送身旁几个看客。看客面面相觑，不敢吃。张神针径直走向汉子，还是满脸笑容："这位师傅，这年头，红心番薯样般么（无）甜呐？"汉子打足精神双手接过，一咬，果真清淡如水，一拱手，笑道："对呀，真个不甜呐，哎，那位阿哥，不甜的番薯我不好送人，莫怪了。"汉子说着收拾好摊子走出圈子，驳好棕绳，挑着要走："这位朋友莫不是张神针吧，多谢您呐，我有眼无珠，看走眼了，坏番薯当好番薯送人，我这就立马回罗浮山上去试种一种这担坏番薯，种甜了，我会挑上一担送到贵府积善堂来，孝敬您老人家。"

张神针悠闲地摸着长髯，笑微微地说："难得，难得，多谢，多谢，只要我这把老骨头还有那福气，我等着就是，后生仔，喝一杯茶再走哇，这大热天的，山上仙姑茶提神，莫急么。"汉子说："唔好麻烦您老人家呐，要赶回去种番薯呀，走了，回家了。"汉子说着闪入人流，摇摇晃晃地走远了。

众人这才愣过神来，一咬手中番薯，哇呀，呸！真是平淡呢，还有怪味。

内行看门道，外行看热闹。众人窃窃私语，此时，张神针慢慢踱回积善堂，一眼就看见了那块金光闪闪的招牌。

止戈

　　大雁南飞北返，积善堂前的古榕树叶一茬茬地换，三年过去了。

　　这年秋天来得特早。这一日，正在积善堂正厅太师椅上闭目养神的张神针惊悉一件古镇大事：古镇张、曾两族为争夺城东那块风水宝地又要大动干戈了，双方剑拔弩张，大战一触即发。

　　张姓族长张有财是位出了名的好汉子，多谋善断，文武兼修，主治河道营运，财源茂盛达三江，更兼有仁者风范，好仗义疏财，广结人缘，闽粤赣边，谁不竖起大拇指？更有一手好字一肚子好辞令，一身正宗南拳兼金钟罩铁布衫功夫，年轻时走遍闽粤赣三省，两根匣子炮，一袋金钱镖，罕逢敌手，尤其是枪法更是了得，十年比枪，十年称霸，如此了得人物，自然是振臂一呼，应者云集。

　　次日，徒弟又传来消息：族长已广邀同宗兄弟请帖纷飞，并周密部署全族壮丁，厉兵秣马，准备械斗。

次日,三省张姓同宗兄弟从四通八方启程赴敵。

次日,张族长家丁拜访积善堂,说族长大后日迎娶九姨太,请自家人神针伯去喝喜酒。

次日清早,秋寒袭人,落叶萧萧。张神针在积善堂正厅太师椅上闭目养神。

传来轻微的脚步声。

张神针微张眼。

唔,一位珠光宝气,婀娜多姿,水灵灵,光鲜鲜的倩妹条子静静地站在眼前,身旁是大红大绿装扮的半老徐娘媒人婆徐孋。

徐孋咯咯一笑,轻柔地说:"嘻嘻,神针伯,您侄媳看您老来啦。"

九姨太:"神针伯,您老人家好。"

张神针:"哎,贤侄媳,请坐,来呀,上香茶。"

伙计上香茶退下。九姨太羞怯怯地把玩茶杯,好久不开口。

徐孋喜气洋洋:"我这妹子好福气哟,嫁了个好人家,这不是,金手镯、金戒指、金耳环、金项链……穿金戴银,财古头还说了,明媒正娶传宗接代,风风光光,享不尽的荣华富贵哟,还要配上两只金牙齿,啧啧,我这妹子唔知那生那世修来的好福气也……"

张神针一摆手,徐孋不说话了。

张神针说:"贤侄媳,伯叫大徒弟小三仔给你装金牙,徐嬷呀,你辛苦了,也装一个,我会跟财古说一声。"

徐嬷一拍大腿:"哇,早我就说神针伯妙手回春华佗再世,菩萨一般个心肠,又行善积德,子子孙孙发大财,做大官,住高楼洋楼,骑高头大马洋跑车,吃大鱼大肉……哎哟哟,我这徐妹子哪世哪生修来好福分哟……"

徐嬷抬头,张神针走远了。

财古娶九姨太的婚宴热热闹闹地摆了,三省边界许多头面人物都来了,古镇一时冠盖云集,嘉宾如云,宾主尽兴而散。财古更觉底气十足,连续骑马在大河岸打了三天枪,水鸭子几乎绝迹了。兵强马壮、人丁兴旺的曾家再次感到巨大的压力。

这一日清晨,秋风正疾,古榕树耐不住数番秋风秋雨,落叶纷纷,在积善堂门前打着旋子。一位老仆驼着背一划一划地扫着落叶。积善堂华佗再世一类锦旗挂遍的正厅太师椅上,张医师又在闭目养神了。

不徐不疾的脚步声传来,在面前打住了。

张神针知谁来了,微张开眼。

财古身如铁塔,立在一边,静若止水的表情上掩不住一丝愁苦。

财古:"伯。"

张神针:"财古,来了,坐呀。三仔,上香茶。"

上香茶。财古慢慢地品尝,不说话。

张神针:"一方水土养一方人呐,乡里乡亲的,你这是做嘛介?"

财古:"伯,我不行了。"

张神针:"嘛介不行,本事大着呐。"

财古:"伯,我不行了。"

张神针:"多积点德,化干戈为玉帛,铸剑为犁,打输了?"

财古:"伯,我还没打,我没力气了,我真个不行了。"

张神针:"废话。"

财古:"伯,那命根子拼命缩……缩头。"

张神针蹦地跳起,又静静坐下,轻声说:"脱,我看看。"

财古遵命。

张神针:"手,伸过来。"

财古遵命。

张神针切脉,点点头又摇摇头:"龙虎交合,风雨大作,喜怒无常,五劳七伤,经络失调,元气大伤,幸好仅伤其表,未及骨髓,幸好幸好。"

财古:"伯,有救?"

张神针:"财古头,不是我说你,不是自家人我懒得说你,你一个读书人会家子弄成样般(这样),真是糊涂虫笨伯公猪头三一只!"

财古:"伯,有救?"

张神针长叹一口气,从药柜里摸出一把乌黑药丸,数足了一百零八粒用草纸包好送过去:"财古头,回龙汤,一日一粒,一百零八日,自然见效。"

说罢，张神针气定神闲，拈起羊毫，濡墨，铺纸，端端正正地用颜体字写下：回龙汤、制怒。

财古如释重负，笑了："伯，好字。"

财古当即偃旗息鼓，罢兵言和，静养一百零八日。黑药丸回龙汤制怒妙方果然神效。一百零八日后，闯关东在张大帅帐下当手枪营长的曾三爷赶回古镇，单枪匹马挑战。按规矩，双方比枪。那时，四乡八邻，万人空巷，云集大河岸。比枪比尽了花样，还是打了个平手。双方惺惺相惜，握手言和，当着古镇父老兄弟面子，立下和约，睦邻相处，誓不再战。那时，当财古响过最后一枪的时候，顿时觉得那东西豪情勃发，大胜往日。他突然想起了九姨太的金牙齿，感觉到大有玄机，一时恍恍惚惚。

其时，张神针正躺在他那挂满华佗再世一类锦旗的积善堂正厅太师椅上闭目养神。

武跛子

壬午年正月,有客从粤东来,此客系大坝子人。所谓大坝子者,广东省梅州市蕉岭县广福镇之俗称也。

二十年前,闽西岩前及毗邻山丘有"矿子"(锰矿),常有乡民露天自采自卖。其时,笔者在"大江湖"(小地名)读初中,某日逃学到山上,一乡民困倦倚坐矿石堆之侧,笑眯眯地看人。

此人原系民办教师,后来又当不成了,就来打矿,很会讲古,一讲就是半个多月。我至今还记得他那大雅大俗的故事以及山丘上那灿烂的阳光。

多年之后,他来边界县城做生意,竟然还能找到我。岁月沧桑,然而客人豪放依旧。酒过三巡,他又讲古了,这次却是武林掌故,名曰:武跛子。

话说某年某月某日,某地某富豪打开大门,见门前卧伏一位衣衫褴褛且颇壮实的矮古,此人饿昏了,富豪一念之仁,救了他。矮古跛了一条腿,自云家乡遭了水灾,流落至此。

富豪收留了他，矮古老老实实，干活肯下苦，常常早出晚归，一人干二人的活，人也和善，低头走路，细声说话，无事之时便缩入长工土屋闭门不出，安安静静。

富豪自恃救过矮古一命，又见他是外乡客，派活重，粗衣恶食，唤矮古"跛子"，矮古唯唯，并无不悦神态。

某年某日，矮古上山，砸坏了锄头，富豪大骂，罚了一个月工钱。

某年某日，矮古挑粪下地，断了畚箕脚，当月工钱又没了。

某年某日，矮古牵牛出门，踩了一垄番薯苗，不用说，又挨了一顿骂，这个月工钱又拿不到了。

矮古自认倒霉，唉声叹气，一脸苦相。

过完元宵，又要作田了，矮古一大早就前去叩见东家，结结巴巴地说，感谢救命之恩，三年了，想回家。

富豪说："辛苦了辛苦了，应该回去了，明日去管家那里取三年工钱吧，俺替你留着呢。"

矮古感激不尽，热泪盈眶。

次日，管家领矮古去库房取钱，足数光洋三十块。这晚，矮古在油灯下数了又数，眼泪流了好几回，就把钱袋压在枕头下，吹灯歇息。

半夜，忽听外头人声喧闹，大喊捉贼，折腾一阵后，便有一群壮丁持火把破门而入，搜去钱袋，把他揪出晒谷坪。

晒谷坪火把明亮，看热闹的乡邻围了里外三层。

富豪平日好舞枪弄棒，是当地出了名的拳师，尤精谭腿，传言可一脚踢断入地三尺木柱。富豪揪过矮古，一脚踢翻。

"各位乡邻看清了，这只跛子恩将仇报吃里爬外，偷了光洋。"

矮古倒在地上，扭曲拘偻，痛楚万状。

富豪将钱袋里光洋取出，摔在矮古脸上，摔一块骂一句。

矮古痛苦地闭上了眼睛。

富豪摔完光洋，还不解气，跨步上前，连连猛踢，又重重一脚，踩在他的后背上。

"东家，俺么（没有）偷啊……"

"你还想跑？"

"东……家。"

"贼跛子！"

"东家……俺……"

"贼跛子！"

"东家，俺晤系贼。"

"呸！贼跛子，贼跛子，贼跛子！"

"呀——嚁！"忽听一声大吼，矮古一个鹞子翻身，右手抱腿，左手两指夹块光洋，亮光一闪，富豪右颈鲜血喷射，仰面倒地。

笔者饮尽一杯酒，问，后来呢？客人笑道，还问脉个（什么）后来呀，矮古才是真正的高手啊！大智若愚，大勇若怯，一坪人竟断手断脚，没有留住他。

炒黄豆

闽粤赣客家地区,多有做把戏行走江湖者,武功武德,参差不齐。

壬午年八月十五上杭墟,一位把戏师手持电喇叭吆喝开了:"各位女士们、先生们,同志们,这里是南少林武术现场直播,现场直播,免费观看,免费观看,谢谢!"

堂兄松树头刚好挑木匠家伙进城揽活,好热闹,也挤入人群观看。

把戏师功夫果然不错,演单刀,刀光一片;演长枪,枪扎一线;硬气功,单掌裂石;金刚指力,直穿青砖。

几趟功夫下来,把戏师就手拿一贴膏药,说是祖传秘方,主治五劳七伤,神验异常。许多观众见状,悄悄溜走。

堂兄和另一些观众还站着傻看。

把戏师说:"肚子饿了,这位朋友,你愿意拿一块钱给俺买碗粉干吃吗?"

堂兄送了一块钱给他。把戏师扬着钱,大笑:"好,够朋友！够朋友！俺不要你的钱，还给你。"说着，还倒贴了两帖狗皮膏药给堂兄。

过了一会儿，把戏师又说："本来想再现场表演俺祖辈十八代传下来的绝招——空手捉飞鸟，哎，哎，头昏目珠花，酒虫子作怪了，朋友们谁愿意拿十块钱给俺打酒喝？"

堂兄笑嘻嘻地又拿出十元，一些观众也纷纷效仿。

把戏师收来一叠钱，打开旅行包，说："放进去了，放进去了，你们舍得舍不得？"

"舍……得。"

"大声点，我耳朵聋，听不清。"把戏师一手贴耳作喇叭状。

"舍得！"

"好，舍得，够朋友！"把戏师慢慢地收拾好摊点，说："走嘞，买酒喝嘞。"

把戏师真的走远了。堂兄和几个不甘心的观众尾随而去，叫喊："师傅，停下来，师傅，停下来。"

把戏师好像耳朵真的聋了，头也不回，走入一家旅店。

旅店服务小姐看来很熟悉他，冲他抛了个媚眼。

把戏师笑笑，径直上了二楼。

入得客房，把戏师抓出一把炒黄豆，摸出一瓶高粱，一仰脖子，灌下大半瓶。

堂兄推门而入，说："师傅，俺的钱。"

把戏师眯着眼睛，说："什么钱？"

堂兄说:"你借去的。"

把戏师大笑:"俺哪个时候借了你的钱?"

堂兄说:"头间(刚才)。"

把戏师抓出一叠钱,抖得哗哗直响:"钱俺多的是,哪张系你的?"

堂兄说:"十块钱的。"

把戏师不说话了。

堂兄也呆立在那里。

几只苍蝇在客房嗡嗡作响,把戏师一挥手,钞票上立即粘了几颗苍蝇头,栽落楼板的苍蝇身子折腾着打圈圈。

堂兄转身取来锛子,抓过一把炒黄豆,夹在五指中间,碰碰四声,四粒炒黄豆分成八片,刀切般齐整。

把戏师说:"喝口酒?"

堂兄摇头。

把戏师又说:"会么?"

堂兄又摇头。

把戏师很不情愿地找出一张十元的钞票,说:"朋友,是这张吧。"

腰带功

传说某人遇数十名持兵刃者围攻,某人解腰带浸水,舞动之间,夺尽对手武器。

此为老生常谈事。

吾邑象洞乡南去数十里,为上杭武术之乡中都,此地"五枚拳"远近闻名。

说是邱阿二年少入庵练功,神尼授以红腰带,嘱其紧捆腰间,须臾不可解开。

邱阿二苦练十年,功成下山,八百里汀江水路护镖数年,未逢敌手。

某日,邱阿二押船来到武邑湘店,适逢此地墟日,遂上岸小酌。饭店中有一位江西老表,在邻桌哼哼冷笑。

邱阿二问:"笑嘛介?"

老表说:"笑一个男子人,扎条红腰带做嘛介?"

邱阿二说:"本命年么。"

老表不再说话了,扒完三大海碗米饭,结账走人。临出店门,又回头笑了:"年年都是本命年么?去年俺也看见过你哟。"

邱阿二脸红了,不知是喝多了还是霞光映照。

饭店临江,江上,白帆点点,红霞满天。

船只结伴靠岸过夜。阿二入船,辗转难眠,思前想后,就一把松开了红腰带。

阿二猛然感到浑身软绵,如腾云驾雾,迷迷糊糊进入了梦乡。邱阿二梦见了神尼,梦见了好事,一泄如注。

次日,旭照入窗,船老大招呼起锭开船。众船逆水上行。

邱阿二照例应巡查各船,起床,竟摇摇晃晃立足不稳,重重跌倒。

急听岸上人喊马嘶,一群匪徒夹岸追来。

为首一人,就是昨日所见老表。

第十三辑 | 逆水船

新近作品,形式欲求变求新,内容回归客家书写。

辅娘

乌石滩上,乌黑鹅卵石遍布,被九月的骄阳晒得滚烫,江流平缓,倒影日光。百十只麻袋高低胖瘦、横七竖八地墩在那里,上下扭动,一些麻袋发出含混的呜呜喉音。

麻袋里,全是掠夺来的人,女人。

一群军士兜鍪铠甲,手执明亮兵刃,紧紧地盯着她们。有年迈的老兵,目光发绿,口角流涎。

石将军右臂包裹纱布,渗透血迹。他骑在战马上,踏着碎步,在乌石滩上巡回。他的身后,是黑马黑盔甲,一字排开,岿然不动。

这是大唐陈家军。

大唐总章年间,泉潮间"蛮獠啸乱",陈大将军率河南光州五千将士南征平叛,几经苦战,九龙江、汀江流域大半荡平。

新的问题也出现了,征战将士,难以落地生根,军心不稳。石将军用兵向来奇诡,遂破峒寨掠夺妇女,依例抓阄分配。士兵依次抚摸麻袋挑选,打开,美丑老嫩,不得反悔。

昨日,石将军率部捣毁盘陀岭峒寨。激战中,石将军被敌方麻脸女将暗箭射伤。石将军霸王枪刺出,转念间,枪尖荡开,绕过了她。

"序齿,抓阄。"

石将军丢下四个字,拨马回营。

黑马队依次紧跟。

走了一箭之地,石将军勒马:"柳松,出列。"

柳松纵马跃出。此人英俊挺拔,上唇绒毛初绽,一脸阳光。

"柳松,贵庚?"

"贵庚?哦,报大将军,虚度二九。"

二九,不是说二十九岁,是一十八岁。古礼,还不到及冠之年。《礼记·曲礼》记载:"男子二十冠而字。"

柳松是亲兵中的勇者,年龄确实是小了些。

"令尊、令兄随本将喋血沙场,如今,只有你这一根独苗了。你,留下。"

"遵,遵命!"

"屈指算来,有余。赏给你了。"

"遵命!"

"准假三日。"

"遵命!"

留下柳松,石将军一行走远了。

乌石滩上,就剩下一只大麻袋了,直立不动。

两名军士手按刀柄,忠于职守。

柳松注意到,数里长的沙滩芦苇丛,起起伏伏,传出了大呼小叫,极热闹。

柳松催马疾奔,捞起麻袋,一磕马镫,黑马箭也似的射向唐化里。

唐化里,是唐军兴建的归化山民与军士混合的聚居村落。

来到汀江唐化里外,落日斜照。入寨,迎面而来的是规整的生土结构"四合院"。东南角,是族叔柳校尉的住宅。族叔接报,收拾好厢房,一家子走亲戚去了。

柳松入门,系马庭院柿树,将麻袋扛入厢房。

厢房内,悬挂着泛黄画像,一员壮士,张弓搭箭,直指长空。族谱载,上祖乃唐尧射师,神箭手。

画像旁,是红双喜。香案上有果品红烛。

夜色降临。点燃红烛,柳松抽刀解开麻袋。

啊!

一声惊呼。

麻袋委地,展露出一张麻点斑斑乌黑老旧的面孔,刀疤结痂,双目喷火。

扯出嘴上布团,割断捆绑麻绳,柳松结结巴巴问:"你,你是何人?"

"你又是何人?"

"我叫柳松。"

"我叫蓝凤凰。"

"你，你，你走吧。"

蓝凤凰长身而起，显健硕，孔武多力。她向柳松鞠躬，出门。

柳松面对祖宗画像，闭上了眼睛。

当柳松再次睁开眼睛时，蓝凤凰又回来了，羞红着脸。

她走不出去。

柳松把她留下了，不想碰她。

三天后，柳家人返回，笑嘻嘻的。柳松却要搬走了。石将军命令他独自守卫悬针隘哨卡。

悬针隘哨卡，实为瞭望哨。汀江上游若有警，高山上历历在目，守卫及时燃烧狼烟，基地便可有备无患。

高山顶上，老兵留有一间石屋。

月圆之夜，蓝凤凰光着身子靠了过来，柳松连连躲避，滚落床下。

第二天，喝过咸菜稀粥，蓝凤凰收拾碗筷，问："嫌弃我丑陋吗？"柳松："丑，又如何？不丑，又如何？为何不走？"蓝凤凰说："天下之大，能走到哪里去？"柳松说："不走，就留下。"他抓起斩马刀，出石屋。蓝凤凰的眼泪，啪嗒啪嗒地掉落在瓷碗里。

弓箭手目力强，山下动静，难寻踪影。

日子就这么不紧不慢地过着。

深秋，为备越冬，柳松下山背粮，蓝凤凰樵采。蓝凤凰天黑不归，柳松就在深谷找到了她。脚崴了，柳松背她上了山顶。

柳松捣碎草药，为之疗伤。蓝凤凰目光怔怔的，她说："丑，我知道。我只是脸黑，却不老哪。"柳松笑了："老蓝，你这是想到哪儿去啦？"

汀江之冬，刮了几天老北风，高山上就纷纷扬扬地下雪了。

夜，月色惨白。冰粒打在门板上，啪啪响。

长夜难眠。他们在石屋内烤火，有一句没一句地说起了山下旧事。说着说着，四目相对，就有些感觉了。

咣当！

咣当！

咣当！

破门声。

哨卡立于悬针隘千仞石壁，夹缝如穿针，立卡，竖圆木门，裹以生铁，坚固难摧。

柳松提刀持弓，冲出。

月色下，门破，一群蒙面人拾级而上。

柳松箭似连环，射倒若干黑影。三团黑影拨落飞箭，几起几落，飘上山头。

三把大砍刀指向柳松。

柳松弃弓持刀，斩马刀。

杀！

头一回合。柳松撂倒一个。蒙面人后退,步步逼近。

尖叫声。蓝凤凰舞动两把菜刀,呐喊杀奔敌阵。也就是一个回合,柳松不敢相信自己的眼睛,两个蒙面人凝立不动,接着,先后直挺挺地扑倒在雪地里。

同时倒下的,还有蓝凤凰。

柳松哽咽:"老蓝,老蓝,你这是何苦?"

蓝凤凰惨笑:"不要叫老蓝,叫我……辅娘。"

许多年以后,中原南迁汉人的一支在闽粤赣边形成了客家民系。客家人对妻子的亲属称谓就叫"辅娘"。与之相类似的,另一支南迁汉人称妻子为"诸娘"。"辅娘"与"诸娘",疑为方言词转音,故事或同出本源。

逆水船

一

闽西七月,色彩斑斓,山谷间层层梯田,黏稻粗壮、金黄,只待下月就可以开镰收割了。黏稻叫"八月粘"。

这是个鸟雀的欢快节日。山田里,鸟雀们似乎突然听得了什么动静,飞窜半空,在另一处田间落下。它们不怕田头那些虚张声势的稻草人。

七月初九,宜出行、纳采、沐浴、订盟,忌动土。

申时,红日西斜。达德看到,稻田上空清新而透明,悬浮着百十只飞翔的红蜻蜓。

达德是我家族人物。民国《武邑志》记载:"清光绪二十八年,乡试中试。"

此时,达德背负行囊,行走在杭武交界的上丁径的山路上。他要参加每逢子、卯、午、酉年每三年一次的乡试。这个考试由福建布政使司主持,考试地点设在福州城,具体时间是八月九日、十二日和十五日。这就是秋闱了。

达德必须在天黑之前赶到上杭县城。第二日继续出发,辗转达到汀州府,汇合同仁,取道连城、永安,经沙溪过南平,入闽江顺流而下,走尤溪、古田、闽清、闽侯,抵达福州城,住宿安民巷汀州会馆,准备应考。

谱牒载,俺远祖为"岐山侯"。不过,考查方志,却是世代务农,多代挑担。达德公二十五岁中秀才,连考三科,皆名落孙山,遂半耕半读。闲暇时,捡起祖传的担杆落脚,来往汀江边挑米挑盐。

汀江流域与东南沿海的商品交易,俗称"盐上米下"。米,大致为木材土纸山货稻米;盐,是海产品的统称。

达德幼失怙恃,与年迈多病的老娭毑(祖母)相依为命。此番赶考,正是老娭毑再三催促才成行的。眼看秋谷登场,家里缺人手,他不想再考了。老娭毑说:"三满啊,俺昨晡发梦,你考中了,敲锣打鼓的,好热闹哟。"

今晡凌晨,老娭毑焚香祷告,惊动了抱窝的老母鸡,咯咯啼叫。老娭毑着惊,重重跌了一跤。

老娭毑歪斜摇晃,端来一碗热气腾腾的河田米粉,卧两颗荷包蛋。天色明亮,一缕阳光透过木窗射入屋内,灶间空气中飘浮着颗粒灰尘。达德怔了一会儿,动起竹筷。

达德走在出村的石砌路上,孤零零地往上杭方向去了。他不敢回头,他不忍看到老娭毑矮小佝偻的身影。

半山亭内,达德遇上了他的少时玩伴石桥妹。石桥妹是粗汉,挑担为生,兀自和一群挑夫歇脚。达德趑趄不前,想闪开。石桥妹叫住了他:"三满,长袍马褂的,赶考呀?"达德羞红了脸。有挑夫说:"三满呀,你力气大,还是挑担稳当呀。"达德支支吾吾的。石桥妹从自家的藤饭包里掏出一颗咸鸭蛋,塞在达德的手里,说:"圆圆满满的。"达德鼻子一酸,道声谢,扭头出了茶亭。

山行大半天,口渴,山弯有一泓清泉。达德蹲身掬水,喝了几口,忽听背后清脆乡音:"甘泉清冽,痛饮可也。"达德回头,就看到了一位二十出头的翩翩公子,绫罗绸缎,折扇轻摇,身边是一个挑书箱的书童。达德起身拱手:"兄台也是前往上杭城吗?"公子说:"早听闻邻乡有达德仁兄,也要赶考,莫不是阁下?"达德嗫嚅:"不敢当,凑数的。"公子大笑:"在下罗耀文,也凑个数。"

罗耀文是个神童,八岁妙对惊倒业师,十岁熟读四书五经,十三岁考中秀才,为全邑案首。怎么也科场蹭蹬?罗家豪富。传说,林木连山,多过武邑人家饭桌上的竹筷。

他们结伴而行。一路上,罗秀才兴致很高,吟诗作对。达德只是憨笑,不敢多言。

书童挑担,落在最后,见达德灰布长衫有几块长条形补丁,也吟诗了,道:"不知细叶谁裁出,二月春风似剪刀。"达德知道这是大唐越州人贺知章的诗句,前两句是"碧玉妆成一树高,万条垂下绿丝绦"。《唐诗三百首》就有。秋七月,也不是吟柳的时节呀,什么意思?罗秀才喝道:"顽童,不得无礼!"书童嬉笑。折扇重重地敲打在头上。书童哎哟一声,噘着嘴。达德额头渗出汗珠,见状,苦笑。

傍晚,他们来到了水西渡。这是汀江中游的黄金水陆码头,船帆云集,沿河岸摆满了客家风味小吃。罗秀才在"邱记兜汤"的竹棚前停住,拣一张擦洗得木纹雪白的干净条凳坐下,高叫三碗牛肉兜汤。

新鲜牛肉片,以地瓜粉勾芡,入滚水煮熟,佐以姜丝、葱花诸调料。牛肉片悬浮于肉汤中,"兜"住了,是为兜汤。

店家很快就将三大海碗的兜汤端了上来。罗秀才对达德作了个"请"的手势,埋头呼呼喝开了。

书童不敢与秀才对坐,肉汤"兜"在手中,站着喝。

达德皱眉闭目,作头痛状,一手伸入暗袋,摸捏着铜板,迟疑不决,喉结上下搐动,满头大汗。

罗秀才喝完一碗,抬眼见达德一动不动,说:"达德兄,喝吧,给个面子,不就是一碗汤嘛。"

当达德慢慢地喝光那碗兜汤时,罗秀才也恰好喝下了第二碗。结账,走人。罗秀才直起身,撑得步履虚浮。

夜宿临江客栈。

清晨,篷船逆汀江上行。

达德原拟沿江走山路。罗秀才说,包租的船,空余也是空余,同赴乡试,路上好有个伴。

船行江上,秋水清浅,船速略为迟缓。罗秀才与达德各自温书。到饭口了,达德婉言谢绝了罗秀才的盛情邀请,说是要自开伙食。达德躲在船尾,吃起薯包子和咸鸭蛋,咸鸭蛋好,圆圆满满的,讨个吉彩。

夜宿七里滩。

深林寂静,江流有声。

月色透入船舱。达德感觉到大家都熟睡了,爬起来,打开包袱,取出一个小土罐,将里头的豆腐渣细心地塞入咸蛋壳。

罗秀才耳尖,睁开了双眼,侧转身,蜷缩在被窝里,鼾声起伏。

天亮了。汀江薄雾茫茫。船开了,继续上行。

书童熬好了大半锅河鱼米粥,遵东家之嘱,盛上一碗,递给达德。达德摇摇头,伸手探向包袱,却摸出了鹅卵石,窘了,再摸,就摸出了那颗咸鸭蛋,笑着说:"多谢小哥,俺就好这一口。"罗秀才笑笑,叫书童不必勉为其难。

篷船出杭川官庄,就到了临汀的羊牯寨,过鼋鱼湖、白头潋、梅栖角,靠近羊角溪。此时,又是落日黄昏了。

罗秀才放下闲书《梁野散记》,说:"船家,就在此地歇息过夜吧。"

"状元郎,万万不可。"

"为何?"

"有山匪。"

"哈哈,朗朗乾坤,怕什么山匪?"

"他是游山虎。"

"白额吊睛虎又如何?船家,莫不是短了你船钱?"

船头师傅这就不好多说话了,招呼船尾师傅将篷船停泊在枫树河湾。

落日熔金,枫叶似火,江水清清浅浅,沙洲上连片芦苇,荻花随风起伏飞扬。

空中一行秋雁。

"晴空一鹤排云上,便引诗情到碧霄。分明是唐诗,为何叫《秋词》呢?达德兄有何高见呢?"

达德苦笑:"在下不才,不识其中玄机。"

说话间,上游一只大篷船疾驰而下。

船头师傅双膝颤抖,说:"来啦,来啦……"

"砰!"两船碰触。

剧烈摇晃,篷船稳住了。

来船舱里,钻出一条大汉。

大汉说:"哪位是罗大少爷呀?俺家寨主有请。"

罗秀才挺身而出:"俺就是罗某人。"

"寨主有请。"

"可否归途拜访贵寨?赶考哪,兄台见谅。"

大汉提起铁竹篙,猛力插入江中,提起,竹篙尖上,挂着一条泥鳅。

"见面礼。你莫要嫌弃。"

铁竹篙往前一递,抵近罗秀才的胸口。

汀江多险滩,洪水期,风高浪急,载重船只时或出事。民谚说"纸船铁艄公",意为撑船师傅功夫高强,坚韧如铁。其实，铁艄公手中利器，就是这把铁竹篙。

往年，艄公竹篙在激流中撑击水底石礁或岸边石壁，竹篙头开裂，一裂到尾，其势破竹，竹片断折，危急万分。有聪明艄公想出办法，打制铁箍，套入竹篙头，铁箍尖为尺把长铁钎，形同尖刀。

现在，这把尖刀，在罗秀才的胸口。

岸上，传来孩童哭喊"鹞婆鹞婆"之声。

鹞婆，客家话，就是猛禽鹰隼。

秋日稻田，有家禽觅食。鹰隼盘旋俯冲，叨走了一只大公鸡。

"啪！"

飞石破空，快如闪电。

"啪嗒。"

鹰隼栽落大篷船头，在大汉脚前挣扎。

大汉目光梭巡，停留在达德身上。

达德斜倚舱门，虚握右拳，似笑非笑。

倒转铁竹篙，点水，大篷船离开了。大家看到，两边船舷，左右各自伸出九支船桨。

罗秀才擦了把冷汗："船家，快，快走！"

船头师傅掏出烟杆，慢悠悠地说："游山虎的人，不会再来啦。"

"为何？"

"他就是游山虎。"

二

夜宿枫树湾。

初十二，宜祭祀、裁衣、合帐、冠笄，忌掘井。

晨，汀江白雾茫茫。

民谚说，春雾雨，夏雾热，秋雾凉风，冬雾雪。民谚还说，白雾晴，灰雾雨。这是一个凉风天，也会是个大晴天。

晨雾里，篷船逆水缓缓上行。

昨日历险，罗秀才不知是达德出手相救，他只看到山匪的大篷船突然退去，迅速消失在视线中。为什么？他百思不得其解。他想起了浩然天地正气，邪不压正。

达德还是老样子，吃薯包子，搭配咸鸭蛋。闲暇时，就躲在船舱的角落温书，一本旧书，翻了又翻。

朝阳映照江面，沙洲芦苇蓬蓬勃勃。

罗秀才诗兴大发："兼葭苍苍，白露为霜。所谓伊人，在水一方。溯洄从之，道阻且长。溯游从之，宛在水中央。"

罗秀才声情并茂的吟唱，没有得到应有的回响。回答他的是船家艄公划水的哗哗声。

"哗……啦。"

"哗……啦。"

"哗……啦啦。"

罗秀才觉得兴味索然，掀开竹帘，踱入船舱。"兄台看

《金瓶梅》么?"达德羞红了脸,亮开书皮。"哦,《百家类纂》,倒是制艺必读之书。不出去走走?"达德摇摇头。"在下携有《四书集注》,要看么?"达德还是摇头。罗秀才笑了:"兄台不会是被山匪吓傻了吧?"达德咧嘴一笑:"那个大汉真的是山匪吗?"罗秀才拍拍达德的肩膀,顺手牵条靠背竹椅子,走出船舱。

罗秀才坐在船舱外,看沿江风景。

顾祖禹《读史方舆纪要》记载:"天下之水皆东,惟丁水独南。南,丁位也,以水合丁为文。"道出了汀江名称的由来。

汀江发源于武夷山脉南端宁化县境内木马山北坡,流经宁化、长汀、武平、上杭、永定五县,在广东大埔三河坝与梅江、梅潭河汇流后称为韩江。韩江穿行粤东山地丘陵及潮汕平原,注入南海。

千里汀江韩江,六成流经闽西,沿途百十条大小溪流相继汇入,得此助力,更是波澜壮阔。

光绪壬辰进士、长汀人康泳《漫斋诗稿》有诗《由汀往潮舟中作》:"盈盈江水向南流,铁铸艄公纸作舟。三百滩头风浪恶,鹧鸪声里到潮州。"

汀江多险滩。古志记载,从汀江回龙至永定峰市的百十公里水路,就有险滩七十余处,特别有字号的就有:龙滩、乌鸦颈滩、濯滩、白石滩、栖禾滩、目忌滩、七里滩、大磴滩、小磴滩、锅峰滩、三潭滩、伯公滩、剪刀铰滩、上埔滩、下蓝滩、乌虎滩、歧滩、高枧滩、张滩、高车滩、马滩、拖船滩、上徐滩、下徐滩、砮钩滩、大沽滩、长丰滩、新丰滩、南蛇滩、小沽滩、大池滩、穿针滩、马寨滩、小池滩、折滩、虎跳滩、猪妈滩、棉花滩、吊滩、竹篙滩。

罗秀才听闻过许多汀江险滩的故事，"南蛇相会"最为奇异。

南蛇渡位于汀江下游，在上杭县下都乡豪康村往西北。南蛇渡口下游百丈以外，便是汀江著名险滩——南蛇滩。这里，江面看似平静，却暗流湍急，深水处有巨石盘伏，酷似南蛇，"南蛇渡"因此得名。这里时常出现怪异现象，此时碧空明朗、万里无云，陡然间，狂风大作，波涛汹涌，浪高达数尺，逆涌而上如万马奔腾。片刻之后，巨浪消失，狂风也停止了，江面恢复平静。这就是"南蛇相会"，又称"南蛇作浪"。南蛇渡是设有圩场的，乡人赴圩，就要在这里搭船过渡，谁也不知道什么时候南蛇相会，一旦发生，后果堪忧。当地老百姓就集资在岸上建了一座龙文馆，期望庇护安全。

《上杭县志·山川志》记载："见滩下蟠一巨石，酷似南蛇……忽一日当夏午盛暑，天无片云，舟人咸泊沙洲避暑，陡然浪高数尺，从滩下逆涌而上，舟悉离岸，人争惊呼。"道光己亥科上杭举人薛耕春作《南蛇渡歌》云："青天无云浪忽翻，滩波逆上狂风助。"

汀江险峻，其大规模的通航，是宋嘉定六年以后的事。地方史志记载，宋嘉定六年，汀州知事赵崇模奏请漳盐改潮盐，整治汀江航道，潮盐经峰市转上杭。宋端平三年长汀知县宋慈整治汀江，炸石辟七滩，汀江上游可通航至回龙。明嘉靖三十年汀州知府陈洪范炸开回龙滩，至此，汀江全线贯通。

汀州龙门到上杭县城的一段水路，为汀江上游。濯田河、南山河、涂坊河、刘坊河、铁长河、郑坊河、七里河相继流入。

两岸村落，竹林掩映，升起了袅袅村烟。

大清朝龙旗飘摇，内忧外患，闽粤赣边，有多股强人聚啸山林。那游山虎，不过是其中的小喽啰吧。面对险恶，自家凭借浩然正气，斥退强敌，实属侥幸。书童弱小，船家力薄，这些都是情有可原的。那个达德，表面看来是身强力壮，却是如此胆怯，躲在后面不敢出头，见义不为，圣贤之书读到哪里去啦？也罢也罢，人各有志，不必勉强。可是，覆巢之下，又岂有完卵？

罗秀才思绪缥缈，难以抑止。

"哗……啦。"

"哗……啦。"

"哗……啦啦。"

船头师傅摆动铁竹篙，极有章法。罗秀才注意到，左左右右，与船尾师傅配合得严丝合缝，找不出半点破绽。

这个很有意思。

这船头师傅，人称邱佬。上杭"邱半县"，极言邱姓人多，并非是说邱姓人丁为全县人丁一半。此犹如武平称"钟半县"。叫邱佬的，多了去啦。

大哥早在半个月前就预定了"泰顺"行的这家篷船。不料,老熟人"旱水獭"临时身体不适,就换了邱佬为船头师傅。这个邱佬,常年行船潮汕,也是前几天刚刚返回家乡。他的家乡话,一点也没有变,讲得呱呱叫。

邱佬是精细人。

昨日,罗秀才写好书札,着书童收拾。

罗秀才的"文房四宝"中,特别得意的是一支产自浙江吴兴县善琏镇的正宗羊毫小楷笔,有黑子,尖齐圆健,书写极为顺手。一般人叫湖笔,罗秀才却称之为"湖颖"。他告诉书童,这"湖颖"大有讲究,其毛取自山羊颈腋之下,一头健壮山羊身上只有四两笔料,带"黑子"的,不过一两六钱。唐大诗人白居易说"千万毛中拣一毫"。罗秀才说:"工欲善其事,必先利其器。博取功名,就全靠'湖颖'仁兄鼎力相助啦。"

今晨,书童一改常态,显得忧心忡忡。他的目光在篷船内外梭巡,似乎在寻找什么。船头师傅邱佬问他找什么?书童说:"没什么,很少坐船,看个新鲜呗。"

做饭了,邱佬叫来书童往泥炉添柴,悄悄地把一个笔套塞入书童手中。书童高兴得差点跳将起来。他丢失的物件,正是"湖颖"笔套。笔套虽小,护笔关系重大。罗秀才若知此事,还不用折扇敲破他的脑袋呀。

经此事,书童就甜甜地叫唤邱佬为阿邱伯了。

船行浅滩。江水清澈,时或有红叶载沉载浮。江底多沙石,堆拥两岸。有一群河鱼顺流而下,日光下,闪闪发亮。这些鱼,是倒刺鲃。乡人叫鲃子,游速快,难以捕获。

邱佬高喊："鲃子哪！"

船头、船尾顿时铁竹篙一齐挥舞，击打水面。忙活了一阵子，总算是有所斩获。

达德看到，邱佬的竹篙铁钎上，插着三条鲃子。不错，是三条一串。

看似毫无章法，却是一箭三雕。

此乃强敌。

达德一手伸入了暗袋。

邱佬话语带笑："状元郎，当昼喝鱼汤哪。"

当昼，闽西客家话，就是正午。

罗秀才说："贪食误事。快快开船！"

船行江上。

红泥炉，炭火，铁锅。

河鱼，豆腐，葱花，姜末。

又开饭了。

达德躲在船尾，津津有味地吃他的薯包子和咸鸭蛋。

他好像是真的特别好这一口，吃食的动作幅度很大，咂嘴出声。

书童说："少爷，要送吗？"

罗秀才笑笑："各人有各人的口味，免了吧。"

就餐毕，篷船又出发了，一路无话。

入夜，篷船停泊濯田。

濯田是汀江上游古镇，有濯田河汇入汀江，此河长达百二十里,大小支溪一百六十条,密如蜘蛛网。

船家守船,达德推说不习惯住店,也留下了。书童挑书箱,随罗秀才上岸,入住客栈。

次日,补充给养之后,篷船上行。

水路漫漫,过兰坊、巫坊、义家庄、肖屋,三洲遥遥在望。

"哎哟,少爷,不好啦,紫玉光不见了!"

紫玉光是宝贝,徽州歙县贡生曹素功"艺粟斋"徽墨极品。其坚如玉,其纹如犀,一点如漆,万载存真。相传康熙皇帝南巡时,康熙帝特赐紫玉光名号。罗秀才托人重金购得一锭,珍如拱璧,单等乡试派上大用场。

罗秀才扔下书本,急忙问:"你说什么?"

"少爷,紫玉光不见了!"

罗秀才顿时感到一阵眩晕。他想起了五天前的事,武邑县城老友李半仙给他起了一卦,判曰:"凤凰过小河,此去多风波。金榜不题名,失却紫玉光。"李半仙神算,闻名闽粤赣边。问他如何解释,李半仙神态严肃,说:"天机不可泄露也。"罗秀才不敢造次,一再叮嘱书童,宁可失去万两黄金,也要看紧文房四宝。不料,怕什么来什么,紫玉光不见了。

邱佬明白事态严重。行规有言,船不漏针,店不失货。客人宝贝在自家篷船丢失的消息,一旦传扬出去,这汀江韩江上下千里,就再不会有他邱佬的立身之地了。于是,邱佬发狠,提出搜船。

"篷船是你家的,你爱搜就搜吧。"

"晓事的都知道,那是项庄舞剑,意在沛公。"

"谁是沛公呢?"

里里外外搜查,梳理了多遍,就是不见紫玉光的踪影。

"金榜不题名,失却紫玉光。"这不是胡说八道吗?达德很不以为然,移步坐在船头看书。

"达德先生,达德先生。"

"哦,是船家,有事吗?"

"可否让小的,看看您的包袱?"

"瓜田李下的,确实说不清。你先过来搜身。"

"不敢。不敢。"

"过来。搜!"

达德站立船头,张开双臂。这邱老还真是个细心人,达德浑身上下,连发辫也被精心摸捏了两遍。

一无所获。

达德说:"打开包袱吧。"

邱佬疾步上前。

打开包袱,有一套换洗衣服,十余两碎银子,一把铜钱,两本书,一颗咸鸭蛋,一个土罐子。

"船家,休得无礼!"罗秀才见状,大为不悦。

"状元郎,跳入汀江也洗不干净呀,您就可怜可怜俺吧。"邱佬带有哭腔。

达德说:"是俺让他搜的。不碍事。清者自清,浊者自浊。"

邱佬说:"达德先生,可否让我查看一下土罐?"

达德说:"为何?"

邱佬说:"随便看看。"

达德说:"不可。"

邱佬说:"俺非得要看呢?"

达德一字一顿:"你试试看。"

邱佬倒退两步:"不敢,不敢。"

罗秀才拊掌大笑:"达德兄哪,不要与船家一般见识,不就是一锭微墨吗?什么紫玉光不紫玉光的,胸中有墨水,下笔有文章。不过,在下倒是愿意出价百两纹银,赎回此物。"

达德收拾好布包:"百两纹银吗?"

罗秀才喜上眉梢:"正是,决不食言,有银票在此。"

达德推开罗秀才持银票的双手,说:"寒生眼拙,恕不奉陪了。"

说完,达德瞅准一块江心礁石,跳上去,三跳两跳,上了江岸,片刻不见踪影。

罗秀才看呆了,喃喃自语:"这位兄台,真人不露相,看样子还会一点功夫呀。"

三

达德走了。

罗秀才有些失落与感伤。他之所以拿出百两银票,是想借此"引蛇出洞",种种迹象透露,船家最为可疑。他深知达德此人淳朴,不该是"偷盗"之人。他那土罐子装有豆腐渣,是他的面子,决不可戳穿。不料,达德误会了。其实,汀州城罗记木纲行,尚有一锭同款紫玉光。李半仙断语提醒了罗秀才,五日前,他就留了一手。

篷船开拔,逆水上行。

> 你有情来呀俺有意啊,
> 毋怕山高啊水又深哪。
> 山高自有喂人开路呀,
> 水深还有喂造桥人哪。

船头师傅邱佬唱起了山歌,嗓子实在不咋的,颇为刺耳。

罗秀才说:"船家,你喝酒啦?看看人家船尾师傅。"

确实,船尾师傅撑船技艺娴熟,吃苦耐劳,一路上,赤脚葛衣大斗笠,沉默寡言,安安静静的,你甚至感觉不到他的存在。

邱佬赧然一笑:"好,好啊,不唱啰。"

过小潭、陈坑、河田、桥头坑、大塘背、排里、河龙头,很快就要到达汀州城郊的石燕岩了,汀州卧龙南屏山遥遥在望。

这一河段,临近汀州城,下行船排渐渐增多。邱佬挥动铁竹篙，小心翼翼地回避来船。

一只装载土纸的篷船顺流而下，它的船头师傅对邱佬打了个"噢嗬"。

长路难行，途中寂寞的人，会忍不住打一个"噢嗬"，以求得同行者响应。

"船家，你可认得此人？"

"不晓得。"

"怪人。"

"怪人。"

日近黄昏，篷船越往上行，沿岸树木越是繁密，而船排越是稀少。

石燕岩下，篷船停了下来。

邱佬蹲在船头，掏出旱烟杆，装上一锅，火镰取火，吧嗒吧嗒吸烟。他不走了。

罗秀才问："为何不走了？"

邱佬吞吐烟雾，不理睬他。

罗秀才："说吧，要加多少银子？"

"嘭，嘭嘭。"

邱佬只顾将旱烟杆敲打船舷，清理烟灰，还是不理睬罗秀才。

罗秀才提高了嗓门："你们想干什么？"

"罗大少爷，你说呢？"说话的是船尾师傅。也不知道什么时候，他悄然来到了船头。

船尾师傅取下斗笠。罗秀才看清，他长着一张清秀的脸，目光炯炯。

船尾师傅伸出一只拳头："罗大少爷，猜猜看，里面是什么？"

罗秀才："无聊。"

船尾师傅："怎么会是无聊呢？"

罗秀才："无聊之极！"

船尾师傅摊开手掌，掌心赫然有一锭徽墨——紫玉光。

"狗贼！"

书童扑上前去。

邱佬摇动铁竹篙，拍在他的肩窝。

书童不能动弹了。

"阿邱伯，您，您……"

"想活命，你就闭嘴。"

罗秀才的前额，冒出了冷汗。

船尾师傅说："大少爷，俺有一事请教，有人说，徽墨，徽墨，坚硬如铁，是不是啊？"

罗秀才说："其坚如玉，其纹如犀，一点如漆，万载存真。"

"哈，哈哈。"

船尾师傅笑了，握拳，运劲，张开手掌。

紫玉光化作一堆粉末。

江风吹过，粉末飘散，带着阵阵馨香。

罗秀才脸上大变："你，你是谁？"

邱佬吸足了烟，站起，走过来，说："状元郎，朗朗乾坤，你是不怕游山虎的，他就是。"

船尾师傅说："可笑啊可笑，世人皆知鹞婆寨的威名，可是，谁又能料到，临近汀州府的石燕岩，也是俺们家的山寨呢。大少爷，烦请移步，请吧。"

石燕岩林木深处，有偏僻石洞。石洞深广，重重设卡。罗秀才和他的书童，黑布蒙眼，反绑双手，被"礼请"到了这里。

揭开黑布、松绑，罗秀才险些跌倒。

邱佬说："状元郎，贵府是武邑首富，连山林木，赛过武邑百姓饭桌上的竹筷。您的亲大哥在汀州城就经营打理了罗记木纲行，上半年就有十五批木排下潮州，收入不下两万两纹银。俺也知道您要到福州城赶考。兄弟们不是要吃饭嘛，俺不误您的大事，就向贵府借一万两吧。这也是俺们家寨主的意思。您看怎么样？"

罗秀才沉默。

游山虎说："修书一封。此地往汀州城，快马来回，也无须半日行程。钱到放人。误不了你们赏月聚会。否则，道上的规矩，你是懂的。"

武邑考生于七月十五日聚会汀州会馆，赏月吟诗。然后，结伴同赴省城。这些情况，看来，也被山匪打探清楚了。可见其蓄谋已久。

罗秀才说:"家家有本难念的经哪,大王可知罗某家事?"

游山虎冷笑:"岂能不知?你家老爹早年在两江做官,致仕还家。你并非嫡出,是庶出。兄弟两人,大姊远嫁梅州。你大哥怕老婆,你那大嫂的娘家系本县名门望族,泼辣得很。你是罗氏家族状元郎,是要光宗耀祖的。你大哥大嫂纵是对你有小九九,也断断不敢让俺们撕票,开罪族人。俺们要一万两,不算多。"

罗秀才长叹一声,答应写信。

书信是由邱佬与书童同骑一匹快马送去的。书童的作用,是证实事态的严重性。入夜,掌灯时分,汀州城武邑木纲行的深宅大院里,罗总理客气地接待了邱佬这个山上来的特殊客人。他看过老弟的来函后,入内室与妻子商议,商议的结果是近日现金不足,先付一半五千两,恳求放人,下月派人上山,补足余额。罗总理说:"若是鄙人言而无信,得罪了大王,八百里汀江水路,就是处处陷阱。生意,就不要做了。"

这老大的用意多半是借刀杀人,独吞家产。邱佬佯装不知,当即收下五千两银票,留下书童,趁月色快马加鞭赶回石燕岩。

游山虎验看银票,觉得其中有诈,押解罗秀才,率一干喽啰即刻转移。

石燕岩山脚,是大山坳。

月色朦胧,山风飕飕。

游山虎似乎听得动静,人马急停。

"啪!"

"啪!"

两块飞石打中罗秀才左右膝盖。

"哎哟!"

罗秀才尖叫一声,扑倒在地。

忽听弓弦声连声骤响,箭似飞蝗,从四面八方攒射山坳。

箭响,叫喊声。

叫喊声,箭响。

狼藉遍地。一切都平息了。

火把齐明。汀州府快班铁捕头率上百名捕快持刀围聚山坳。

达德飞奔,抱起罗秀才。

火光中,罗秀才流下了热泪。

练建安著《客刀谱》记载:"闽粤边界有两村,世代通婚。正月初三日,上午亲家,下午冤家。上午两村互访,庆贺新年。下午,酒后各自返回,隔河飞石大战,多有伤者。此习俗沿袭数百年。盖源于此地兵凶战危,家族结寨自保,苦练武功。又谓两族祠堂为虎形象形,虎象相争,不斗不发。"

达德为飞石高手,禁止出场。

菱角子（五题）

杭川一年，行走山村，采风所得，触类旁通，演绎成《菱角子》。菱角子，水中植物果实，意象复杂多样。以之为题，借用比兴，无实际所指。

菱　角　子

"咔嚓！"

铁斧精确而有力地劈向木筒。

这是一根水浸松木。汀江流域有很多溪流，有溪流就有水陂。松木筒就是水陂上的堆砌物。有座水陂废弃了，扛回，劈开，晒干，是上好的燃料。有经验的人都知道，水浸松木，极为坚韧。

劈柴者是一位少年，单薄蓝衫蓝裤，缀满补丁。

少年将木楔嵌入裂缝。

"咔嚓！"

木筒裂开两半。

少年站在茅屋前,擦汗,抬眼看了看远处的马头山。

马头山形似马头,在他家对面,这时云雾缥缈。

山下,是秋色汀江,茫茫一线,有两三只篷船在江面上浮动。

前些日,就在前村的七里滩,悍匪麻七洗劫了十八只篷船,货物席卷而空,客商、船工,一概不留活口。

汀州府派出了三批精干捕快,均有去无回。知府大怒,发出了悬赏令,凡捕获麻七者,军民人等,赏金十两。

十两黄金哪!

"富……富仔……"伴随咳嗽声,卧病在床的老娭毑气若游丝。

少年冲入屋内,搀扶起老娭毑。

"毑,毑,做嘛介?"

老娭毑干枯的左手颤抖着指向虚空:"渴,渴。"

少年赶紧端来一碗凉水,服侍老娭毑喝下。

"毑,饿了吗?您吃点东西。"少年手捧半块熟芋头。

"俺不饿。"又是一阵急剧咳嗽,老娭毑说:"富啊,毑毑不饿,你吃,你自家吃。"

少年鼻子发酸,眼眶潮湿。他幼失怙恃,是老娭毑一手把他和阿姊拉扯大的。那年饥荒,借了张大善人的"驴打滚",老账新账越滚越大。为还清欠款,阿姊不到十六岁就嫁到了菱角山。转眼,他三年多时间没有见到阿姊了。

四天前，老娭毑上山割芦箕，跌倒在石坎下。三妹姑把她背了回来，一直躺着。吃了邱半仙的几副药，不见好转。邱半仙说了，这是风邪偏瘫症，"眠烂床滚烂席"，要想治断根，除非用上他的祖传秘方，药引子就要九十九条颜色不同、长短不一、有轻有重、有大有小、有干有湿、有公有母的蜈蚣虫。要花大本钱。

听这些话时，少年低头接过药包，将一把铜板摆放在"杏林堂"的柜台上。邱半仙把铜板推了开，说："小子，砍柴能卖几个钱啊？去，称几两米回家去。"

墟镇徐记米铺旁，贴着一张官府告示，上面有一张画像。这个人头大如斗，双眼暴突，满脸麻子，铲形门牙。围观者中，有一个识字的，摇头晃脑拖长尾音念起了其中的文字，每念一句，重复一下，用土话解释一遍。少年就是这个时候听到悍匪与赏金的。

少年十七岁，砍柴八年，每每挥斧，他都爱琢磨，久而久之，他琢磨透了大山里百十种杂木的纹路，出斧，应声开裂，再"纠结纽丝"的木料也不例外。

民谚说，破柴不识路，枉为大力牯。

少年是识柴路的人。

少年用斧，还变出了花样。他救过一个小女孩的命。小女孩嘴馋，掏马蜂窝，马蜂追着她跑，她鼻青脸肿哭喊。少年挡在路上，运斧成风，一只只马蜂雨点般地跌落地上。

恰巧，一个走江湖的把戏师看到了这一幕，问："老弟，跟谁学的?"

少年茫然地摇摇头。

把戏师说:"跟我走,管吃管住,还包娶媳妇。"

少年还是摇头。他说:"俺要服侍老娭毑。"

把戏师向他竖起了大拇指,挑着兵刃担子走了。

连续多日,少年上山砍柴,卖柴买米,积了大半斗,严严实实地藏在陶钵里。

准备停当,他去找三妹姑,说要出趟远门,请她照看老人。

三妹姑答应了,问:"是下潮州汕头吗?"

少年嘻嘻傻笑。

明天就要出远门了,他要在乌石漈单独截杀麻七。传说,麻七作案,十有八九,要途经乌石漈。

八月十四,夜,月欲圆未圆,清冷,风寒。老娭毑喝了些鱼汤稀饭,早早睡着了。茅屋外,少年借着月光磨洗铁斧,分外仔细。"呃,呃啊……呜呜呜……"老娭毑在梦中惊恐哭泣。少年停下双手,竖耳静听,也想哭。

一大早,少年生火,将昨晚的鱼汤加热,服侍老娭毑喝下。汤汤水水的,沾湿了破旧棉被。少年拿来抹布擦净,说:"毑毑,俺要出趟远门。三妹姑会来照顾您的。"

老娭毑咳嗽,说:"富啊,毑唔得死哟,连累子孙哟。"

少年轻轻拍着娭毑的脊背,说:"毑,再讲糊涂话,俺不搭理您了!邱半仙的药方,您不晓得呀,吃好了几多人哪。"

老娭毑说:"邱半仙,狮子大开口哟。"

少年说:"俺要赚大钱,给您买药。"

老娭毑又是咳嗽,紧紧抓住少年的双手:"富仔,是放木排吗?"

少年笑了:"是啊,跟禄贵叔去。"

"哦,禄贵啊。"老娭毑放心了:"富仔,早去早归呀。"

少年紧扎布腰带,插铁斧,挽起包袱,悄悄走出了家门。

鸡声,茅店,残月。荡开路边茅草,少年踏着露珠,翻山越岭。太阳三竿子高的时辰,他的眼前,展开了一大片金黄的稻田。

这里是菱角山。

稻田里,这一群、那一群的人收割稻子。

少年看到了一个熟悉的身影:阿姊!

阿姊瘦了,劳累,憔悴,头发凌乱。

阿姊搂一把稻穗,直起身,望见了田塍上风尘仆仆的阿弟,放下禾镰,拜了两拜,眼泪就流了出来。

多年以后,汀江客家流传着这首凄婉的歌谣,一直流传到今天。

　　　　菱角子,角弯弯,
　　　　阿姊嫁在菱角山。
　　　　阿弟骑牛等阿姊,
　　　　阿姊割禾做水毋得闲。

放下禾镰拜两拜,

目汁双双流落田。

事实上,少年没有骑牛,也不是专程迎候他的阿姊回转娘家。他只是途经菱角山,前往险境。他要去完成一个不可能完成的任务。

山外是乌石潦。

少年大踏步地向前走去。

报　恩　亭

鸡叫头遍,天色朦胧。庆达收拾好碗筷,吹灭油灯,挑起一副早预备好的担子,出门拐入了村中小巷。

小巷石板路,湿漉漉的,零星枯草结满秋霜。

庆达是卖油炸糕的。担子两头,一头是铁锅,一头是油瓶、面粉、肉蛋、豆腐、葱花以及调料。他这是小本生意,当地客家山歌唱道:"阿妹卖茶大路边哪,过往行人来关照呀。茶叶香,茶水甜,小小生意要现钱哪,呀么咦吱哟嘿。"

庆达边走边哼,轻轻地,没有唱出来。

这里是汀江渡口的聚贤村,九牧堂林氏的一支在此聚族而居。村落按八卦方位布局,庆达从震卦位走向巽卦位,也就是说经东转向东南方向,转了一个弯。

庆达走路,右腿歪斜。年轻时,他受过重伤。

井台边,豆腐店的秀娣早起挑水,甜甜地笑:"早啊,庆达叔。"

"早,阿妹早。"

"阿叔去报恩亭哪,还早着嘞。"

"不早啦,俺这腿脚,赶过去,怕是挑炭客都下山了。"

报恩亭位于仙姑寨的半山腰上,西北山麓是聚贤村。

山脚下有一条弯弯曲曲的石砌路,伸向山顶。

民谚说,一丛山背一丛人,条条山路有茶亭。

这个报恩亭,大有来头。传说一百多年前,江湾渡上有一条船,载满过客。船到中流,突遇波涛汹涌,狂风大作。众人慌作一团。一位孕妇端坐纹丝不动,双掌合十,口念"姑婆太太,救苦救难!"

林姓族人传言,呼唤天上圣母保佑者,妈祖娘娘必定精心梳妆打扮、威仪俨然,方得起驾。高喊姑婆太太者,是自家人,就不必拘礼了,立即显圣,随叫随到。

顷刻云开日出,风平浪静,客船安抵岸边。

孕妇分娩,产下一子,乃神童,连登科甲,殿试钦点状元。

林状元荣归故里之日,阿母选址、购料、鸠工,还愿建报恩亭。

此报恩亭,类似于廊桥,飞檐斗角,黑瓦白墙。正门匾额馆阁体书"报恩亭",出自状元公手笔。

仙姑寨背靠重重大山,却是武邑、杭川、汀南的山间要地，石砌路上，行人络绎不绝。

庆达来到报恩亭。

亭角茶桶，蒸腾出丝丝热气。

哦，增发好早啊。

林家建亭之时，一并购置了亭外的一亩三分地，以田租供茶亭施茶。历经风雨，德泽绵延至今。

屈指算来，增发，是第五代施茶人。

茶亭墙角，有几块乌黑石头，一小堆干燥枝杷。

架上铁锅，倾入茶籽油，生火，火苗吞吐，白烟飘散。

二十多年前的一个风雨之夜，增发的父亲，排头师傅，在一条破败、飘荡的篷船上救起了一个昏迷的人。身负重伤，右腿胫骨断裂。

族长开恩，给了他村里一块栖身之地。他没有别的手艺，长年在报恩亭卖"油炸糕"为生。他就是庆达。

太阳出来了，暖洋洋的，斜照秋林，散射在屋顶上。秋风吹过，摇曳的杂草，漏下了细碎的光影。

柴火旺，铁锅里冒起了鱼眼连珠。

庆达在瓷钵内调好面粉、作料，敷在弯曲铁铲上，缓缓浸入油锅。"滋啦"轻响，满屋飘香。

庆达将一块块焦黄的油炸糕夹在铁锅壁上排列。铁锅壁上，卡着一圈铁架。这铁架，既渗油，又保温，还有复烤作用。这样，油炸糕又香又嫩又焦脆爽口。

嗡嗡声传来，庆达凝神静听，确认是绿头苍蝇。

"啪,啪,啪啪啪。"

庆达弹指,五粒黄豆大小的面团连环飞出,五只绿头苍蝇就粘在了墙壁上。

"哈,哈哈!油炸糕出锅了啊。"

说话者是头人,络腮胡子,叫天养妹。

他和八九个壮汉肩挑木炭,从右边乌石漈的山路上钻出,直入茶亭,一人捏起两块油炸糕,也不付钱,噔噔噔跨步走过。

"不歇呀?"

"不啦,赶船去。"

"咋要赶呢?"

"嗨,绕道耽搁啦。"

"绕道?"

"遇到麻七喽。"

"麻七?"

"是他,麻七!"

"哦。"

"杂种,一刀一个呀。"

"啊!"

"记账哪。"

"好说,记账。"

庆达捡起一根烧焦木枝,在墙壁上涂画。

壮汉们走远了。

悍匪麻七现身了,今晡生意多半要泡汤,庆达有点心灰意冷，抽出锅底木柴，一根根熄灭。山上秋风寒冷，他靠墙蜷缩在条凳上，勾头拱背，笼衣袖，昏昏欲睡。

由远而近，传来脚步声。

庆达一个激灵，醒了。

这时，他看到了一个少年，风尘仆仆地向茶亭走来。

少年蓝衫蓝裤，缀满补丁，腰布带上斜插一柄铁斧。

上山砍柴吗？无担杆钩索。

哪里人呢？从未见过。

这把铁斧，有名堂。

"当，当，当。"庆达用铁铲敲击锅沿："油炸糕嘞，刚出锅啊。"

少年咽着口水，走近墙角，提竹筒喝水。

他接连喝了三筒茶水，喝得很慢很慢。

"油炸糕，耐饥耐饱啊，不好吃不要钱嘞。"

少年走过来："阿叔，几多钱？"

"二个铜板一块，不讲价。"

"好，来一块。"

少年小心翼翼地从内衣口袋里摸出了两个铜板。

庆达夹起两块，递给他。

少年笑了："阿叔，多了一块。"

"送给你吃。"

"不吃。"

"不加钱的。白送。"

"俺不吃。"

"吃吧。"

"不吃。"

"不吃拉倒。"

"阿叔是好心人。"

"哼哼。"

吃完油炸糕,咂咂嘴,少年问:"阿叔,前面是乌石漈吗?左边,还是右边?"

"左边。"

"是左边哦。"

"你这后生,真是啰唆。左边乌石漈,右边汀州府。走路不识路,挑担无米煮。听说过吗?"

"噢,好像听驰驰讲过。"

"对了,听老人家的,没有错,左边。"

"哦,左边。多谢阿叔。"

少年迈步向左边走去。

左边是与乌石漈相反的方向。

望着少年远去的背影,庆达收拾好物件,破例早早地下山去了。

逆 蝶 变

悍匪麻七原不姓麻,姓马,大名福祥,人称马七。

大自然的毛毛虫，长期蛰伏，破茧蜕变成美丽的蝴蝶，是为蝶变。逆蝶变，是说蝴蝶还原成丑陋的毛毛虫。这可能吗？人呢？

十年前的一个冬日，一位长衫飘飘、风神俊朗的青年人，来到汀州武邑的石崖村，拜访了里正莫仰德，呈上礼金和书札。

书札是马家大族长亲笔，大意说是敝族小侄福祥颇习杂学，略知炼金术一二，意欲借住贵庄宝地，探寻金帽铜娃娃，资费自负，利润各半，敬请鼎力扶助云云。

莫仰德年轻时经商赣州，遇到了大麻烦，马大族长仗义帮他摆平。现在，是该报恩之时了。莫里正爽快地答应了。当晚，在议事厅设宴款待了这个叫马福祥又叫马七的年轻人。

石崖村位于汀江七里滩南侧，地势险要，大明朝曾设石崖巡检司，专职"盘诘往来奸细及贩卖私盐、犯人、逃军、逃囚、无引、面生可疑之人"。入清后，巡检司撤除。巡检司官佐兵丁后裔，聚居成村落。数十青壮，伐山取木，好勇善斗，时有盗伐他族林产事端发生。

酒过三巡。莫里正说："贤侄哪，这个金帽铜娃娃，老朽也曾听闻，只是敝村财力有限，这本金……"马七说："阿伯宽心，成，对半分；不成，无须分文。"席间，几个作陪头人大喜，连声称妙。一个瘦高个单独敬酒，言辞闪烁。马七一笑，从随身带来的藤箧里拿出文契。大家看过，酒酣耳热之际，当即签字画押，双方各执一份收妥。酒温热、菜回锅，再次端上。莫里正欲言又止,马七问:"阿伯有何赐教?"莫里正说:"贤侄哪,敝村百姓杂处,你是晓得的,居所并不宽裕呀。"马七说:"晚辈风餐露宿惯了,随便借一块栖身之地即可。"莫里正说:"南崖老鹰洞,遥接北山,俯视汀江,稍作修葺,却是洞天福地呢。"马七捧起酒碗,大声叫"好!"

马七在老鹰洞住下了。柴米油盐,往村内采购,多贵于常人常价。马七付足现钱,佯作不知。

转眼三个多月过去了,马七风雨无阻早出晚归,却是一无所获。马七长衫破旧,失去了昔日光彩。他时常俯视蜿蜒汀江,手捧地图罗盘发呆。偶尔,马七挎包持棍从村寨走过,背后就传来窃窃嘲笑。

这一天,阴有小雨。马七来到了远山密林。他听到了打斗之声,一群壮汉斫翻了两个人,抛下汀江。接着,他们合力扛起原木,溜下山去。马七看清是石崖村人。

这天傍晚,马七来到杂货铺沽酒。店内,两壮汉剥花生米下酒。一个说:"蛤蟆仔,找到金子了?"福建人称江西人蛤蟆,江西人称福建人土狗,皆大不敬。另一个说:"都说癞蛤蟆想吃天鹅肉,有金子还等你来捡么?"马七笑笑,沽酒,结账,提起酒葫芦走出店门。壮汉哈哈大笑。一个说:"俺一拳头蹦他个三丈远。另一个说,咔,俺一脚板摺他下老鹰岩去。"

阴雨连绵,马七躺在洞里,百无聊赖。他从藤篾里取出一把刀,精钢打制的斩马刀刀身,反复摩挲。这时,听得洞外有人叫喊。出洞,见是杂货铺店主,手提半头烤乳猪和一坛酒。

店主说，恰巧进了好货，给您送来啦。问价，也不贵，二两银子。马七付款，称谢不迭。店主走后，马七切肉开坛吃喝，不料，一个时辰后，上吐下泻，接连卧床三日，幸好备有应急宝药。事后查明：酒，乃好酒；烤乳猪，却是瘟病猪。

天气晴朗，这次马七走出老远，到了杭川城北、汀江左岸。这座山后来叫成了紫金山。罗盘欢快跳动，此地有宝。马七捡满一袋金矿石，往回赶，途经石崖村，天色擦黑。背后有人喊："老表，老表。"回头，是瘦高个，老熟人。"噢，是陈大哥呀。"瘦高个说："老表，沉甸甸的，是何宝贝哟？"马七说："是金矿石。"瘦高个咋舌，金矿石？可要藏好啦。马七说："俺正要往阿伯家里送呢。"瘦高个说："里正和他辅娘闹别扭嘞，不合适去。"马七犹豫了。瘦高个一把扯过挎包，说："俺帮你，漏夜送到。"

次日大早，马七敲开了莫里正家的大门。莫里正披着棉袄，睡眼惺忪，问："贤侄，有啥事哪？"马七就说起了金矿石。莫里正满脸惊诧。两人遂来到瘦高个家。瘦高个在庭院内耍完一趟长枪，断然否认转送金矿石之事。他越说越气愤，又开五指迎面推搡。马七跟跟跄跄，脸上留下五道血印。

莫里正说："贤侄啊，找不到金帽铜娃娃，不要紧。无端招惹人家，就不好喽。"

马七神情沮丧地回到老鹰洞，爬上石坎。他发现，地图罗盘等物不翼而飞。他不吃不喝，躺在稻草窝里，正迷糊间，"呼"地一声，脑袋挨了木棒，昏眩过去。

一桶冷水当头浇落,熊熊火光刺激双眼。马七醒来时,发现双手被吊绑在一棵古树下。周边,围拢着一群壮汉,手持木棒。"狗贼!金矿石哪里偷来的?"逼问再三,马七就是不开口。"打!"乱棒狂舞。有根荆棘棒,专打脸。

轮到一个矮个子了。他丢下木棒,抱头痛哭,呜呜,贼也是人哪,俺下不了手啊。紧要关头,莫里正出现了。他及时阻止了众人行凶作恶,喝散了他们。他叫矮个子背马七回老鹰洞。接着,莫里正亲自送来了伤药和一篮子鸭蛋。

一个月后,马七康复。他叫矮个子上汀州城去。马七说:"你是谁?俺全晓得。去吧,不要回来。"

秋社节晚上,石崖村壮汉会聚在议事厅饮宴狂欢。火攻,爆炸,斩马刀,一概不留活口,莫里正也不例外。马七有一百个理由相信,莫里正就是阴谋的幕后主使者,这是个恩将仇报的老狐狸。

麻七诞生了,逆蝶变。

春　香　楼

李公子玉树临风,站立船头。他的身后,是十八只同款篷船。

阳光斜照在李公子俊逸的脸上,朝气蓬勃。

汀州纸纲行的丁管家,带着两个婀娜多姿的少女,捧上酒具。

李公子端起碧玉杯，一饮而尽。

船开了，浩浩荡荡，顺流鱼贯南下。

李公子打开折扇，若有所失。他在等待一个人。

篷船出汀州，那一个人一直没有出现。

李公子合起折扇，返回了船舱。

汀州城东的一处半山亭里，纸花伞下，一个叫婉芸的女子，注目船队远去，直到身边青衣少女接连提醒，才缓步上了一顶暖轿。

李公子是汀州纸纲行老总理的独子，婉芸是木纲行张总理的掌上明珠，青梅竹马，门当户对。两家论婚嫁，纳彩，问名，纳吉，纳征，请期，皆严格按古礼行过了，就等秋月亲迎过门。

李公子与婉芸之间，有故事。坊间传言，就在纳吉，也就是订婚之后，婉芸得了一种怪病，脸上长满了水泡，名医束手，危在旦夕。李公子远走罗浮山，程门立雪，求得良药，三帖药服下，婉芸皎洁如初，光彩照人。坊间还传言，当时，李老总理爱怜独子，意欲赖婚。至今汀州两大行业巨头，还心存芥蒂，幸有唐知府从中斡旋，才维系至今。

李公子年少考取秀才，便不思上进，偏好游山玩水，吟诗作对。为收拾其心性，老子让他带船队前往潮州汕头送货，一路由震威镖局高手护送。归来之后，也就该完婚了。

三日后，传来不幸消息，船队过七里滩，遭悍匪麻七打劫，一概不留活口。

李公子不知所终。

唐知府大怒,派出三批精干捕快,均有去无回。

汀州纸纲行财大势雄,遂重金悬赏,遴选高手,捕杀麻七。

震威镖局设计了一套堪比打出少林寺木人巷的难题。周边江湖中人,一个个乘兴而来,败兴而归。

赏金一路飙升,高达黄金百两。

汀江枫林寨有一处风景优美的地方。

山上,枫叶似火。沙滩,芦花飞落,望不到边。江上,一湾绿水,清澈见底。

江湾的僻静处,一位箬笠白衣的美女静坐垂钓。她的身边,侍立青衣少女,怀抱琵琶。

此女奇特,将鱼钓起,随即扔入江中放生。

连续十多天,天天如此。

那么,她钓的是什么?

这也是江滩廊桥上货郎要问的。货郎担摆在桥头,生意清淡。无聊之际,他注意到那女子很久了,他自言自语:"钓鱼又放生,她想干什么?"

"钓人!"

说话的是一个头戴斗笠者,黑色长袍鼓荡,一手持酒葫芦,一手插在腰间。货郎看不清他的脸,却分明感到不自在,分明感到了凛冽杀气。

"叮当。"

亮光一闪,两块铜圆落在了货郎担里。

"伙计,谁家的女人?"

货郎拾掇好担杆,挑起,边走边说:"汀州春香楼。"

"啪,啪。"

又是两块铜圆,一左一右落在了货郎担前后两头。

货郎止不住浑身发抖,偷眼回望,咦,怪人不见了。

春香楼是汀州城一等风流渊薮。近日,来了一位色艺绝佳的头牌,弹一手好琵琶,绕梁三日,令人如痴如醉。

头牌冷艳,只是卖艺。

纸纲行丁管家没啥大毛病,就好这口。这晚,灯火阑珊,他趁醉意踏入了春香楼。他与鸨母是老熟人,便登堂入室。忽听一阵琵琶声,清越、空灵、美妙,声声入耳。弹奏者,隔着珠帘,烛影摇红。丁管家觉得似曾相识。他闭目思索,终于想起了此为何人。以他铁算盘的精明,他可以确认无疑。

丁管家连夜将情况告知老总理。老总理坐在太师椅上,足足抽了三泡水烟,吹灭纸引,说:"老丁,你可看清了?"丁管家指天发誓:"老东家,俺要看错了,抠下眼珠子喂狗。"老总理说:"俺信得过你。"

次日大早,丁管家前往张府拜访。

张敬贤迎入客厅,让座,上茶。

"丁老弟,大清早的,可有好消息?"

"尚无消息。"

"有何见教哪?"

"敝东家有函在此。"

丁管家从怀中掏出书札,奉呈。

张敬贤见函封,觉得有些不对劲。"张敬贤先生亲启。"什么时候了,不称亲家,称先生,这是何故?打开,里头有张红纸,正面写"文字厥样",底面写"天作之合"。这分明是女方写给男方的婚约。

张敬贤说:"这是退婚哪。爱婿生死未卜,俺老张家无有变卦,他老李头又是要唱哪一出好戏?"

"敬贤兄,问问令嫒就明白了。"

"哦?"

"这些日子,令嫒可是足不出户?"

"知府千金学弹琵琶,不该教么?"

"嘿嘿。"

"你干什么?"

"嘿嘿,嘿。"

"啥也别说了。丁老弟,你是操办婚事的。彩礼等物,花费多少?"

"绝无此意。"

"说吧。"

"老东家绝无此意。"

"说!"

"好吧,共计纹银三千八百八十八两有奇。"

"退还五千两。送客!"

张敬贤拂袖退入内室。

丁管家走后,张敬贤唤来女儿追问事由。婉芸含泪陈述。末了,她问阿爹:"女儿不该这样做吗?"

张敬贤不置可否。

八月十四,月圆未圆,夜凉如水,春香楼温暖如春。

隔珠帘,启帷幕,头牌面罩轻纱,怀抱琵琶,款款而来。

转轴拨弦三两声,未成曲调先有情。

一曲《春江花月夜》,如天上仙乐。

客人们屏声静坐,似乎醉了。

中有一人,白衣胜雪,于座中起立,文绉绉地说:"如此良辰美景,如此佳人,可否一近芳泽?"

鸨母大笑:"官人可有黄金千两?"

面具客也笑了:"只需千两黄金?"

"千两黄金。"

"好。咱们一言为定。"

"先交钱,现钱哦。"

"后天此刻,有人来交现钱。"

说完这些话,顾不得哄堂热闹,面具客饮尽杯中酒,悄悄退出了春香楼。

决　　斗

落日黄昏。德堂和文香走在汀江边的山路上。

路,是石砌路,乱石铺就,时日久远,行人踩踏得光滑锃亮,隐隐约约于杂草丛生的山间。

此刻,连绵群山渐渐暗黑,山鸟叽叽喳喳。

山风起,片片枯叶,簌簌飞落。

德堂身形粗壮,背挂褡裢,腰缠酒葫芦,肩扛花梨木扁担。这个扁担有讲究,包仔面、香菇边、龙舟肚、鳗鱼尾。龙舟肚内,夹藏铁锏。

文香,人如其名,提藤箧,持布伞,礼帽周正,长衫飘飘。懂行的人都明白,这个布伞,其实是攻守兼备的江湖利器。

他们是汀江流域的客家人。德堂就是一个卖苦力行长路的壮年担夫,下盘稳实,号为铁板桥。文香,一介落第秀才,教私塾谋生,善剑,疾似电闪。在各自生活的村落里,他们的隐秘身份,鲜为人知。

德堂在前,文香在后,隔八九步。上岭,下坡,转弯,拐角,行平路,他们步履合拍,似乎不差分毫。

德堂是连城人,连城近闽南漳州。文香是河头城人,河头城邻粤东大埔。两地相距甚远,不止百八十里。此前,他们素不相识,为何结伴而行?

为了截杀一个人。

麻七。

麻七是汀江流域心狠手辣的著匪,连环作案,气焰嚣张。前月上旬,麻七在七里滩拦截纸纲商船,船上数十人,一概不留活口。

汀州唐知府接报,派出三批精干捕快,均有去无回。

汀州纸绸行是大商行,不缺银子,遂悬赏高手,斩杀麻七。

应募者中,就有德堂、文香。

闽粤赣边诸多高手闻风赶来应募。纸绸行就考考他们。考题古怪而难度系数特高,众多高手被折腾得精疲力竭均铩羽而归。纸绸行付足了脚钱,客客气气地送走了他们。

当德堂和文香来到汀州会馆时,人们并不特别看好他们。他们闯过了汀州武行泰斗们精心设计的严苛验证,分别过关,站在了会馆的议事大厅。纸绸行老总理高兴得手舞足蹈,念起了戏文道白:"天赐吾双雄聚会,待壮士挺枪跃马,赶上前去,杀他个片甲不留!"

纸绸行安顿好两壮士,等候消息。

坊间传闻,汀州纸绸行白白花费了大把银子,一个高手也没有捞着,竹篮打水一场空。唐知府大发雷霆,一顿训斥臭骂,真是吃力不讨好啊。

密信传来:八月十五,子时,麻七过悬绳峰。

悬绳峰在武邑西南。

德堂、文香必须提前赶到这里埋伏。

八月十五,清晨,薄雾蒙蒙。一只篷船悄悄滑出汀州城,顺流而下。飘过九曲十八湾,正午,抵达武邑北部回龙滩靠岸。德堂、文香上岸,一前一后,走得不紧不慢。

他们很少说话，偶尔，也搭上一句半句。

德堂问："哎，要说，你果真是教书先生？"

文香答："嘿嘿，大伯排行第几呀？"

德堂被噎住了，向前疾走几步。

天色灰暗。

文香问："哎，德堂，德堂，何谓之有德？"

德堂好像没有听清楚："啊？你说什么？"

文香又问："我说，何谓之有德？"

德堂开过蒙，读过《三字经》。他听出了问话的弦外之音，有些气恼。

"令德维垂佑，钦绍念显扬。德字辈。咋啦？你教书的还不懂？"

"哦，久仰！久仰！"

文香这才醒悟，德堂是老曾家的，孔孟颜曾，有通用字辈。看他成天挑担卖苦力，却是大有来头呀。

话不投机，都不吭声了。

夜色更浓了，他们来到和乐茶亭，歇足打尖。

近险地，不可生火。德堂解下褡裢和酒葫芦，地瓜干配米酒喝。文香打开藤箧，轻轻取出了一盒包装精致的月饼。

月亮升起来了。

光华遍地，山色空蒙。

今晚是中秋月夜啊。

"明月几时有？把酒问青天。

"不知天上宫阙,今夕是何年?"

文香诗兴大发,低吟浅唱。

德堂吧唧吧唧嚼吃,冷哼:"酸!"

"酸""酸货"是乡村对底层文人的蔑称。

文香顿时气血上涌,双眼冒火。好不容易,他平复了情绪。

"百味斋的,老字号。你尝尝?"文香右手托起一块月饼,伸向德堂。

"地瓜干耐饱。谢啦。"德堂晃了晃半截地瓜干,一仰脖子,咕噜,一口米酒。

两人又不说话了。

月色清辉洒入茶亭。

文香细细品尝月饼,极为珍惜,连碎屑也粘起吞食,喉结微微搐动。德堂躺在原木条凳上,呼呼鼾睡。

悬绳峰在此三里之外。

月移中天。

德堂、文香在悬绳峰顶潜伏多时。

露降,长风吹拂,冷月无声。

消息有误?

石砌路上,出现了一个黑点。细看,黑点里有明晃晃的物件。

步步上行,步步临近。

此黑点正是麻七,彪形大汉。手中物件,是一柄无鞘的朴刀。

爬上山顶,麻七径直来到一棵枯树下,目光梭巡四周。

月色溶溶,山影重重。

"婊子!"麻七嘀咕一声,放下朴刀,搬开巨石。

一堆金银珠宝闪射出迷幻的亮光。

"呔,哪里走!"

德堂、文香托地跳出,一左一右,夹击麻七。

麻七也不搭话,提刀迎战。

当!

当!

当!

三人心下明了,功力不相上下。

以一敌二,麻七的头皮就发麻了。今晚,八月十五,在劫难逃吗?

铁伞。

铁锏。

朴刀。

打斗又起。

激战中,德堂诡异滑倒。朴刀攻来,劈去德堂左臂,返手一刀。文香急闪,铁伞破空斜刺,穿透麻七胸膛,把他钉在枯树上。

文香替德堂包扎伤口,问:"前辈,你不是铁板桥吗?"

德堂流出了眼泪:"地瓜酒,地瓜酒嘛。"

过坎

腊月二十九,年下墟。落日西沉,满堂和阿爸德凤肩扛担杆沿山路回村。担杆上挂的棕索,俗称络脚,晃晃荡荡的。

爷俩足力健捷,片刻,登上了西向山坡。晚霞绮丽,群山连绵,村落宁静祥和。参差错落的泥墙黑瓦上,飘散袅袅炊烟。

满堂出神地望着对山的一座五凤楼。楼内猛地蹿起数道白烟,半空炸裂,一会儿,传来闷响。

戳在那,满堂不走了。

满堂喉结搐动,说:"今晡是春娣定亲的日子吧?好多人哪,蚁公样般。"

德凤说:"傻子啊,同族同姓,春娣和你无缘。"

太阳下山了。德凤父子来到了三岔口。

大樟树下,坐着一对三十出头的男女。旁边,放置猪笼竹杠。男的乌黑壮实,拿出一条熟番薯塞给女的。女的脸黄瘦弱,说不饿,饱饱的,吃不下。两人你推我让,拉拉扯扯。

猪笼里的黑猪仔，叫槐猪，约莫七八十斤，架子显，耷拉耳朵，见人靠近，便惊恐地转圈，哼哼唧唧。

"买的？"

"卖的。"

"没卖掉？"

"不到三块银圆，俺不卖。"

"哪村的？有点面生哟。"

"笠嫲崇的。俺堂姑嫁到你们村，叫来招子。"

"噢，来招婶子的大侄哥啊。"

"俺也认得您哪。前年到俺村舞狮子，硬是赢了铁关刀的三斗米酒呐。啧啧。"

"嘿嘿。后生，喊嘛介？"

"大名是叫禄贵的。乳名板墩。"

"板墩，俺也不多还价，两块半。"

"两块半？"

"两块半。不能再多了。"

"俺要和家里的，商量一下。"

板墩就拉着那女人走开，悄声说话。

"娘……"女人扭过头去，像是要流泪。

板墩走回，说："两块半就两块半，现钱。"

德凤摸出银圆："先付两块，欠款年后给。"

板墩涨红着脸："便宜卖，就是等钱急用哪。"

德凤缩手："这两块，还是老东家的。俺只有脚钱三百文。"

板墩一跺脚:"两块,添三百文,卖了!过年就是过难。"

德凤感慨:"这年头,过年还是过坎。"

一手交钱,一手交货。板墩连带猪笼竹杠也一同奉送了。

满堂心不在焉,不吭声。爷俩搭肩,扛起猪笼,一前一后,踏着暮色赶路。

村外,小溪蜿蜒南流。水车旁,有独立排屋。这就是德凤家。

凤婶老远就瞧见了猪笼,赶紧抱来稻草,铺入猪栏。刚铺好,爷俩也就到了。

前些日,家里的大白猪卖给了七里滩的唐大善人,得款还清旧债,剩余两块银圆,当当响,猪栏却是空着。

德凤取出银圆,径往外走。

"不要等,先吃。"

德凤返回,已是掌灯时分。

满女随小哥给外公送年礼回来了,正在呼呼啜粥,放下碗筷,甜甜地喊了声阿爸。

德凤坐下:"吃吧,吃吧。"

桌上很丰盛,油豆腐,猪膏渣炒雪里蕻,猪骨头炖水咸菜,煮地瓜,管够管饱。

兄妹几个不时张望厅堂横梁。那里挂着一扇新鲜猪肉,前腿肉。日里打狮班送来的。

德凤抓起煮地瓜,想起了什么,掏出一把铜钱,摊在桌子上，推向凤婶："收好，老东家赏的。"

"当家的，那乌猪仔，不对劲呢。"

"嗨，搞一把黄连、桔梗、板蓝根，拌入猪食，三五天，包好。"

三十大早，村庄敬神祭祖的鞭炮声，此起彼伏。清新透明的空气里，荡漾着缕缕香气。德凤带满堂张贴大门对联。私塾华昌先生手笔，颜体，红纸黑字。

"哎哟嗨，衰哟，还衰哟。"

循声望去，猪栏边，凤婶踉跄而出。

乌猪仔翘尾巴了，硬邦邦的，周身布满红黑斑点。

德凤紧咬腮帮。良久，嘶哑着说："满堂，去，拖走埋掉。"

凤婶嘟嘟嚷嚷的。

德凤说："莫叫啦。赶紧挑几担石灰来，猪栏里外，不留死角。"

太阳出来了，一家子沉闷地吃过早饭。德凤就去大围屋找荣发了。每年正月，客家山乡都要舞狮子。德凤和荣发，是最雄壮的一对。

两人喝茶聊天。讲完狮班安排，德凤起身告辞。荣发说："凤哥，您有心事啊。"德凤搉了老伙计一拳，朗声大笑。

走上石拱桥，德凤遇到了六叔公。

六叔公养了一群生蛋白鹜鸭，过年也不得闲。

六叔公说："奇了怪了，溪坝里，福佬嫲捡到一头乌猪仔。"

福佬嬷七老八十，孤苦伶仃的，住在溪边一栋废弃的老屋舍里。

德凤径奔老屋舍，苦心劝说福佬嬷不吃瘟猪，要赔她一扇前腿肉。

德凤回家，问满堂，瘟猪仔埋在哪儿了。满堂红着脸说，扔在溪坝里了。德凤说："满堂，都是快要娶媳妇的人啦，做事要老成哪，那东西被五婆捡去了，害人嘛。"满堂低下了头。德凤说："狮班给的，留下三斤，都给五婆送去。瘟猪肉，全他娘的倒入粪坑里头。"

满堂斫下一块肉，扛猪腿过溪去了。

德凤坐在门口竹椅上，吧嗒吧嗒抽旱烟。忽听哇哇哭声，满女的。接着，传来小哥的抽泣。德凤挥动烟杆嘭嘭敲击木门槛。安静了。远处，鞭炮声断断续续。

三年后的一个冬日，汀江流域竟飘起了纷纷扬扬的雪花。沿江石砌路，光滑难行。德凤、满堂一大伙挑夫从大埔石市挑来盐包，翻越鹧子崟，前往河头城装船载运。

"救命啊，救命！"

途经半山亭外，忽听撕心裂肺的呼救声。

百十步远，两个威猛蒙面人，翻转刀背，狠力敲打一个乌黑汉子。

乌黑汉子跪地哭号。

那不是笠嬷崟的板墩吗？

德凤他们停下了脚步。

"凤哥,救吗?"荣发问。

德凤站在原地,不动。

雪花飘落在斗笠上,无声无息。

"救!"

德凤和他的同伴,几乎同时抽出了硬木担杆。

鹅卵石

"呼……噗!"

"呼……啪嗒!"

满堂站立在汀江支流石窟河的乱石滩上,近以阴手,远则摔手,瞄准岸边土堆及河心枯木,打出鹅卵石子。

河滩背风向阳的地方,三块石头垒起炉灶,架一口小铁锅,枯枝燃烧,白烟袅袅。冬日河流,水清浅,芦花飞落。一群白鹜鸭悠闲扑腾、觅食。

传来欢快的唢呐声,一顶大红花轿从山脚转出,鱼贯行进着迎亲送嫁的人们。

哦,谁家的大妹子出嫁啦?

秋冬时节,稻谷登场入仓,汀江流域进入农闲阶段。婚嫁,起大屋,贺寿庆生,串门走亲戚,时或有之。

满堂怔怔地,紧握的鹅卵石松开,滑落下来。

你一个穷光蛋,做梦讨老婆,癞蛤蟆想吃天鹅肉呀。

"哈,哈,好香!"

满堂回头，看到一个黑铁塔似的大汉，揭开锅盖，掂起大鲢鱼尾巴，呼呼吹气。

"留点给俺好不好？福星哥。"

"见日吃，不吃腻啊？"

"俺还有食朝呢。"

"有苎叶粄，给你留着。"

满堂打开草编饭箪，连吃三大块。苎叶粄，柔软香甜，黏牙缝。

并肩坐在巨石上喝鱼汤，一只鸡公碗头，满堂一口，福星一口。

有人喊："福星，走喽。"

福星操起担杆落脚，拍拍尘土，回头一笑，走了。

那一口白牙，好似山锄铁轧。

那缀满补丁的长裤，又破啦。裤烂，腚出。

冯大善人和这样的苦力有什么深仇大恨呢？

冯大善人是闻名远近的"百万公"。传说，山上树木，赛过全邑百姓家吃饭的竹筷。长年经营木材沿江下广东潮州贩卖，赚入白花花的银两。近年，凉伞崠的杉木被大量盗伐。有消息密报，领头的，就是他的亲外甥何福星。这精怪装穷，挑担赚食，其实，他在汀州城添置了好几处房产。

大管家找到满堂，问："大善人对你咋样？"满堂说："好。"大管家说："求你做一件事。"满堂问："啥事？"大管家说："废了福星一条胳膊。"

满堂是飞石高手,他有办法。

原来,这石窟河两岸,有冯何两寨,地形似虎似象。两族通婚,守望相助。当地有奇特习俗,大年初二日上午,各自过河拜年,主家热情款待,姥爷舅哥叫得欢实,其乐融融。酒足饭饱之后,拱手作别。过河,双方就翻脸,破口大骂,强盗贼客,啥难听招呼啥。骂到火冒三丈,遂捡石子互掷。愈演愈烈,两族壮丁聚集参战。飞石破空,河流浪花四溅。两岸间或有负伤者,一抹香炉灰,重新上阵,嘀嘀喊叫。奇的是,数百年来,不伤性命。

此俗成因:一说地势险要,明清时设盈塘寨巡检司。兵凶战危,百姓苦练武艺。一说两岸地形,"虎象相争,不斗不发"。

数百年互斗,为何有惊无险?

高手飞石,可击穿百十米远木板,严禁出战。

如石桥妹,如书生达德。

满堂是连城县远道前来投靠族亲的孤儿。闽西民谚说:"打不过连城,写不过上杭。"连城拳术,内外兼修。巫家拳流布江南八省。满堂之母,巫姓。

冯大善人租给满堂河边一块荒地,搭草棚。满堂养一群白鹜鸭,卖鸭蛋换粮食。闲时,苦练飞石,不拜师,不学艺,瞎忙。村人多笑他傻。某日,冯大善人外出游玩,看到满堂投石击鱼,飞石入水,打翻刺鲃。刺鲃游速快,极为不易。冯大善人走近。满堂如芒在背,投石,又歪歪斜斜了。

不久，大管家来草棚找满堂。

村尾打铁铺的唐大力与满堂投缘。一次酒后，唐大力说："满堂，你要有一亩三分地，俺满女就许配给你。"

满女，水灵灵的。白璧微瑕的是，跛一足。

满女羞红了脸："爹，你又喝高啦。"

满堂瞄一眼满女，低下头，傻笑。

河边草棚里，大管家见满堂不言语，就说："俺晓得福星仔是你的好兄弟，他还是大善人的亲外甥呢。你这飞石，是救他一条命。等到官府出面，他是要杀头的。目无王法，咔嚓，杀头。你懂吗？"

满堂说："俺要河滩的一亩三分地。"

大管家笑了："河滩荒地，就是二亩八分也行哪。事成之后，俺给地契。"

满堂说："俺不多要，一亩三分地。"

大管家说："行，就依你。"

两人击掌为誓。

石窟河边，有黄鼠狼出没，捕食家禽。

一日午时，满堂发觉河边荆棘丛中有动静，一只黄鼠狼探出头来，飞石到，打翻黄鼠狼。满堂近前，黄鼠狼扭身逃窜。满堂大惊，崴伤脚踝。

连续几日不能出工，满堂窝在草棚，闷闷不乐。

福星来了，带来了簸箕粄和跌打损伤草药。

福星生火煲药。

吃着香喷喷的簸箕粄,满堂鼻子一酸,哽咽说:"福星哥,俺,俺不是人。"

福星就笑了:"黄鼠狼,该打。鬼才信它有啥子灵气。"

转眼,入年界了,过年了。

爆竹声声除旧岁,梅花点点迎新春。

大年初二,上午,冯何亲戚过河拜年。下午,对骂,飞石开战。

福星新衣新裤,头戴礼帽。他有蛮力,投石远,却无准头。只见他满脸涨红,扯破嗓子叫骂,来回奔走跳跃,极兴奋。

这边岸上,大管家将一块结实的鹅卵石塞给满堂,拍了拍他的肩膀。

满堂往前挪了几步,贴近河唇。

对岸飞石,溅起朵朵水花。

满堂摔手,飞石过岸,击落福星头上礼帽。

福星弯腰戴上礼帽,刚起身,又被打落。

三次落帽,他干脆不戴了。

他看到对岸的满堂,木然站立,也不晓得中了什么邪。

积善楼

枫岭寨经七里滩，过黄泥冈，一铺半路，就到了老墟场。

老墟场位于杭武交界处，千里汀江中游。墟场按八卦方位设计，店铺白墙黑瓦，参差错落。古诗说："八千人家河两岸，繁华兴盛冠三边。"三边者，闽粤赣边。繁华之冠，就有点夸张了。

镇文化站的邱老说，那年头，过往客商多，每日要杀猪百只。

冬日上午，阳光懒散。我和邱老、文清走在老墟场冰凉、光滑、残破的麻石板上。两边骑楼，泥灰多有剥落，露出青砖。木雕门窗，间或残缺不全。北风起，啪啦啦响。

若干土杂店、风味小吃店、草鞋木屐竹编店、剃头店还开张着。寻常日子，有一些游客来访，稀稀落落的。闲散的店主们好像若无其事，却在不经意间投来一瞥，迅速判断有无生意可做。

我们走过街旁的诸葛武侯小庙，忽听喇叭高亢，弦乐之声大作,颇热闹。邱老说:"十番哦,进去看看?"我摇头。于是,我们走开了。数十步后,十番不响了,喇叭拖了个长音,也消停了。

我们来到汀江边。

江水清澈、平静,倒影青山。阳光下,游鱼历历可数,悠忽往来。江湾,有一条采沙船,马达声时隐时现。

樯帆如林的景象,已成往昔。

对岸,竹林掩映,有座大围屋。屋顶上,大盘篮纵横排列,晒满鲜红的柿子。

大门楹联,远看不清。门楣,可见隶书"积善楼"。

过河看看,可以吗?

有眼光啊,哈。这个积善楼,有故事。

哪一座楼没有故事呢?

这个故事非同一般。

邱老说:"三百多年前,具体哪一年,记不清了。"这积善楼原来是一座小茅屋,开山种柿子树的人搬走后,来了一对潮州夫妻,女的叫阿秀,养鸡鸭;男的叫阿发,卖麦芽糖。日子过得清寒。除夕夜,对岸老墟场酒肉飘香,爆竹连天响,这对夫妻却思忖着溜到山上躲债。忽听拍门声。惊恐开门,暗夜里,门外站着一位陌生的魁梧汉子,也不说话,一挥手,十几个人挑来沉甸甸的箩担,放下就走,把茅草屋都差不多堆满了。夫妇俩好像在做梦,缓过神来,赶忙追出去,那群人早已不见了踪影。回头拨亮油灯,哎呀,俺的亲娘也,全是白花花的银子噢。夫妇俩是实诚人，等了三年，没人来，就跌茭，问这些银子可以不可以用。连跌三次茭，都如愿。他们起大围屋置地做生意，成了远近有名的"百万公"。那么，这个故事呢，民间有说道，叫作"鬼子担银"。

"邱老，你相信吗？"

邱老说："噢，忘了说，那家姓东，东方的东。传说，祖上是在广东潮州做大官的。一天，行船来到梅州三河坝。渔民捕获了一条八尺长的红鲤鱼，要杀，红鲤鱼见到大官就流眼泪。大官买下了，放生。好人有好报嘛。"

"噗嗤。"文清忍不住笑了。

"咋？你不相信？"

"邱老，你是民俗专家，我们怎么能不相信你呢？'鬼子担银'的故事很精彩，民间传说也有几百年了吧。不过，文清这个书呆子，研究方志谱牒还是很用功的，你们不也是经常切磋吗？或许，他又找到了什么宝贝资料呢。听听也好。"

文清说的故事，见诸《东氏族谱》。

说是清康熙年间，东氏福昌公任潮州知府，清正廉明，遭政敌陷害，满门抄斩。此前，福昌公催促长子阿发看望野山窝的老丈人去了。阿发闻讯，就和妻子逃往老墟场，养鸡鸭卖麦芽糖为生。

仲夏夜，月色皎洁。夫妇俩在庭院内喝茶聊天，幼子阿东翻出小布袋来玩，里头滚出一颗乌木珠子，附纸条，是福昌公手迹，写道："小隐勤耕读，急难见杨公。"

杨公,梅州三河坝巨富,乡团魁首,沿汀江韩江山匪水寇被他次第肃清,"以霹雳手段,显菩萨心肠。"

阿发夫妇跋山涉水,走了三日,来到了三河坝,拜谒杨公。杨府门丁训斥他们,说杨公谁想见就见得着的吗?阿发靠近,将两块铜圆滑入门丁的口袋里,亮光一闪,门丁感到了口袋的重量,他知道这只不过是铜的,这乡巴佬总算懂事,绷紧的脸随即松弛了些。阿发呈上乌木珠子,说是杨公旧物。门丁半信半疑,入内呈报。片刻,杨公召见,赐座,看茶,和颜悦色,问有何难处,尽管说来。阿发嗫嚅,额上冒冷汗,答不上话来。阿秀说:"杨公大人,俺们要一百两银子还债,债主逼的。"杨公问:"咋回事嘛?"阿发说:"前年粮荒,借了十两籼谷,驴打滚,早晓得,饿死也不要。"杨公大笑,嘱咐管家盛情款待,就转入里屋,不再露面了。餐毕,阿发夫妻辞归,管家给了一个包裹,说:"区区薄礼,敬请笑纳。"

三日后夜半,夫妇俩摸黑回到家外,星光下,朦胧见门口站立魁梧黑影,吓得赶紧想逃走。黑影扬手,树上宿鸟就栽落在他们脚下,兀自挣扎。黑影问:"来人可是福昌公嫡子?"阿发答应。黑影问:"德昌公贵姓?"阿发说:"小姓东。"黑影问:"你是何人?"阿发说:"贱名文发。"黑影走开,片刻就有十几个大汉挑箩担入屋,堆满了草堂。

"这些人是谁呀?"

"还有谁?杨公的人。"

"那么,杨公为何要报恩?"

"他就是那条八尺长的鲤鱼。"

"鲤鱼精?"

"他其实是被三河坝巡检司捕获的山匪。"

"山匪?"

"你可以说是绿林好汉,也可以说是义军将领。"

"福昌公为何要救他?"

"杨公是读书人,临刑前吟诵了一阕词,壮怀激烈。"

"什么词?"

"岳武穆的《满江红》。"

"《满江红》?"

谱牒的记载是:"公壮而奇之,亲释其缚,嘱其见贤思齐为国栋梁,赠以银。"

丁铁伞

一

丁记篷船是在午时来到杭川水西渡的,从汀江回龙湾顺春潮而下,满载土纸。

靠岸,跳将下来一精壮汉子。四十开外,灰布长衫,后背斜挂铁骨雨伞。

汉子回头说:"康旺,会子交给昌泰行,归船歇着。阿妹的花布,俺会带回来。"

康旺说:"大哥,小心哪!"

汉子笑:"老行当啦。管好你自家。"

早有斯文人和两个伙计候在前头,点头哈腰。

斯文人说:"铁伞师傅,老邱在此恭候多时了。"

那精壮汉子——现在该叫铁伞师傅了,说:"不必客气,俺这就去会会他。"

一行人向城东的土冈走去。

二

康旺,三十出头,黑脸,粗壮,憨憨的。他来过几趟杭川城了,熟门熟路。不需他说话,约定的武邑挑夫一拥而上,卸货装担,忙而不乱,将满船土纸挑往昌泰行仓库。

康旺手提褡裢,蹦跳进城。

走入瓦子街昌泰行,康旺将会子(供货清单)奉呈给乌面老者。

老者扒拉了一通算盘,抬眼打量来客,微领首,上推不时下滑的石头镜片,扯过白纸,提笔,濡墨,唰唰唰,写好收据,画押盖章,查看一会儿,交给康旺,说:"细老弟,你可要收妥喽。丢啦,铁伞找俺要,可没得有。"

"俺不是傻瓜。"康旺将收据装入褡裢。

忽听叮叮响动,一摞铜圆递近:"便饭钱,九只壳子,莫要嫌弃哟,数数看?"

"哎呀,陈老伯,您客气啦。"康旺接过铜圆,谢声不迭,车转身,叠脚就奔出店门。

三

"曜呔,唔好搞哟,打个照面,就弄残了两个高手!"

"潮州伍哥?"

"正是此人。"

"哦。"

"他那两把八斩刀,有名堂,有鬼怪。"

"嘿,嘿嘿。"

"铁伞师傅,可得当心哪。"

"大先生,您老瞅瞅,俺那铁伞还在吗?"

"铁伞?铁伞在后背挂着哪。"

"这就是了。"

斯文人和丁铁伞说话间,土冈在望。

平地空旷,阳光热辣。百十人聚集两块,阵线分明。

见来人,黄老头颤巍巍地抢奔上前,拉着丁铁伞,唉声叹气。

"老先生,不能和吗?"

"人家就是不愿意哪。"

"晓得了。"

决斗起因,乃风水之争。黄家要建一座土楼,隔江邱家不允许,要强拆。决斗,各邀高手。黄家连败两场,再败,就该自毁墙基;不服,势必械斗,愈演愈烈。

中人是老关刀。此公仁厚,擅武艺,门徒遍汀州。

阳光直射,红壤土升腾起丝丝热浪。

"远道而来,可要歇息片刻?"

"唔使。"

"样般,行前来,签字画押。"

丁铁伞走过去。生死文契上，伍哥笔迹，银钩铁画，大名伍文豪。铁伞姓名，为丁康文。

伍哥外貌豪壮，静立场中，八斩刀厚重，烈日下，闪烁着耀眼光亮。

步步走近，丁铁伞驻足，一把铁伞瞬间持握于左手之上。

"当！"

铜锣响，开打。

白光黑影，搅作一团。

"叮当，叮当。"

两声脆响，双刀插入泥地。

收伞，斜挂后背，丁铁伞拱手："承让。"

两肘软绵晃荡，伍哥前额流汗，问："你不是左撇子？"

"不是。"

"你是撑船的？船头师傅？"

"耍过几天竹篙。"

"三年。三年后，定当再来讨教。"

"丁某恭候。"

双脚钩动，八斩刀跳入腋下。任凭东家叫喊，伍哥不理不睬，孤零零地走下土冈。

有人问："嘀嘀咕咕的，讲嘛介呀？"

老关刀捋髯大笑："老弟呀，咋不开窍呢？船过险滩，风急浪高，铁竹篙在石壁孔眼上点点戳戳，丝毫莫失。以此化入武功，双刀能不落地？"

四

康旺沿街溜达，途经邱记鱼粄店。七棵枫树，枝叶婆娑。清香阵阵飘来，康旺咽着口水，捂紧钱袋子，快步走过。

阿妹过些天就要出嫁了。砍柴，割草，耕田劳作，阿妹过得勤苦。大闺女了，几件衣裳，都缝缝补补。好日子，做阿哥的，总要送件礼物呀。康旺想省下铜圆，买一块便宜的新花布。

肚子咕咕叫。哦，还没食昼呢。

转角处店铺，招幌道："山东大馒头。"

蒸笼热气飘散，麦香弥漫。山东大汉扯开嗓门："大馒头啊，大馒头。三文铜板一个呀，两个管饱。一顿吃下十个，不要钱；吃不了，价钱翻倍啊。"

康旺问："老板，一顿吃下十个，不要钱？"

"老弟，你瞧瞧，枕头似的，就没人吃得下。吆喝生意嘛。"

"俺想试试。"

"开啥玩笑？别瞧你人高马大的，撑坏喽，俺赔不起。"

"咋啦，说话不算话？"

"老弟，俺是个伤残兵丁，县太爷赏碗饭吃，借贵宝地开个小店，不容易啊。咱们就不赌了吧？俺奉送你两个大馒头。"

康旺掏出大把铜圆，拍在木桌上："看清楚喽，俺有钱，现钱。赌!"

歪拖着一条腿,山东大汉四向作揖:"诸位高邻,这小老弟硬要和俺赌,烦请大家作个见证。"

瓦子街闲人围聚过来。

一堆大馒头摆在木桌上。

康旺要了碗免费的猪骨头汤,端坐开吃。

风卷残云,康旺吃下了六个大馒头。

山东大汉嘴角搐动,嗨,这小买卖,今日要蚀本啦。

拿起第七个大馒头,康旺左看右看,比比量量,吃食越来越慢了。

第八个,伸长脖子,吞咽艰难。

第九个,双眼暴突,脸色发青。

第十个,半截大馒头刚塞入嘴巴,人却翻滚落地。

五

丁铁伞和他的一群江湖朋友火速赶到现场。外来的山东大汉结结巴巴叙说缘由经过,两膝颤抖。众多目击者证实了他所言不虚。丁铁伞摸出一把铜钱,慢慢地数,算好六十文,叠妥,推向山东大汉:"馒头实在,俺家愿赌服输。"

丁铁伞眼角潮湿,抱起亲老弟,排开众人,向水西渡走去。

第十四辑 | 江上行

江上行的篇名,我在小说创作中用过多次。这么多年来,我一直写千里汀江,写"客家乡土侠义小说",写了一百多篇。小说的篇名,很难确定。这一篇,我想到了"南行记""韩江谣""邱丁会""白日灯笼之花案",等等,皆不如意,遂沿用"江上行"。

江上行

一

傍晚,汉子背插铁伞,扛着丈余竹篙,爬上了山脊。

这是汀江中游沿岸的一处山脊,似牛背,叫牛背脊。牛背脊、马头山、乌石顶,鸡髻峰等等,这些当地客家人的俗称,是象形地名。

汉子站在山脊上,山风劲吹。他仰望落日,俯视村落炊烟升起,突然发出长长的吼叫:"噢……嘿!"

声音中气十足,回荡山间,传到江上船头。一个老艄公说,这个铁伞哪,有啥事那么高兴呢?舱内传出沙哑的笑声。

汉子就是丁铁伞,汀江上很有名的艄公,师傅头。千里汀江行船,曲曲弯弯,险滩密布。艄公手中的长竹篙顶端,套有铁箍,带铁钎,不时戳击礁石,以确保行船安全。民谚说:"三百滩头风浪恶,铁作艄公纸作船。"

山下村落,东北角,山丘竹林,一湾溪流怀抱处,是数间瓦屋，周植木槿为篱笆。木槿花开，淡紫色。

屋顶烟囱升起袅袅炊烟。

厨房内，灶膛柴草熊熊燃烧，火光映照在一张粗糙而红润的脸庞上。

锅盖噗噗作响，水汽缕缕冒出，番薯清甜的香味弥漫开来。

一个八九岁的细阿妹猴了过来，摇着女人的手臂："娘，俺要吃番薯。"

女人扯开细阿妹的小手："猴吃嬾。行开，去看细哥归来呀么？"

细阿妹蹦跳出门，看到细哥牵着大水牛往牛栏里去了。满叔扛犁耙、挽柴捆。他取出一串红嘟嘟的棠梨，憨笑："细阿妹，这个给你。"细阿妹欢叫，抢来就往嘴里塞。

灶间，女人用铁铲拍灭了灶膛柴火，直起身，遮没了半壁的霞光。

揭开锅盖，水汽蒸腾。她快速将瓷碗中的咸菜干、芋荷干和一大盆米粥端在灶沿；拎起竹竿，有大半锅的煮地瓜。

这些食物很快就被摆放在厅堂的八仙桌上了，罩上了竹笼。

天色渐渐暗黑，她点燃了一把竹篾片，插在泥墙上。

"阿娘。"

"嫂子。"

细阿哥和憨汉一前一后进屋，坐在桌前。细妹有东西吃，她不急。

"娘,要么,就开饭吧。阿爹的,留着。"

"吃,吃,你就懂得吃!"

细阿哥不敢吭声了。

憨汉扭头看窗外,喉结滚动。

哎呀,门开了。

"俺不回来,就不开饭啦。这臭规矩,得改一改。俺说老钟家的。"

钟姓是客家武邑大姓,女人的娘家。钟姓女子,通常以此为傲。

女人提挪竹笼:"这不就是开饭了吗?"

丁铁伞还没有喝下半碗稀粥,憨汉,也就是他的亲弟弟丁康旺,已经接连吞下了三根大番薯。大概是吃得急了,灌下大半碗稀粥,他不停地拍打胸口,伸长脖子,嘶嘶呼气。

"康旺,你慢点,家里再穷,番薯芋卵,管饱。"

"哥,甜心番薯,好吃啊。"

"康文兄在家吗?"门外,传来洪亮的喊声。

竹篾火光里,走进来一位威风凛凛的官府衙役。

二

来人是邱捕头。邱捕头原是一名普通捕快,破获"彩虹桥案"立下奇功。武邑知县破格晋升其为快班捕头。

邱捕头功夫好，仗义，好结交朋友。丁铁伞是他多年的合作伙伴之一。

丁铁伞放下碗筷，请来客到隔壁喝茶。

"老邱登门，必有麻烦。"

"知吾者，铁伞兄也。"

"说吧，啥事？"

"租船。"

"上河三千，下河八百。船，多过稻田米谷。"

"三十两银子的大生意。"

"去哪儿？"

"潮州，凤凰山。"

"这么撇脱？"

"带一个老乡回家。"

"这老乡不简单，带回家就有三十两银子？"

"俺就说嘛，铁伞不光会撑船，功夫好，头脑还灵光。"

"好啦，莫灌迷魂汤了，到底咋回事？"

邱捕头说，武邑城北，有陈家寨，望族聚居。近期，陈家寨不时有狗猫鸡鸭莫名失踪。陈家族长的一个儿媳是江西龙虎山老张家的，就回娘家讨回了三张符箓，依计在闽赣边界的筠门岭、县城西门、寨门口各焚烧了一张。临行，张大师对女儿说："你回到家，无论遇见何人，都要一剑劈杀，不得迟误。"张女回家，撞见一个大白天提着红灯笼的古怪老太婆。张女举剑，却抖抖索索不忍下手。老太婆回头一笑，露出满口黑牙：

"乖乖女,十年后见噢。"转眼不见踪影。

陈家寨致仕赋闲的老翰林家乱作一团,千金小姐不翼而飞。

此案古怪离奇,一时人心惶惶。

汀州知府文凤为陈老得意门生,闻讯大惊,着府衙快班干员,从速破案。半个多月过去了,茫无头绪。

邱捕头接手此案,很快追踪到一条线索,终点是潮州凤凰山。

邱捕头说,老翰林致仕,由逆韩江汀江水路还乡。遇大雨,驻留潮州会馆多日。千金小姐璎珞看上了一个年轻英俊的卖艺人。门不当户不对,岂有此理?老翰林棒打鸳鸯。潮州卖艺人也是奇人,母子俩锲而不舍,合力上演了如此这般闹剧。

"铁伞兄,救人一命,胜造七级浮屠。再说,三十两白花花的银子,手到擒来。"

"邱兄的银子,天上掉下来的馅饼,谁人不知?"

三

解开缆绳,丁铁伞手持铁竹篙,顶击江岸石墩,扭腰发力,竹篷船悄无声息地荡向河心。

船舱内,端坐着一个人,用一块抹布,细心擦拭一把厚实的刀,开山刀。

此人正是邱捕头。

南行，轻舟似快马，回龙湾、黄泥垄、七里滩、枫岭寨、乌石镇、芦花湾、大沽滩、穿针崖、虎跳峡、棉花滩、河头城，弃船上岸，翻山到石市借船，往三河坝飘去。

三河坝为粤东古镇，汀江、梅江、梅潭河在此汇聚，又称汇城。连接潮汕平原与闽粤山地，为水路枢纽要冲。

系船码头，上岸，邱丁两人来到了一家米粉铺子，各自要了一碗。

这里的客家米粉，系用上等黏米制作而成，粗细均匀，雪白，柔韧，有咬劲。

木柴灶火力旺，大铁锅里，猪骨头、白萝卜块翻滚着鱼眼似的白浪。年轻姣好的厨娘将两把装满米粉的竹罩箩挂在锅边，停顿片刻，操起，左右开弓，往两个鸡公碗里倾倒，撒上葱花与猪膏渣子，笑盈盈地端上了桌面。

"李嫂，再来八块炸豆腐，不要切；二斤油烧猪肉，切块。"看来，邱捕头是常客。丁铁伞喉结滚动，抬起手，又放下，欲言又止。

邱捕头笑了："铁伞兄，何必客气？"

丁铁伞嗫嚅道："老是破费你的银子，俺真不知说什么好。"

邱捕头说："出门办差，食宿都有公费银的。"

丁铁伞说："俺不是公门中人嘛。"

邱捕头说："办公差，是一样的。"

丁铁伞说："搭档多年，俺懂。总是于心有愧嘛。"

说话间，李嫂把一大瓷盆食物端了上来，热气腾腾的。

"落手哦。"邱捕头夹起了一大块油烧猪肉。迟疑片刻，丁铁伞跟着吃。

开船下行。

汀江流经三河坝之后，称为韩江。江面宽阔，水势平缓，竹篷船慢了下来。

韩江水路歌谣唱道：

> 举头甜水金瓜塘，七娘长窜河口乡。
> 棍子黄猄楼背段，旱田鸦鹊望长冈。
> ……
> 北尾麒麟马口塔，三门丈八望州光。
> 黄沙乌流松口塔，介溪燕赖小红娘。
> ……
> 意溪湖州凤凰出，鹅坝东凤梅溪乡。
> 去到杏花汕头市　水陆两路更兼程。

歌谣字面上看来，似乎在叙述一对青年男女在一个遍地月光之夜沿江私奔，飘飘然翻山越岭，朦胧，浪漫。江面上的白衣倩影，一闪而过；江面上迷雾茫茫，或隐或现。

其实，这是一条大江的文化密码，是由韩江入海水路的一连串地名按顺序连缀而成，构成了迷离而诗化的意象。

现在，竹篷船已经顺流行驶了两个多时辰，他们来到了一个叫新塘的地方。歌谣唱道:"龙湖牛角闹新塘。"

竹篷船系在江湾的一株乌桕树干上,丁铁伞在船头摆上红泥炉,生火做饭。

汀江韩江同为一江,前者为上河,后者为下河。汀江民谚称:"上河三千,下河八百。"三千、八百是指竹篷船数量繁多,非实指。

饭熟时,数十条竹篷船陆续停泊一处,结伴过夜。

熟悉不熟悉的人们,见面点点头,笑一笑,各自忙各自的。江上行船有规矩,忌讳多嘴多舌。

"扑通……"

一个竹制鱼笼沉入船侧水底。

"铁兄,又忙活啦?"

"试试看。"

月上树梢,夜气清凉,近闻流水哗哗,远处有山鸟两三声鸣叫。

一缕阳光射入船舱,邱捕头睁开双眼,挺身弹起,一把抓起了手边的开山刀。

船头飘来阵阵鱼香。

船头炉火正旺,黄铜锅里,鲜鱼、生姜、白豆腐,汤汁翻滚。小圆木砧板上,摆放着翠绿葱花。

"嘀哈,大捕头醒啦。"

"偷懒,睡个安稳觉。哦,好香哪。"

"运气好,一条鳜鱼。"

"桃花流水鳜鱼肥。"

"啥?"

"青箬笠,绿蓑衣。斜风细雨不须归。"

"啥?你说啥?"

"嗨呀,俺不是背诵古诗词嘛。"

"你们吃公门饭的,就是有名堂。"

"华昌先生不也是这样?"

"教书糊口嘛。"

"呼啦。"一只酒葫芦飞向丁铁伞。

"好菜配好酒。"

"啪。"丁铁伞反手抄起,顺势抛回。

"不喝。醉酒误事。"

四

日出东岭,韩江波光粼粼。

"开船喽!"铁竹篙点击岸边礁石,船轻快,荡向江心。

风平浪静,一路顺畅。申牌时分,抵达潮州城。

潮州位于韩江入海处,为岭南文化重镇。唐元和年间,"百代文宗"韩愈被贬谪为潮州刺史,以《祭鳄鱼文》驱赶丑类。"赢得山水改姓韩",鳄溪更名为韩江。潮州人文荟萃,湘子桥尤为著名。传说,八仙之一的韩湘子施展神力建造此桥。有道是:"凤凰山上无日无云烟,湘子桥上无日无神仙。"

邱丁入住汀州会馆，一夜无话。

这个会馆，是汀州八县客商集资合力建造的，"九厅十八井"，位于城南江边。

次日一大早，邱捕头前往潮州府衙移交公文，丁铁伞于会馆闲坐喝茶。

会馆总理是杭川县黄溪人，姓何，认得丁铁伞，就取出了一袋土纸包裹的茶叶，又弄来几碟盐酥花生、香脆南瓜子。

老何说："这是白石顶高山茶，送来半斤，俺平时还舍不得喝呢。"

滚水冲入大茶壶，清香四溢。门外有人走过，就放慢了脚步，翕动鼻翼，咦，好香，好香的茶。

两人边喝边聊，讲起"白日灯笼案"，老何不吭声了。

丁铁伞就岔开了话题，聊家乡风物、世故人情，甚是投缘。

日上三竿，邱捕头回来了，身旁站立一名白净斯文的年轻人。此人不苟言笑，背上挂着一张铁胎弓。

潮州知府与汀州知府是同榜进士，见移文，当即表示全力以赴缉拿案犯，派出得力干将协力追捕。

丁铁伞行走江湖，见闻广，一照面，就猜到了他。

"阁下可是神箭秀士李捕头？"

"先生可是铁伞大侠？"

"久仰！"

"久仰！"

彼此抱拳礼，就算是认识了。

牛肉干、簸箕粄等外出食物，老何早就预备好了。道声谢，三人往凤凰山方向走去。

凤凰山重冈复岭，云雾笼罩。未时，太阳还没有落山，他们来到了山寮村。

吊桥、斜坡、村口，他们遇到了三重阻拦，神箭秀士、邱捕头、丁铁伞各展绝技，依次单挑，三战全胜。

他们径直步入村中大祠堂。

落日余晖斜照。空阔大厅，一位白发苍苍的老者，孤寂地坐在黑檀木椅上，呼呼吸食水烟筒。

"来了。"

"来了。"

"人，尔等带不走。"

"非走不可！"

"山寨有八百壮丁。功夫再好，谅尔等也走不出去。"

"噗噜噜，噗噜噜，噗，噜噜……"水烟筒发出单调而沉闷的声响，烟雾弥漫。

"蓝大族长，俺给您老人家看一件东西。"

李捕头掏出了潮州官府的缉捕令。

老族长接过细看，放在一边，淡淡地说："老眼昏花喽，看不清。"

邱捕头上前，呈上了一块玄铁片。老族长脸上大变，青白交替。良久，摇头长叹。

四人一同走出祠堂大门，照眼就看到对面五凤楼的屋脊上，迎风站立着一个衣着鲜艳的孕妇。

"你们听着！要俺回去，俺就跳下去！"

屋脊上，还有一个文弱的男子，扯着她的衣袖，跪求哭泣。

老族长摇头叹息："劫数啊，劫数。"

李邱丁驻足不动，神情各异。

李捕头问："大家都看到了什么？"

邱捕头说："这可不像是李老翰林的大家闺秀啊。一个泼妇嘛。"

丁铁伞说："听口音，不是武邑县的人。"

于是，邱捕头对老族长说，他们认错人了，不当之处，万望海涵。李捕头、丁铁伞应声附和。

辞别山寮村，他们原路返回潮州城。

五

次日，细雨蒙蒙，丁铁伞撑船上行。

船行江流，缓缓移动，湘子桥渐行渐远，朦朦胧胧。

"铁伞！"

一个钱袋子飞扑过来。

丁铁伞单手接过，掂量掂量。

"三十两银子，分文不差。"

丁铁伞笑笑，换手摇橹，扔回去。

"此番公干，一事无成，你的公门饭碗，怕是保不住啦。"

邱捕头手持酒碗，抿一小口。

"铁伞啊，那可是三条人命。"

"这一趟公差，没白跑，捎带了何老板的五担海货。"

"这么说，就两清啦?"

"两清了。"

"铁伞兄果然仗义。"

"彼此彼此。"

三日后，他们回到了杭川七里滩。

邱捕头手提褡裢，跳上岸去，回头说："老铁，撑船辛苦，多食几碗米饭哪。"

向晚，丁铁伞照例在船头做饭。当他往米缸里舀米时，他发现了邱捕头的那个钱袋子，习惯地掂量掂量，三十两纹银，不差分毫。

2021年11月23日晚于福州

鱼粄店（五题）

引　子

　　我和唐蓝、文清来到千里汀江下游白水镇的时候，正是炎热的夏日。发达的陆路交通，使汀江运输基本断绝，往昔船帆云集的古镇，如今成了一个不起眼的乡野角落。曾经热闹非凡的石板码头，弃置多年，石缝里长满荒草。传说中的"邱记鱼粄"店，坍塌成废墟，偌大地盘，种上了蕉芋、番薯和南瓜。南瓜藤蔓长势旺盛，四周攀缘。骄阳之下，金色的喇叭花繁密点缀。那七棵挺拔枫树依旧枝叶葳蕤，风吹过，沙沙作响。遥想当年，"邱记鱼粄"店，水陆闻名。店门常开，汇聚八方风雨；人来客往，见惯世态炎凉。故乡不远，昨日不再，回首青山叠叠，感慨系之，援笔作《鱼粄店》传奇五题。

杀　手

白水潦头,白屋白鸡啼白昼;

黄泥垄口,黄家黄犬吠黄昏。

汀江下游闽粤边界的白水镇,五方杂处,人货辐辏。

镇子坐西向东,背山面水。《临汀志》记载:"天下水皆东,唯汀独南。"汀江抱镇南流。

白水镇码头,是个大码头,鹅卵石铺就宽阔场地。东端,百十级石板台阶,伸入江湾;西端,一座"义薄云天"青石牌坊巍然屹立,连接街市。连接处,七棵大枫树参差错落,树影下,有一处青砖黑瓦的客家建筑,前店后院,门前招幌飘飘,曰:邱记鱼粄。

邱记鱼粄的店主,为邱锡龙,汀属八县"连万山"木纲行的副总理,乃乡间财大势雄的人物。

鱼粄,客家传统风味小吃,捶打新鲜鱼肉片,按一定比例与地瓜粉混合,蒸熟成粄。夹一块刚出锅的鱼粄,热腾腾,颤悠悠,香喷喷,沾上葱头油、蒜瓣辣子、老陈醋或豆腐乳,实在是美味佳肴,耐饥耐饱。

这一日清晨,白水镇笼罩在茫茫的薄雾之中。春水蜿蜒,静静流淌,江面上的百十条形似鸭嫲的篷船,三三两两停泊,一只乌黑的水鸟在斜插水面的竹篙上嘎嘎鸣叫,突然蹿上半空。

刚打开店门的满堂,吓了一跳。

满堂,乳名,学名邱银凤,是一个身形文弱的打杂伙计。

满堂嘀咕:"哎呀,要吃两帖惊风散嘞。"

更让他吃惊的是,那条鸭嫲船上,跳下了两个怪人。

怪就怪在他们一高一矮,斗笠蓑衣,步伐一致,并排拾级而上。

天气晴好,搞嘛介蓑衣斗笠呢?

搞怪之人必有搞怪之事。

满堂想关店门,可是,来不及了。两个怪人已经来到了邱记鱼粄的招幌之下。

"鱼粄,有么?"

"有有有。"

两人进店,找靠墙壁斜对店门的西侧位置坐定。

日出,雾散。阳光照射在树冠上,折射入室。打量四周,店内大堂,三纵三横,放下了九张八仙桌。

后厨传来燃烧木柴的噼啪声和铁锅蒸煮食物的噗噗声,鱼粄香气飘荡。

两个船工模样的,踏入店铺。一个叫道:"老规矩,来五斤……"另一个急忙拉住他:"来五斤黄酒!哎呀,走错啦。鱼粄店卖嘛介黄酒嘛?"

两人几乎是跑出去的。

一些老食客,踩着节点,陆续来到店门口,看到怪客,都躲开了。

一拨拨行人打从鱼粄店前经过，瞄一眼，一下子加快了脚步。

店内，高个子手中把玩着两块铜钱，叮当响。吹口气，放在耳旁听。反反复复。

"铜的，就是铜的。"

矮个子紧抿嘴角，从腰间掏出一柄长柄铁凿，又掏出一块土布，呵气，擦拭，嗅嗅。一遍又一遍。

太阳升上东山，阳光普照。

后厨鱼粄香气，弥漫店铺。

石板码头，人来人往，开始热闹起来。各种响动开始汇成隐隐约约的"街市之声"。

鱼粄店，冷冷清清。

一只绿头苍蝇，盘旋飞舞，嗡嗡叫。

矮个子扬起左手，示意不要出声。

满堂躲在柜台后，大气也不敢出。

亮光一闪而没。

那把铁凿又回到了矮个子的腰间。

绿头苍蝇被削成两截，半截掉落在擦洗白净的木桌上，头身兀自打转。

矮个子笑了，咬牙切齿地笑。

矮个子向满堂勾动指头。

"阿弟呀，哪里人呢？"

满堂："白水镇，本地的。"

矮个子："白水镇，好地方哪。阿弟，晓得有个铁关刀师傅？"

满堂："晓得，卖狗皮膏药，做把戏的。"

高个子插话："他还做把戏？"

满堂扭过头，说："前个墟日，俺还见过……他的。"

矮个子："嘿嘿，你是天天见他的。这个时辰，他该来吃鱼粄了吧？"

说到鱼粄。高个子叫道："鱼粄，十斤；兜汤，两碗。快去！"

满堂转入后厨，一会儿，用托盘端出了他们要的食品。

高个子掏出银针，来回插。

矮个子盯着满堂，似笑非笑。

细看，银针不变色。

两人扶起竹筷，慢慢吃。两双眼睛交叉梭巡，一只蚊子飞过，也难逃他们的监视。

"行行好，给点吃的吧？"

南山庙的老叫花托着破碗，又来了。

矮个子一扬手："去，自家买。"

两块铜圆，两道亮光晃动，一快一慢，一前一后，飘落在破碗里，无声无息。

老叫花嘀嘀咕咕，转身离去。

这顿饭，两人吃了很久很久。

阳光穿过窗棂，斜射入屋。空气中，清晰地舞动着粒粒尘埃。

没有其他客人。满堂坐在柜台后，耷拉着脑袋，好像是睡着了。

"他是不会来了。"

"缩头乌龟！"

两人同时起身，要离开。

满堂一个激灵，醒了。

"客，客官，铜板，十八个……铜板。"

高个子摸出一块银圆，晃晃，拍在柜台上："不用找了。"

银圆嵌入了坚硬的鸡翅木内。

满堂浑身发抖，说不出话来。

两人哈哈大笑，扬长而去。

两人走出店门，向街市走去，来到"义薄云天"石牌坊下。

阳光，把他们的影子拖得很威猛很拉风。

"轰隆"一声巨响。

青石板砸了下来，迅雷不及掩耳之势。

黑　药　丸

时近巳时，阳光照耀在大枫树上。

枫叶青翠，江风吹拂，闪烁蜡样亮光。

鸣蝉吟唱，高一声，低一声，断断续续。

邱记鱼粄店格外热闹。

"连万山"木纲行副总理邱锡龙很高兴,他的三姨太生了两个带把的双巴卵。连续三天,邱记鱼粄店每日提供九十九斤鱼粄和九十九碗兜汤。来客吃喝,一概免费。

九九,谐音,久久长。

客家风俗有讲究,多一碗也不能给。

食客中,有一位衣衫褴褛的老叫花,大家都晓得他是住南山寺的。他独占一桌。旁人远远地躲开了他。

呸!臭叫花。

一份鱼粄一斤,老秤十六两。老叫花拗折竹筷篾丝,切割得齐齐整整,细若指甲盖。他轻轻地夹起一块,蘸上葱花油和蒜瓣酱,慢条斯理,放在伸缩的舌头上,闭眼吞咽,喉结滚动。

老叫花长长地吐出了一口气,很惬意,余味无穷。周边热闹,似乎与他无关。

满堂端起木托盘兜汤,走过。

"哎,哎,都三日了啊,挪个位置呀。"

"哈哈,俺晓得你叫满堂。满堂哪,鱼粄好吃啊,添一滴子?"

"不要钱的,还不好吃?半滴子也没有啦。"

"你这后生,直筒子,会吃亏的。"

大堂九桌,八桌满客,独这边有空位。

满堂看到,阿莲来了。

她是常年给张记米铺挑泉水的，一个长辫子姑娘。

一手鱼粄、一手兜汤，她犹豫片刻，移向老叫花。

"老人家，借光，借光。"

嘭嘭两响，两碗鱼粄兜汤搁在桌上了。

"呀，烫哪!"阿莲往双手呵气。

老叫花正品味美食，没有反应。

"大乳姑!"

说话的是旁桌的一个粗壮汉子，敞开汗衫，露出胸口黑卷毛。

他双眼喷火，盯着阿莲看。

"大乳姑!"

这次，卷毛壮汉怪叫，引来了阵阵哄笑。

阿莲羞红了脸，下意识地扯动上衣，低下头。

"啪嗒!"

一块半两左右的鱼粄，打在阿莲的胸脯上，黏着。

"哎呀!"阿莲尖叫，不知所措。

食客们不约而同，都看了过来。

满堂惊讶得张开了嘴巴。

卷毛壮汉四下张望，叫道："咦，鱼粄呢？俺的鱼粄呢？"

满堂眉头紧皱。怎么办呢？这家伙是近期出现在白水镇的流氓无赖。前日，他跟跟跄跄靠在一个过路的潮汕客商身上，就倒地不起了。同伙围上去，硬是敲诈了人家三十两银子。

"哈嗬，鱼粄在这里呀!"

卷毛壮汉抢奔过去，双手抓向阿莲的胸脯。

"哎呀！"

阿莲双手掩面。

一根竹筷，快如电闪。

"哎哟哟！"

卷毛壮汉惨叫，瘫坐在地砖上，龇牙咧嘴。

老叫花慢悠悠地吃下最后一块指甲大小的鱼粄，端起鸡公碗头，一口气喝下满碗的牛肉兜汤。

老叫花亮出碗底，确实是点滴不剩了。

老叫花抓起自家的破碗与木棍，起身便走。

停下，问："卷毛狗，七里滩的？"

卷毛壮汉鲠直脖子："你，你不要走，你等着！"

老叫花扔下三粒乌黑药丸："三个时辰。"

三个时辰。嘛介玄机呢？

"报官呀！"

有人咋呼了一嗓子。

老叫花回看。

店铺内，顿时鸦雀无声。

决 输 赢

秋天来了，天高云淡。

石板码头的七棵枫树，醉了，枫叶红艳，纷纷扬扬飘落，遍布台阶。

几双大草鞋踩踏在落叶上,又移动开去。

几个光脊背的汉子,肩挑米谷包,噔噔直上。

白水镇是个大码头,千里汀江至此,形成百十米落差,上游货船难行,须卸货并挑运到下一站粤东石头坝重新装船,此为"驳肩"。石头坝货物上行亦然。常年有十八百挑夫,卖苦力谋生。

依托相应地域的商帮,挑夫形成了武邑、杭川、大埔三个帮派,有各自的会馆与武馆。

今日,多武邑来船,武邑帮的二百多号人吆三喝四的,一顿饭工夫,就卸下了上游来的稻谷,起肩,翻山越岭,挑往石头坝装船下运韩江。

荣昌妹,山寮下人,是一个普通的客家后生,俗称"藤阵人子",意即像爬藤一样攀附于人群堆中之人。客家男性,乳名后缀多有妹字,如石桥妹、太阳妹、榕树妹,又多彪形大汉。切勿望文生义,造成误会。

荣昌妹读过几年私塾,背得出《三字经》《百家姓》《千字文》,打船灯(跑旱船)扮艄公。客家习俗,正月出船灯。观众围聚,荣昌妹开腔唱道:

老汉俺叫张宝生,家住武邑贤溪村。
撑船摆渡不容易呀,大风一起抖抖颤。

土腔土调，身手花样多且柔若无骨。观众满场喝彩，称之为"花艄公"。

这日上午，荣昌妹挑了两趟稻谷，后一趟，只有半担，鸭嫲船上搬空了。荣昌妹挑担踏上台阶，脚步轻捷。这时，他发现了一个宝贝。

嘛介宝贝？

是一棵长在石头缝里的野菊花。花朵金黄灿烂，迎风摇曳。

荣昌妹放下担子，跳过去，掐了，别在裤腰带上。

登顶，路过邱记鱼粄店前。

店铺门侧旁，竖立着一排排担杆络脚。

担杆络脚，挑担的工具。络脚，棕索为之。

"全福寿啊，双生贵子！"

"全福寿啊，五经魁呀……"

店内，传出猜拳酒令。

哦，杭川帮的那些人，没有接到生意，就搞来黄酒，喝上了。

粄汤浓香飘出。荣昌妹咽了咽涌动的口水，快步通过。

"噫兮，半嫲牯！"

"嘻嘻，真个系半嫲牯。"

"哪个呀？"

"喏，那个挑担的，腰间插了嘛介啦？"

"嚅，嚅嚅，一朵花啊。"

"噢，山寮下的花艄公。"

"半嬷牯！"

"酸！"

"酸货！"

在客家地区，"酸货"的侮辱性，甚于"半嬷牯"。荣昌妹顿时血脉偾张，撂下担子，大叫："谁？说谁酸货？"

"哆！"酒碗撒在木桌上，一个黑汉子跳将出门。

"哎呀，酸货！就说你，半嬷牯，咋啦？"

荣昌妹觉得眼前一黑，定睛一看，黑汉子正是"五梅武馆"的教头，教打师傅邱文豹，怯了，嘟哝道："俺不酸……俺不是酸货嘛。"

邱文豹厉声道："瞧瞧你，半嬷牯，腰间插花，不是酸货系嘛介？"

荣昌妹说："菊花，驱蚊虫。俺怕乌蚊子咬。你……你管得着吗？"

"哟嗬，还嘴硬。俺今晡就要管教管教你！"邱文豹跨步上前，左掌虚晃，右手抓向对方腰间。

荣昌妹闪开，邱文豹接连落空。

话说，这个荣昌妹，平日挑担，闲时习武，也是有几下子功夫的。

邱文豹是教打师傅，扑了几次空，脸面上就挂不住了，嚎叫一声，双腿连环踢出。

这招有讲究，叫"连环鸳鸯腿"，是他的绝招之一。

"啪!"一脚打在左肩上,荣昌妹跌了个嘴啃泥,铲形门牙磕断了两颗,疼哪,摸摸,满掌鲜血。

"俺的牙,俺的门牙哟。"

荣昌妹哭了。能不哭吗？缺了门牙,还怎样装扮俊俏的艄公呢？

一群担夫赶到,撂下担子。为首的,是凤堂伯。

凤堂伯是武邑拳馆的教头。他认得邱文豹,正月拜年,两人各带狮班,暗自较劲,就是都避开了,从未交过手。

"邱师傅,欺负小辈,算嘛介好汉？"

"哟嗬,你这做师傅的,又能咋的？"

"一个老实人,哪里得罪了你？下此恶手。"

"自家学艺不精,怪谁？活该!"

"邱师傅,你想做嘛介？"

"哼哼,做嘛介？别人怕你的铁线拳,俺不怕!"

"好吧,今晡就向邱师傅讨教几招。"

"请便!"

凤堂伯紧了紧腰带,后退一步,侧身,平伸左手成掌。

邱文豹也后退一步,做出了一个"五梅拳"的请拳架势。

店内那群伙计,推开酒碗,呼啦围聚过来。

武邑挑夫纷纷抽出担杆。

就要打起来了。

"胡闹!"

邱锡龙出现了,长袍马褂,左手掌上,旋转太极球,咔嚓，咔嚓咔嚓。

大乡绅说话，不紧不慢："都是本乡本土的，撕破脸，就不好看了啰。这是打架的地方吗？乱拳乱棍的，伤及无辜怎么办？要打，你们到土冈背去打嘛。公平比武，场地是现成的。"

邱文豹："明日正午，你敢吗？"

凤堂伯："一对一。"

邱文豹："一对一！"

凤堂伯："一场决输赢。"

邱文豹："一场决输赢！"

两边的人，都散了。

荣昌妹回到家里，已是临夜。点亮油灯，凑近镜子，门牙残缺处露出黑洞，还隐隐作痛。他越想越气愤，转入内室，从床下拖出一个铁盒子，打开铜锁，找出了一张田契，吹灭油灯，出门。

村中七转八转，绕池塘，过晒谷坪，他走进一座围龙屋，穿堂入室，来到中厅。

油灯昏黄，朦朦胧胧，一位精瘦老人，呼噜噜吸食水烟筒，吞云吐雾。

"五叔公。"

老人抬眼："狗东西，无规无矩，吓俺要吃惊风散啦。"

荣昌妹递上田契："五叔公，俺愿意卖了。"

老人吹气。

"噗。"纸引末端火苗蹿出。

老人说:"叫你卖,你不卖。咋又愿意了?这一亩三分水田,可是你爷娘留给你的老婆本嘞。"

荣昌妹说:"五叔公,您老不要问啦。往日里讲好价的,俺就要八十块大洋,现钱。"

老人问:"门牙呢?漏风,讲话怪声怪气的。"

荣昌妹说:"五叔公,求您老别问了。"

老人将田契归还,闭眼吸烟。

"噗噜噜……"

"噗噜噜……"

荣昌妹说:"五叔公,您老说话呀。"

老人慢悠悠地说:"老侄孙啊,八十块现大洋,去年是预留好了的,你不卖。现如今呢,存钱不多。你是叫俺老人家去偷去抢啊?"

荣昌妹说:"您有多少?"

老人伸出一只手,叉开五指,摇了两次。

荣昌妹跳了起来:"五十块!不卖了,俺找别人去。"

老人说:"五十五块,现大洋,当当响的。爱卖不卖的。"

说完,老人起身,捶捶后腰眼,困了,要去歇息。

荣昌妹说:"卖了!一手交钱,一手交田契。"

老人说:"急嘛介?请华昌先生来,写明文契,也作个见证。"

华昌教私塾,也是荣昌妹的启蒙先生。得到消息,他携带文房四宝,很快就过来了。

荣昌妹起身，鞠躬："先生，麻烦您了。"

华昌先生说："你的事，俺都知道了。那块地，你想好了？"

荣昌妹："想好了。"

华昌先生说："士可杀不可辱也。好，俺给你写。"

具结了卖地文契，荣昌妹提着钱袋子，走出了围龙屋。

月亮升起来了，照在晒谷坪前的池塘上，银光闪烁，蛙声时起时伏。

荣昌妹扭头向东山走去。

月影下，半山有一座残破茶亭。

茶亭侧屋，火光闪闪烁烁。

嗅嗅，有茴香、桂皮、生姜和狗肉浓烈的气味。

趴在地上吹火的人，感觉到异常，瞬间跃起。

这是一个精壮矮子。

"哦，荣昌妹呀，闻到狗肉香啦？"

荣昌妹将钱袋子扔在地上，发出闷响。

"老表，五十五块，够不够？"

"问你嘛介生意？"

"明日正午，土冈决输赢，俺就要邱拐的两颗门牙。"

"呵呵，下午挑货，就听说你缺了两颗门牙，还真漏风哪。"

"够不够？不够先欠着。"

"俺打不过人家。"

"你装傻。"

"俺一个外乡人,就是个挑担卖苦力的。"

"干不干?"

"给钱做嘛介?"

"回家去做老本。"

"你这老本哪来的?"

"卖地。"

"收不了手,莫怪。"

"俺只要邱拐的两颗门牙。"

矮子老表嘻嘻一笑,揭开锅盖,热气蒸腾弥漫。

两指夹起一块狗肉,矮子老表说:"野狗咬人,俺一拳敲在狗头上。野狗,又不是老虎。来一块?"

荣昌妹摇头,捂着腮帮:"牙根疼,吃不得。"

次日中午,土冈,阳光热辣。

"五梅武馆""武邑拳馆"师徒云集。

"大埔武馆"的老马刀,做了见证人。

凤堂伯说,俺贪杯误事,拉肚子,浑身软绵绵的,无力对决,改派徒弟出场,可否?

老关刀当即许可。

时辰到。矮子老表出场应战。

邱文豹一看就笑了,说:"矮子老表,手下败将嘛,滚回去!"

矮子老表说:"滚哪里去?你那尼姑拳,只不过是小打小闹花架子。俺一个外地人,让你三斤盐,你不识秤星!"

邱文豹大怒,溜马来攻。

矮子老表闪开,回手就是一拳,拳背砸落了邱文豹的两颗门牙。

邱文豹嚎叫,一抬脚,拔出匕首,猛力刺来。

矮子老表不退反进,两掌拍击对方两肋,随即跳开。

邱文豹愣怔片刻,瘫倒在泥地里。

斗　台

汀江冬月,细雨蒙蒙。

"吱嘎嘎嘎……"

一大早,满堂推开两扇厚实的木板,打开店门。

咕咕声。他抬眼看去,一群小鸟栖居在枫树间。毛毛雨飘洒在鲜艳的枫叶上。枫叶湿润,掌状裂片顶端,凝结水珠,挂在那里,滴落。

在这微雨寒冷的天气里,喝上一碗热腾腾的牛肉兜汤,是多么惬意的事。

食客们陆续来了。

左后靠窗角落,这些天,老是坐着一位穿灰布长衫的后生,苦瓜脸,八字眉,身形瘦长。他吃喝完粄汤,就呆坐看江。

八仙桌上,放着一只竹制草笼。

蜡黄发亮的旧草笼。

耀贵叔进来了。他是推鸡公车的,闽粤赣边,铁脚板挑担以外,鸡公车是重要的运输工具。嘛介鸡公车?那是诸葛武侯的"木牛流马"。

耀贵叔送完货物,通常是要来吃喝粄汤的。

耀贵叔端了粄汤,来到苦瓜脸这边,放下盘碗,顺手要将草笼拨向一边。

苦瓜脸一掌挡住。

哎哟,手劲还挺大的。

耀贵叔看到了苦瓜脸眼光中的怒火。

"做嘛介,做嘛介呀?"耀贵叔自言自语,带着粄汤走开了。

苦瓜脸继续发了一阵呆,背起草笼,走出店门。

屋角的两个汉子,一左一右,叠脚跟了过去。

满堂看到,苦瓜脸眼角潮湿。他或许是想起了嘛介伤心之事吧?

能不伤心吗?

他是吹鼓手的,黄泥塘人,人称阿祥师傅。吹班的人,旧时属下九流。主家来请,客气地称之为师傅;吃饭时,总是安排在下厅的角落,上不了席面。更有甚者,朝廷规定,吹班子弟及其后裔,不得参加科考。往昔一流的民间艺术家,技艺精湛,社会地位却十分低下。

阿祥之父是汀州喇叭王。

喇叭就是唢呐，客家民间称之为鼓手、鼓吹，或者叫嘀嗒。

话说，九年前的正月元宵，杭川县城设唢呐擂台，商会"赏封"三百块银圆。

一时，闽粤赣边八大班齐出，高手云集。

汀江流经杭川，三折回澜。这时，慢悠悠走来一位穿灰布长衫的行人，背草笼，过水西渡，入城。

杭川文庙，喇叭声声，八大班高手斗台正酣。

长衫客不慌不忙，从草笼里取出两支长短喇叭，嘴管安插在左右鼻孔里。

就有识者说："啊，鼻孔公嬷吹呀？稀奇！"

长衫客试声，却是平平常常。猛然，一曲破空而出，撕裂长风。

"公吹"酣畅、浑厚，"嬷吹"柔和、圆润、清亮，刚柔相济，悦耳动听。

哦，《高山流水》。

长衫客微闭双眼，《全家福》《抬花轿》一口气吹奏下来，当他开始吹《百鸟朝凤》时，感觉到八大班都收声了。不过，他还是把高难度的《百鸟朝凤》如期完成了，当喇叭的最后一个音符在空中戛然而止之时，文庙爆发了雷鸣般的掌声。

长衫客知道，他赢得了赏封，赢得了喇叭王的称号。

新晋喇叭王得胜回乡，途经汀江荷树坳，神秘地失踪了。奇的是，江边一棵荷树上，高挂着他随身的草笼，公嬷吹喇叭完好无损。赏封呢？不翼而飞。

喇叭王的儿子，就是阿祥，十三岁，酷爱吹喇叭，遂投拜名师学艺。名师的头徒说，此人聪慧，教会徒弟，饿死师傅。名师就留下他做杂务，不教。夜深人静，阿祥就把喇叭浸在水盆里吹，得闲，跑到深山老林吹。转眼过了五年，秋收后，农闲。邻县师傅上门挑战，名师出场，来的是硬角，名师斗台力不能支，累得吐血。阿祥说，师傅，俺来试试。阿祥一出手，就是《百鸟朝凤》。来人听了几个乐段，一拱手，说声佩服，转身走了。

阿祥斗台获胜，甘愿继续服侍名师三年。

三年后，阿祥要走了。名师送了一套唢呐给他，说："徒儿啊，地方就是这么一个地方，为师难免会逢到你嘞。"阿祥说："俺能避就避。不能避，就请恩师赏一碗饭吃。"

阿祥出了师，躲着名师走。几年下来，大家相安无事。

昨日，"赛百万"张大炮老爹八旬晋一大寿，大宴宾客，遍请吹班。阿祥与名师狭路相逢，斗台，师兄弟们东倒西歪。名师铁青着脸，拂袖而去。

阿祥来喝兜汤，这是最后一次。满堂再也没有见过他。

半年后的一个中午，江风不起，天气闷热。耀贵叔把鸡公车停放在邱记鱼粄店铺外，进来吃粄汤。

"满堂，你还记得那只草笼么？"

"嘛介草笼？"

"苦瓜脸的草笼呀。"

"哦,俺记起来了。"

"嘿嘿,奇了怪了。"

"有啥奇怪的?"

"人不见了,草笼挂在荷树坳的荷树上,跟他老爹一模一样。"

绝　　招

邱锡龙长衫马褂,衣着考究,端坐在东窗之下,手持调羹,轻轻荡开鸡公碗头里的青黄葱花,吹口气,美滋滋地啜了一口牛肉兜汤。

"味道正好。葱花却嫩了些。"

他一边喝,一边抬眼看看对山。

汀江东侧,是连绵起伏的群山。此时的山巅,浮动积雪。

汀州冬日,难得一见如许大雪。这是好兆头。有道是瑞雪兆丰年。何故?地里的虫子,被积雪冻杀,是为瑞雪。

邱锡龙喝完一碗,咂咂嘴,意犹未尽,端起碗,平伸出去。满堂赶紧跑上前来,就在满堂的双手触及碗沿的一瞬间,邱锡龙将之压在桌面上,笑着向满堂摇了摇头。

"龙叔,自家店里,食加一碗添?"

"呔,坐吃山空。信了肚,卖了屋。滋味浓时,让三分与人尝。后生仔,俺客家老古句,你可不要忘喽。"

"记住了。"

雨雪，天冷，路滑，偌大的邱记鱼板店内，只有三五个老熟客。满堂招呼他们去了。

月白色香云纱马褂上，有一只火红蚂蚁爬行，上下左右。邱锡龙饶有兴致地看着它，若有所思。

伸出食指，火红蚂蚁爬上指尖。

暗自运气，指尖发白。火红蚂蚁徒劳挣扎，却不能移动丝毫。

邱锡龙将手指转向窗台，火红蚂蚁掉落，迅速逃窜。

嘴角搐动，邱锡龙没有说话。

"咣当！"

虚掩的木板店门被撞开了，一阵冷风灌入。

并排闯入两个粗黑大汉，一个光头赤膊，一个胡子拉杂。

邱锡龙皱了皱眉头。他认得他们，光头赤膊的，是南门屠户麦七；胡子拉杂的，是北门屠户板墩。这两个活宝，平素井水不犯河水，咋搞到一块去啦？

麦七吼叫："你们怕冷，俺就是不怕。一人九碗牛肉兜汤，吃饱了干活。"

板墩吼叫："九碗就九碗，怕你？！"

满堂咋舌，结结巴巴说："九，九碗，肚皮，肚皮会涨破的，没人，没人喝得了。"

麦七拍出一把铜钱："去，少啰唆！"

板墩掏出一块银圆，吹口气，夹在耳边听响，扔在八仙桌上："去，喝完结账。"

一会儿，满堂两手托木盘，各九碗。他步子轻捷，兜汤点滴不洒。

麦七说："咦，小家伙，有点功夫嘛。"

满堂傻笑："俺哪，就是个端盘子的。"

"哼，"板墩说："谁都是个熟能生巧。莫不是猪脑子吃多喽。"

麦七盯了板墩一眼，拉起架子开吃，九海碗牛肉兜汤，一碗接一碗往喉咙里灌。当他伸长脖子突出眼珠喝下第九碗时，板墩也歪歪扭扭地喝光了全部。两边，都摞起了九个空海碗。

"咦，平手？"

"哼，平手！"

麦七摸摸光头，想了想，就从腰间摸出一把尖刀，晃动着说："牛肉兜汤好喝是好喝，不过瘾。俺要吃自家的大腿肉，现割现做。"

"好主意！"板墩也从腰间掏出一把尖刀，大叫："吃个新鲜，自家有，干吗吃老牛肉？喂，小伙计，会不会做啊？"

满堂双手乱摆："不，不会做，不会做，俺店里从来不做。"

几个胆小的食客吓得浑身发抖。

麦七和板墩拿尖刀往自家大腿上比画，似乎在研究下刀的方位范围。

"且慢！"邱锡龙缓缓走来："俺有话要说。"

"噢，是邱先生啊。"

"邱先生，您老也在啊。"

邱锡龙拉麦七到一边，说了几句。

麦七笑得合不拢嘴，摇摇晃晃，走出了店门。

接着，邱锡龙来到板墩面前，递出一张银票，说："预付明年定金。"

板墩双眼放光，双手接过，也摇摇晃晃走了。

邱锡龙叹了一口气。

满堂问："龙叔，您几句话，麦七板墩就笑着走了。比啥武功都高强哪，绝招！"

邱锡龙："嗬嗬，老叔没啥绝招，孔方兄帮了大忙。"

满堂不解："孔方兄？俺不懂。"

邱锡龙："真笨哪，小老弟，孔方兄，就是钱嘛。"

尾　　声

腊月二十三日，入年界了，邱记鱼粄店也该歇业一段时间，正月元宵之后开业。

黎明即起，洒扫庭除。满堂干完这些活，一声不响地从柜台顶上拿来一只竹制米升筒，倒出一把鲜红的枫叶，又一片一片装入，数一数，共七片。

满堂有些伤感。这是他心中的秘密，这些枫叶，是他的结绳记事，代表着曾经鲜活的生命。

"哐！"

"咇！"

"咇……"

数声轻响。

满堂挥动衣袖,五颗铁钉插在木柱上,成梅花状,颤动不止。

2019 年 7 月 3 日于福州

汀江往事（三题）

客乡有江，南行千里穿越闽西粤东至潮汕入海，上游曰汀江，三河坝以下曰韩江。江上多奇闻，匪夷所思。昨日传奇种种，人情世态，相去不远。演绎为汀江往事三题。

青　石　寨

一

几片黄叶飘落江面。水清浅，游鱼历历可数。一只银蜘蛛漂浮水面，倏忽往来。

后生蹲伏在水草丰茂的岸边，悄悄抠出一块鹅卵石。

"丁富堂！"

听得一声高喊，后生抄起身边长条形布包，翻转侧闪。

"笔架叉。果真是你。"

来人是一位四十开外的灰衣客，手持铁骨折扇。

"您是……邱叔？"

"跟上。"

灰衣客迈步向前,丁富堂紧随其后。起初,他们的步子有些错杂;片刻,左左右右,步调一致,纹丝不乱。

"俺叔说啦,仗义,功夫高,江湖好汉对您都是竖大拇指。"

灰衣客好像没有听到。

"麻七山贼最怕的,就是邱叔您啦。"

灰衣客皱了皱眉头。

"俺叔说,听大捕头的,指哪打哪……"

灰衣客停步,转身,静静地看着丁富堂,说:"行山路,莫要讲话。"

二

一条石砌路弯曲爬坡。

两边有连片成群的参天枫树,枫叶鲜红。

此地名叫枫树岽,位于武邑东南群山之间。

"停车坐爱枫林晚,霜叶红于二月花。"

"阿叔,讲嘛介呀?"

"该歇息了。"

抬头,不远处,就有一处茶亭。汀州才子罗连城隶书匾额:德润亭。

赣闽粤边客家地区,多山路。途中,多建茶亭。其形制大半类似河上廊桥。土木结构,白墙黑瓦。乡间有行善者,长年在茶亭一角供有茶桶"施茶"。过往行人可免费饮用。茶筒为竹制，乌黑光滑。传闻曾有高人符咒，喝了不生病。

茶亭内，满墙涂鸦。

邱捕头饶有兴致地来回走动，忽然，噗嗤一笑。

墙上写道：

> 高山有好水，平地有好花。
> 人间有好妹，无钱莫想她。

丁富堂趋前，瞧瞧，也笑了。

"阿叔，烤番薯。山脚铺的，还热乎着呢。"

邱捕头剥吃，点头赞叹："好番薯，香！"

"俺家沙坝的，软糯香甜。阿叔，俺给您挑一箩担来。"

"你也是吃公门饭的了，莫要费心。"

"阿叔，再来一根？"丁富堂拍打包裹："管够。"

一群玄衣黑帽者，腰悬雁翎刀，悄然向茶亭快步走近。

为首一人，魁梧，红脸，带刀疤。

三

汀州籍陈翰林致仕，告老还乡。走水路由潮汕溯韩江而上，途经汀江枫林湾时，遭山贼打劫。此山贼不同于悍匪麻七，只求财，不伤人。官兵到时，已踪影全无。

汀州知府严令邱捕头限期破案，"比限五日"。案发地杭川知县派遣新进高手丁富堂协助。邱捕头约定快班兄弟于枫树峪德润亭会合。

计划已定。夜半,捕快前进三里外青石寨,包围贼寮,潜伏待机。日出时分,丁富堂带队发动围捕。结果毫无悬念,人赃并获,官方略有损伤。

捕获山匪七人,赃物三担。

山匪多半系江上船工,出则蒙面为匪,入则撑船度日。匪首更是老熟人,大埔三河坝盛源米店的二掌柜。

邱捕头摇动铁扇:"老葛,别来无恙啊?"

老葛扭过头去,一言不发。

刀疤捕快铁尺横扫。老葛惊叫,弯腰似虾米。

"拖下去!"

"嘛。"

丁富堂走过来。看得出,他左臂"挂彩"了。

包裹落地,咣当响。

"邱叔……"

邱捕头合扇挑起沉甸甸的包裹,伸出。

"贤侄哪,铁伞去哪里了?"

丁富堂嘻嘻一笑。

"俺叔呀,撑船,下潮州啦。"

四

此后数月,邱文德与丁铁伞多次聚会,喝茶闲聊。丁富堂入行后,时有壮举。富堂自幼命苦,随五叔长大。如此出息,丁铁伞深感快慰。这些天,他总感觉到老友似有难言之隐。问有何挂碍?邱文德略有所思,说:"千里之堤,毁于蚁穴。那第一只白蚁该当如何?"

五

一候蚯蚓结；二候麋角解；三候水泉动。

癸卯年冬至日过后，汀江流域连绵群山之上，下起了纷纷扬扬的雪花。远山树林，披挂着晶莹剔透的雾凇。

卧龙山麓汀州府衙快班房里，一盆炭火通红。邱捕头搓搓手，拿来一块连城紫薯，平放在铁架子上。少顷，焦香四溢。

"吱嘎。"

刀疤捕快推门而入。

"头家，听说了么?"

"嘛介?"

"丁富堂出事啦。"

"嘛介?"

"私藏赃款。杭川知县大怒，当场咔嚓啦。"

"哦，晓得了。"

"青石寨围捕，他替俺挡了一刀。"

邱捕头埋头不语。

刀疤捕快知趣，退了出去，掩门。

邱捕头慢慢地剥吃烤番薯，抬头，泪花闪烁。

快　　刀

一

酉牌时分，丁富堂和同事打过招呼，顺手提溜一件黑布包裹，从快班房走出，左转，边门出衙门，穿过大街，右拐入一座小山。

落日衔远山，余晖映照蜿蜒汀江，浮光跃金。

江湾停泊数十条三五成群的竹篷船，有炊烟袅袅升起。

小山外，是开阔的田塅。秋谷登场后，农人种上了茂密的紫云英。田塍路，杂草丛生，连接一座石拱桥。过桥，百十步外，有一座荒废多年的山神庙。庙后，是葳蕤的竹林。

丁富堂走入竹林。当他再次出现时，黑布包裹不见了，肩上多了一条五尺多长的竹筒。

夜幕降临，田野秋虫唧唧。

石拱桥头，隐约有一团黑影。

"富堂！"

"沈大哥。"

这个叫沈大哥的，是杭川县快班捕头沈添福。

"斫竹筒干吗？"

"做鱼篓。"

"劳苦多日，哥俩喝两杯去？"

"走，喝两杯。"

二

临江楼。楼外有大榕树,浓荫匝地。百十年后,有豪放诗家在此写下"寥廓江天"名句。

入夜,江上渔火,清风徐来。

红烛高照,跳动温暖的火光。

八仙桌上,一坛冬至老酒,小菜三碟。

相视一笑,沈丁两人连干三大碗。

丁捕快亮出碗底,一痕酒水沿着碗壁缓缓滴落。客家糯米酒,滴酒挂碗。

一只飞蛾,挣扎穿过竹帘,扑向烛光。

"扰人雅兴,老弟何不出刀?"

"雕虫小技,大哥莫要笑话。"

沈捕头掏出两块银锭,十两重,放在桌面上,推过去。

"草鞋钱,收喽。"

"张大户吐出来的?"

"正是。"

"不义之财,笑纳啦。"

丁捕快将银两收入黑布包裹。

"传闻你爱食烤番薯。"

"从小就不耐饿。"

"一日一包?"

"差不多。"

"烤薯摊何处最佳?"

"东门外。"

"哦,麦九啊。"

"是他。"

"邱老叫花,还住在山神庙里?"

"见到过。"

"老叫花乞讨养活孤儿,共计二十三人。此等善举,老弟可曾知晓?"

"听讲过。"

"富堂老弟,敬你。"

"溪鱼豆腐,来啦!"客店伙计高声吆喝,噔噔上楼。

三

"拿下!"

悬绳峰贼巢外,杭川唐知县一声断喝。

左右扑上,围定丁富堂。

丁富堂紧握铁尺,旋即松手。

衙役说:"老哥,莫要为难俺。"

丁富堂冷笑,束手就擒。

五花大绑,推搡前来。

唐知县下令:"搜!"

衙役解开黑布包裹,三块银锭亮光晃眼。

唐知县说:"果真是快手。率先直捣贼巢,私藏赃款。丁捕快,贪赃枉法,你有何话说?"

丁富堂不语。

唐知县语调平缓,接连发问:

"陈老翰林一案,失银七十三两有奇。丁捕快,有无此事?"

"七里滩一案,失银三十二两有奇。丁捕快,你作何解释?"

"乌石山一案,失银一百两整。丁捕快,可又是你的大手笔?"

丁富堂始终不语。

唐知县厉声道:"法不容情。斩!"

四

唐知县注目沈捕头持刀押解丁富堂,一步一步走向江边悬崖。

众捕快肃立,神态各异,并无一人出面求情。

"噗嗤!"有人笑出声来。

唐知县冷眼扫视,又再无动静了。

随行师爷老邹说:"东翁,沈捕头单刀行刑,何不多派人手?"

唐知县笑了:"疑人不用,用人不疑。"

老邹竖起大拇指:"高,实在是高。"

唐知县似乎看出老邹的疑虑,问:"老夫子,您有话直说。"

"汀州府衙,近在咫尺啊。"

"老夫子。"

"东翁,有何吩咐?"

"报称丁捕快英勇剿匪,因公殉职。"

"老朽明白。"

"跟随本县鞍前马后。有过,也有功吧。"

五

江边悬崖。

"富堂老弟,你有何话说。"

"无话。"

"邱老叫花是谁?你可晓得?"

"晓得。"

"是俺亲娘舅。"

"晓得。"

"俺出刀,更快。"

"晓得。"

"跳下去!"

沈捕头挥刃撩索,侧闪转刀拍击。

丁富堂翻滚落水。

凤尾竹影

一

"空山新雨后,天气晚来秋。"

文士头戴东坡巾,一袭白衣,手摇折扇,漫步杭川河畔。

老夫子与之并肩前行。

河岸，有丛丛水竹。《杭川县志》载："植之溪畔，可作篱落。"

"明月松间照，清泉石上流。"

"好诗！堪称千古绝唱也。"

"东坡先生云，味摩诘之诗，诗中有画；观摩诘之画，画中有诗。"

"高，东翁，实在是高。"

"山间有一物，茎叶森秀如凤尾，老夫子可知此物？"

"凤尾竹嘛。"

"未出土时先有节，便凌云去也无心。为人处世，理当如此。"

"东翁高见，老朽铭记于心。"

"老爷，您行行好，给一口吃的吧？"老叫花衣衫褴褛，踉跄靠近，伸手乞讨。

文士扭头问："老夫子，可带有碎银子？"

老夫子在身上摸出三个铜板，扔给老叫花。

"老爷，您大慈大悲！"

"老爷，给口吃的吧。"

"老爷，您就可怜可怜俺们吧。"

一群小叫花子围拢过来。

文士说："老夫子，给钱。"

老夫子面露难色。

"给钱!"

老夫子颇为不悦,发狠掏出一把铜钱,分发给他们。

小叫花们一哄而散。

文士抖开折扇,猛力摇动。

"山洪暴发,下游潮汕水灾,难民就多了。施粥棚搭好了?"

"妥啦,明日即可施粥。"

"糊涂!今日事,毋待明日。"

"遵令,知县大人。"

文士白了老夫子一眼,随即悠然道:"圣人言,老吾老,以及人之老;幼吾幼,以及人之幼。"

"东翁,仁者。仁者爱人哪!"

二

唐知县端坐县衙讼堂,背后是海浪翻涌、红日东升。匾额上书四个颜体大字:明镜高悬。

皂隶手持水火棍,威武分立两边。

告状者是杭川兰溪唐家老监生,控告邻里莫家多占公共巷道一尺有余。唐知县看阅诉状,知悉案由,朗声大笑。笑毕,濡墨,挥毫,写下了一首诗:

千里家书只为墙,让他三尺又何妨?
万里长城今犹在,不见当年秦始皇。

唐老监生自是饱读诗书，苦笑："这不是六尺巷的故事吗？"

"吾虽非杭川人氏，然则与汝等同根同源。桐城张大学士高风亮节，正是吾族楷模。宗亲也是有功名之人，何不见贤思齐呢？"

唐老监生无言以对，莫家族长愕然不知所措。

"啪！"惊堂木响，公案签筒跳动摇晃。

三

冬至过后，汀江流域飘洒着纷纷扬扬的雪花。远处山峰，白雪皑皑。

杭川城区各街坊，积雪覆盖。各家各户，门窗紧闭抗寒。

唐知县从签押房走出，伸懒腰，拍打肩背，爬上了搭在围墙内的竹梯。

他向杭川城区四处张望。此地背靠青山，三折回澜，南有河道，北有鱼塘。端的是个好地方。

向晚时分，炊烟四起。

"瑞雪兆丰年哪！"

唐知县慢悠悠地挪下竹梯。

"老夫子，老夫子。"

"东翁，老朽在此。"

邹师爷应声而至，满脸堆笑。

"老夫子啊，西南角那几户人家，不知何故，好些日断了炊烟。"

"沈捕头报称,那几户船家,遭遇悍匪打劫,血本无归。"

"去,预支本县俸银,送几袋米粮过去。"

"这个嘛,东翁,俸银无多啦。"

唐知县跺脚,怒目直视。

"救人一命,胜造七级浮屠。老夫子无须多言。"

"夫人米函,老太爷玉体欠安。"

"妙玉赠有百年灵芝,托人捎回去吧。"

"诺。"

邹师爷轻轻摇头,默然退出。

四

喔喔,喔喔喔……薄雾朦胧间,古城传出阵阵鸡鸣,此起彼伏。

东门码头。唐知县和邹师爷一行人拾级而下。三条竹篷船静静地横卧江边。

西山丛林,隐然露出一些飞檐斗角。那里有唐知县的"政绩"——崇文书院。

"真想故地重游哪。"

"此番擢升潮州府正印,晓谕早已发出。东翁,赶路要紧。"

"不急。"

"传闻乌山滩江面,颇不平静。东翁斥退快班护送,老朽以为甚为不妥。"

"老夫子啊,本官一肩明月,两袖清风。何惧之有?"

邹师爷默然。

"营造书院费金甚多，买扑（招标）可算稳当？"

"万无一失。"

"杭川富商大户捐资甚多，可有怨言？"

"坚如磐石，物美价廉。谅他们也无半句怨言。"

"哦。"

"更何况，书院落成后，丁卯年乡试，就有十八子联袂中举盛况。乡党们高兴还来不及呢。"

"哈，哈哈。"

"崇文崇文，文星高照。"

"吾平生无所好，读书为乐。"

"东翁珍藏经史子集，分装于十只铁皮坚木书箱，昨夜已差人挑运船舱。"

"好，甚好。"

码头上涌来一群老少，手持万民伞。他们中有青壮抢先冲向河岸紧握缆绳，阻止行船；更有几位白发苍苍的老者，横卧在石阶上，呼天抢地，声嘶力竭，涕泗横流，决意不让唐知县一行通过。

"青天大老爷，您留步。"

"青天大老爷，您不能走啊！"

"青天大老爷，您要走，俺就不活了啊！"

……

此"牵绳卧阶"之举，《杭川县志》的记载沿用了一句成语，极为简洁，曰"攀辕卧辙"。两者意思完全相同。

五

三天后，唐知县又回来了。他是被送回来的。

杭川城东官道，通汀州府。五里外，有接官亭。

这日清晨，官道行人络绎。人们惊讶地发现，唐知县与邹帅爷被严实捆绑在两根木柱上，嘴里塞满破布。亭子里，整齐摆放着十只铁皮坚木书箱。打开，全是金银珠宝。

百姓们议论纷纷：怪哉？何等人物？不害命，不谋财，来无踪，去无影。

江上铁舺公说，丁富堂成了气候，乌石滩是他的地盘。

2024年1月20日于福州

第十五辑 | 腊月龙灯

"腊月龙灯",是有关民俗风情和悬疑推理的故事,其实质,是正义的力量以及人性的光辉。相似的一组"汀江记",合为一辑。

汀江记（三题）

汀江千里，南流闽粤大地，奔腾入海。其间多有掌故传奇。沿岸行走，时见农耕风物习俗变迁，而乡土侠义长存，感慨系之，作"汀江记"三题。

做　　客

"落雨天呢，半上昼啦。"

黄泥路，蜿蜒下行江边。老姑婆倚门张望，念叨。

半山窝，有数间黄泥房，松竹环绕，黑瓦上飘着淡淡炊烟。山脚下，隔江，田塅开阔，紫云英蓬蓬勃勃。不远处，是大村落。此时，隐约传来舞狮舞龙的锣鼓声，间或，有二脚踢蹿上半空，白烟朵朵散开，发出闷响。

老姑婆转入院子，把好柴门。小孙女秀秀蹦跳过来："阿婆，阿婆，俺要吃油枣。"老姑婆苦笑："阿财哥来了，就给你吃。"秀秀仰头问："都好多天啦，还没来呀。"

是啊,大年初八了,阿财还会来吗?

老姑婆是三十里外的邱屋寨嫁过来的,丈夫是汀江上出名的船头师傅铁竹篙。命好,接连生了三个带把的。日子原本过得顺当,都备好料了,要在老宅基地起大屋。前年开春,老大,三丁抽一,当兵去了。后来,听说远调抗敌,驰援衡阳。媳妇跟人跑了。秀秀,是留下的独苗。入冬,铁竹篙接了一宗大单,运送连城木排下潮州,老二、老三随行。过大沽滩,遭遇打劫,至今下落不明。穷困人家,亲戚往来就日渐生疏了。

老姑婆很爱惜娘家,娘家只有一个弟弟贵昌。贵昌人老实,家口多,薄地半亩,又没个手艺,过得紧巴巴的。往日,老姑婆常回娘家来,捎带一些番薯干芋头粉啥的,接济家用。临走,阿财总要送老姑婆老远,眼圈红红的。老姑婆说,财啊,你这孩子,目汁脆呀。

老姑婆往炉膛添了把芦箕。铁锅噗噗响,油枣散发出香甜气味。秀秀偎依在阿婆身边,舌头舔着嘴角。

"姑婆,姑婆在家吗?"

"哎,哎,来啦。"老姑婆颤巍巍地"奔"了出去。

阿财来了,赤脚沾满黄泥,腋下夹着布鞋。"这孩子啊……"老姑婆到灶间端出了半盆热水。

洗好脚,穿上布鞋,阿财摸出一把花花绿绿的糖果:"秀秀,给你。"秀秀嘻嘻笑:"多谢阿财哥。"老姑婆说:"财啊,莫乱花钱哪。"阿财说:"番客送的,不要钱。"老姑婆呆立片刻,说:"阿公还好吧?"阿财说:"好,好着呢,老是念叨大姐最亲啦。"阿财从怀里掏出四个贴有红纸条的鸡蛋:"自家的生蛋鸡。"老姑婆接过,放在香案上:"自家人,客气啥呀。"

"食昼啦。"客家人日常言语中,保持有中原古音。食昼,就是吃中午饭。老姑婆把"鱼"、鸡臂、油枣、煮米粉、烧豆腐等端上饭桌,热气腾腾的。

这一盘"鱼",很特别。其实,是用整块杂木雕刻成的一条大红鲤鱼,上面铺上生姜片、葱花、萝卜丝,浇上汤汁,又叫"假鱼"。

"财呀,来,吃,年年有余。"

阿财吃了点萝卜丝,说:"姑婆,您吃。秀秀,俺给你夹。"

秀秀说:"俺要吃油枣。"

老姑婆说:"每日都吃,吃,吃个没够。"

阿财把油枣碗移到了秀秀一边。秀秀瞄一眼阿婆,咬着筷子,不说话。老姑婆夹了一块油枣给秀秀,又夹了两块给阿财:"吃吧,今年的油枣,红糖不好买,不甜呢。"

"好吃,好吃,又甜又香。"阿财把碗里的另一块,让给了秀秀,"细人子,牙口好。"

"财呀,冇嘛介(没有什么)菜,行断脚骨饿断肠噢,多吃啊。"老姑婆把一块鸡臂往阿财碗里夹。阿财将饭碗往怀里躲藏,双手按住:"不要,不要,俺从小不吃,会坏肚子。"

阿财明白做客规矩,那块鸡臂是万万吃不得的,那是主人待客的门面。何况老姑婆生活这样穷窘?初二到初八,主客推来让去,以至于那块鸡臂"柄"上,黑乎乎黏糊糊的。

"年初八啦,没有人客来啦,财呀,你就吃了吧。"

"秀秀吃,吃块鸡臂,长大一岁。"

"阿财哥,俺吃了也会坏肚子。"

那块鸡臂,谁也没有吃。阿财回家时,老姑婆用草纸包了里外三层,要他带回家当"等路"。

细雨停歇了,有"日朗花"。阿财脱下布鞋,夹在腋下,含泪告别。山脚下,回望,老姑婆还在家门口看着他。

阿财抹去泪珠,走上了廊桥。

对面桥头,有一帮闲汉,坐在栏杆上啃吃甘蔗。

阿财蹑手蹑脚走过。

"站住!"

阿财愣怔,继续走。

"给俺站住!"

一个衣着黑绸缎的壮汉挡住了去路。

"干啥的?"

"做客的。"

"打赤脚?八成是小偷小摸。"

"不是,俺是邱屋寨的。"

"搜!"

两个闲汉走上去,摸摸捏捏,搜出了一个纸包。

"还给俺,姑婆给的。"阿财挣扎。

壮汉打开草纸,看到的是一块鸡臂,挨近嗅嗅,皱眉,顺手抛落桥下。

"俺的鸡臂啊!"阿财一头撞向壮汉。

壮汉倒退,刺啦一声,黑绸缎下摆挂在枯枝上,撕裂了一道口子。

"绑了,赔钱赎人!"

阿财被绑在廊桥木柱上,嘴里塞了块破布。

"咋啦?正月大头的。"

增发狮队刚好收工路过。

壮汉说:"增发,你少管闲事。"

"几多钱放人?"

"你赔不起。"

"三块大洋,今晡赏金全归你。"

"嘘嘘,这是啥?上等洋绸。"

"赌一把,咋样?"

"嗬嗬,敢赌?划个道来。"

"前方五六十步,有棵柚子树。"

"咋啦?"

"就剩一颗柚子,俺一把打下来。"

"打下来,放人。打不下来,一百块袁大头。"

"咋?一百块?"

"一百块!"

"哪……好吧。"

增发弯腰捡起一块石子,掂量掂量,猛地旋转一圈半,摔出。

一道亮光，破空划过。

众人睁大了眼睛，屏住呼吸。

远处枝头，黄叶飘落。柚子晃动，依旧高挂。

增发抱着脑袋，蹲在地上。

"砰！"

一声枪响，击碎河岸的宁静。

柚子应声落地。

"谁？谁开的枪！"壮汉气急败坏。

"路人。路人开的枪。"一位看似平平常常的路人笑着说。

斩 乌 蚊

汀江枫林湾的江面，进入夏季黄昏，尤其是稻谷登场之后，江面上就飘浮着一朵又一朵的乌云，隐隐作响。乌云喜欢人气，越是竹篷船密集的地方，乌云越是飘忽往来。其实，乌云不是乌云，是花脚蚊群。当地客家人称花脚蚊为"乌蚊子"。这些乌蚊子在稻田里生长繁衍，汀江两岸成片连墩的稻子收割了，堆成草垛，花脚蚊失去了凭依，遂成群结队窜到了水草丰茂的江边。

杭川旧日有一个习俗，枫林湾也不例外。正月元宵上午，一群青壮手持竹刀木棍，高喊打杀，奋力追赶一个身披破蓑衣的丑角，丑角躲冲过层层围堵，落荒而逃，跳入汀江，游向江心渚。登渚，他洗净脸面，燃起一堆木柴，把破蓑衣烧了。这整个过程仪式，就叫作"斩乌蚊"。

当地客家人不屑于扮演这个猥琐万状的"乌蚊子"。客家人骂人，特别恶毒的一句是"猪狗畜生乌蚊子"。扮演"乌蚊子"者，比下九流更难堪，一辈子抬不起头来。这几年的扮演者，人称半公嫲，是一个外地后生。人俊秀，娘娘腔，沿海口音，三年前流浪到枫林湾，就住在江心渚上。

渚上，杂草丛生，芦苇遍地。半公嫲就用芦苇秆搭建了一间草屋。闲时，他钓鱼，晒干，过一段日子，就将鱼干拿到枫林湾墟场卖钱，换回米面油盐。有早行的船只从江心渚附近水路经过，船上伙计似乎听到了咿咿呀呀的吊嗓子声音，细听，又停歇了。

半公嫲手巧，长年累月收集江上漂下的废木料，自造了一条小船，七拱八翘，丑陋，却实用。去年入秋，汀江流域连日落下几场瓢泼大雨，山洪暴发。昏暗天幕下，江面渺渺茫茫，半公嫲驾船捞江漂，却捞到一个落水女子。此人正是枫林湾的俊俏姑娘邱春花。上游一再涨水，小船就过不去了。夜色降临，半公嫲留下春花过了一夜。烤火，烤衣服，煮饭，吃饭，睡觉，春花在屋内。半公嫲在屋外，戴斗笠，穿破旧蓑衣。其实，春花也没有合眼，裹被单斜靠在木柱上。一灯如豆，飘忽不定。半夜，风雨声大作。春花几次叫恩公进屋歇息，半公嫲就是不吭声，好像是站着入睡了。次日，江潮稍退。半公嫲把人送回了枫林湾。老邱家感激涕零，执意送了一只双髻头的大红公鸡到小船上。

正月十五日，元宵。南北风俗差异不大，未过元宵，还是年味十足。元宵观灯，古书上有许多浪漫故事。闽粤赣边客家地区，似乎偏重于香火传承。出嫁的闺女生了"带把的"，娘家必于元宵之日送来彩灯，谓之"送灯"。彩灯一般是挂在居家厅堂正中，此为"添灯（丁）"。客家人出席婚宴猜拳，要戴帽子，双双开口高喊："双生贵子"，也有幽默者喊叫为"双巴卵"，皆大欢喜。

一大早，半公嫲从江心渚出发，摇动小船，来到了枫林湾的大枫树下。日出之后，就有行人往来，挑着精致的彩灯，送灯去了。半公嫲不说话，看得出神。

"后生哥，掇弄好喽，要开锣啦。"

说话的是江神庙的老斋公麦六叔。这单生意，就是他牵线的，装扮一次乌蚊子，可得白米十斤，够过几天快活自在日子了。

半公嫲往脸面上勾画黑白涂料，戴上一顶古怪草帽，披上了破蓑衣，缩头拱背，张臂奔拉摇摆。刹那间，一只花脚蚊子，活灵活现。

麦六叔递过酒葫芦，说："水冷，多喝几口。"

"多谢六叔，老是喝您的补酒哪。"

"寡淡酒，山上的草根。客气嘛介？"

"六叔，麻烦您把破船摇过去，我送您回来。"

"晓得，妥啦？"

"妥啦。"

咣当当，咣当当……紧锣响动。大枫树周围，突然跳出数十个后生仔，手持家伙，呼喊扑来。半公嬷左躲右闪，片刻越过了三道拦截。追赶者投出土块，打在破蓑衣上，嘭嘭响。后生仔作势喊杀，半公嬷蹦蹦跶跶，逃往江边。

江边，一个壮汉手持木棍，挡住了去路。

半公嬷愣怔，酒醒了，往午这里不安排人手哪。

"啪！"

一棍横扫，打在左肩上，剧痛。

"唰！"

连环棍，直击双腿。

半公嬷跳开，奔走，插入汀江。

壮汉猛追，一脚踩空落水，双手扑腾，呜呜叫。

半公嬷抖落蓑衣，游过去，抓住他的头发，往江岸带。

麦六叔摇小船赶到，合力把壮汉拖上船。

吐出几口江水后，壮汉青白色的脸上，渐渐有了血色。

壮汉嘟囔："猪狗畜生乌蚊子！"

哦，汀州城里头的口音。难怪不识水性了。

半公嬷苦笑。

麦六叔想起来了，问："你是春花家的？"

"纽扣，纽扣。"

"你讲嘛介？"

"纽扣，纽扣少了两粒。"

麦六叔咕嘟喝了一口酒，说："救人落水，一粒纽扣也不会有。"

壮汉睁大了眼睛,呆呆地仰望着天上飘过的白云。

"扑通。"

半公嬷飞跃入水,身姿矫健,向江心渚游去。

墟　　胆

一群人说说笑笑,从山坳转了过来。突然,似乎有一个无声的指令,他们瞬息之间,收敛了笑容。

山脚下,汀江怀抱处,平展开一个偌大的村落。

黄家寨背靠东山,船型地势,汀江曲折有情,成腰带水。隔江,斜对面是枫林镇,北连七里滩,南接芦花湾。

这群人好像很特殊,穿戴一新,八九个老嫩辅娘,一个黑脸大汉。他们是来"踏人家"的。

闽粤赣边的客家人,是南迁汉人的后裔,男女婚配,严格遵循中原古礼。"六礼"之外,尚有一个礼数,即在纳吉之后,纳征之前,女方家族必须对男方家庭情况进行一番实地考察。这就是"踏人家"了。

枫林镇邱锡龙家最小的妹子叫满兰,人美,乖巧,对象是黄家寨的后生黄亮堂。

下山,入村,过石板桥,是一条翠竹掩映的小溪,旁有一字五间黄泥墙黑瓦屋,两头纵向,各伸出两间,成元宝状。石坪前,遍植木槿。此刻,正值巳时,紫花朵朵,迎风摇曳。

五百米外,有一座大围龙屋,"六横三围龙",厚德楼。

亮堂是峭公支系后裔,赣客,落难流浪,同宗收留安置在这里。

看到客人手持"新宁遮子"端庄走近,老姐急忙招呼小弟。满堂在屋前石禾坪点燃了万响"遍地红"。

"啪,啪,啪……"

硝烟升腾,红光闪闪。一群人就笑盈盈地踏入了院子里,早有老黄家的姑嫂姐妹,双手奉香茶瓜果迎接贵客。

厨房那边,传出锅碗瓢盆的响声,山珍海味的香气弥漫开来。

来客既是踏人家,则屋里屋外,来回查看,问长问短。主家丝毫不敢怠慢,甜声细语,眉眼含笑。

辅娘们吃好了,闲坐喝茶聊天。老姐备好了丰厚回礼,装满了她们带来的香篮。

来客中有个"辅娘牯",叫阿二嫂,大块头,手提肩扛,不输壮汉。闲时,好搞笑嘴。

院子角落,有一块长方形大青石,武石,上有凿字:叁佰廿。

阿二嫂放下茶杯,走了过去,摇了摇,蹲马步,发力,武石离地半尺多,砰然砸地。

嘀嘀,好大的力气!

五叔婆说,辅娘牯,出娘胎时,莫要急,把家伙都给带齐全喽。

哄堂大笑。

阿二嫂指着亮堂说,谁叫你弄来的大石头?

亮堂说,师傅留下的。

阿二嫂大声说,都说你是丁铁伞的高徒,献个印,让大家开开眼。

献印是行话。往日,武举人上京考试,考场上,要考掇石,要把武石双手提起到胸前,翻转,亮出底座。这就叫献印。有此功夫者,三百年来,汀属八县仅有上杭丁锦堂状元一人。

亮堂喏喏,涨红了脸。

阿二嫂一撇嘴:"哈唏唏,黄疸后生,就想吃俺家头碗菜呀?"

"俺……俺,俺是真心的……"

"啊哈哈,想娶俺满兰妹子的好汉,多得像蚂蚁过冈……"

"二嫂,莫要胡闹。不是丁状元,俺也献不了印。"

黑汉说话了,他叫邱锡昌,是满兰的细阿哥,枫林镇德胜武馆的教打师傅。

"锡昌老弟哪,黄家米酒好啊,俺一个辅娘子人,还喝了三大碗哩,好喝,好喝,真真个好喝。"阿二嫂边说边往辅娘堆里挤。

日影偏西。一群人往回转了。

老姐叠脚追上阿二嫂,扯扯衣袖,递上一个沉甸甸的竹筒。

"二嫂,井水近,自家酿的。"

阿二嫂说:"你这个做阿姐的啊,前世修来的好福气哦。"

踏人家之后，这门亲事，正式定了下来。

立夏刚过，夜里下了一场透雨，木槿花散落石禾坪上。清晨，亮堂拿起了竹扫帚。

石桥冒了出来，说族长有请，拖着他往外走。

厚德楼中厅，坐满了家族长老和各房头的"话事人"。

族长说："兴墟之事，势在必行。今日，就是要推举一位大智大勇者，到老墟场去，取回墟胆。"

众口一词，公推亮堂。

族长说："亮堂哪，取墟胆，会打断脚骨的。你，可要想好喽。"

亮堂说："宗亲恩重如山，俺拼死也要试试。"

族长摆手制止："咦，咦，不吉利的话莫要说。取回墟胆，人，好好的。"

原来，隔江相望的枫林湾是个大集镇。黄家寨为东路交通要冲，却无墟场。江面开阔，木桥屡兴屡废。过江赴墟者，稍有不慎就出事。黄氏家族多次密谋，意欲开辟新墟场。老祖宗传下来规矩，起墟场必须到老墟场取回墟胆，否则，墟场不旺，远处听不到嗡嗡的市声。

黄家寨要"起新墟"的传闻，已有多年，始终不见动静。枫林镇墟场墟胆，长年有人看守。总负责者，就是德胜武馆。

枫林镇墟日，"逢四九"。三天之后，是五月十九日。

这一日，天朗气清，田野禾苗，扬花吐穗；青山叠叠，江水蜿蜒南流。

正午，墟场摩肩接踵，格外热闹。

石龙旗下，有数丈石坪，任意一块碗口大小的石头，皆可为墟胆。

约定俗成，这里是做把戏的场所。此时，汀州老马刀和他的徒弟，卖力表演绝技。密匝匝的看客，围了里外三层。

从兜汤店走出，亮堂悄悄靠近石坪，蹲下，十指如铁，疾速挖出一块五斤多重的黄蜡石，直起身，高喊："请来墟胆，开墟大吉！"

看客中就有当地青壮，一齐扑向亮堂。

亮堂躲闪，往外奔跑。

消息报知厚德武馆。锡昌操起木棍，冲了出去。

沿途，隔百十米，都有邱家青壮倒地呻吟。顾不得多想，锡昌率众呼啸向前追赶。

江边，众人围住了亮堂。

锡昌问："就你一人？"

亮堂答："就一块石头。"

锡昌说："放下墟胆，没你的事。"

亮堂说："俺要报恩。不能放。"

锡昌高举木棍："不放，打断你的狗腿。"

亮堂快速后退两步，瞬间，从背后抽出了一把铁伞。

2022年5月29日于福州

铩羽（三题）

七　里　滩

　　破晓时分，汀江湾尾角水面上浮动着飘忽的薄雾，近树远山皆模糊不清。一只孤零零的竹篷船，静静地停歇在岸边。

　　丁铁伞拎出一束枯枝，取火镰，点燃了船头的灶具。红泥小火炉，黄铜锅，黑鲢鱼，白豆腐，绿葱花，香气弥漫开来。

　　解下腰间的酒葫芦，丁铁伞美滋滋地咂了一口。

　　"噗——"翠鸟掠过江面，叼起一条小鱼，又飞走了。

　　"布谷布谷……"山涧传来布谷鸟的鸣叫。这些日子，冷风料峭，倒春寒，稻田间谨防烂种烂秧。丁铁伞隔山兴叹，农活儿全由家里辅娘打理，他有他的大事。

　　"啊哈哈。俺真正好口福哟！"系船的枫树边，跳出一个虬髯壮汉。

　　壮汉跳上船，船不摇不晃。他旁若无人地拔出脚绑刀子，插向铜锅，穿起鲢鱼头，咝咝吹气，吧嗒嗒啃吃。

"好！鱼头有百味。嗯，嗯。"壮汉伸出一只手，抖动着，悬在半空。

丁铁伞紧皱双眉，又展开，苦笑，将酒葫芦抛了出去。

"不白吃你的，小气鬼！"一包物件迎面飞来。

丁铁伞接过，打开。哦，半只盐焗鸡。

"老伙计，咱俩联手，他跑不了。"

"莫讲大话。"

"咱们是谁呀？你，铁伞；俺，金刀！"

"他是麻七。"

"麻七咋了？"

"邱捕头，伤了右臂。"

"喝高了嘛。"

"铁关刀，断了左腿。"

"年岁在那儿，腿脚不利索嘛。"

"前前后后，五批高人，都没有圈住他。"

"哼，哼，就要看谁出手了。"

丁铁伞不再接话，抬头远望。一轮红日，似蛋黄悬挂东岭。

麻七，闽粤交界地带悍匪。半年多来，在千里汀江飘忽作案，接连劫掠三批货船，出手狠毒，一概不留活口。汀州知府文凤悬赏重金缉拿，五批高手皆铩羽而归。

三天前，铁关刀瘸着左腿，来到丁铁伞家，把两根葱条金放在八仙桌上，说："木纲商会的一点儿心意。铁伞，你得出手!"扫开桌上的物件,丁铁伞说:"受之有愧。前辈,您请收好。"铁关刀感叹:"俺就说,铁伞是不会要的。"丁铁伞说:"您老不发话,俺迟早也要收拾他。"铁关刀说:"金刀客开价百两纹银,同你联手。"丁铁伞说:"人各有志。"

金刀客就是虬髯壮汉,刀术高手,其九九八十一路破风刀法,纵横江湖,罕逢敌手。听闻与丁铁伞搭档,金刀客朗声大笑:"汀州府的赏金,一定是跑不了啦!"

竹篷船下行,顺风顺水。正午,泊芦花湾。

上岸,前铁伞,后金刀,向渡亭走去。

汀江两岸,有渡口,必有渡亭。渡亭内侧,有木桶装茶水,任行人免费取用。白天,这个渡亭里,通常有一位老人,现场制作风味小吃油炸糕。

丁铁伞注意到,渡亭是新修的,杉木柱子雪白,还没有上漆。

金刀客鼻子灵光,嗅到了美食香味,越过丁铁伞,豪爽地高喊:"油炸糕,来二十块,打包两份。"

"好嘞。"老人用土草纸包好两份,笑眯眯地双手捧上。

抓起一沓油炸糕,金刀客大口啃吃,转身操起竹筒,咕噜咕噜猛灌一通茶水。老人小心翼翼地跟着他转。

"噢,对了,"金刀客把手边剩余的油炸糕交还给老人,在身上摸来摸去,却总是摸不出物件来,急得满头大汗,自言自语,"咦,奇了怪了,俺的钱袋子呢?哪里去啦?"

老人低眉顺眼,双手捧着油炸糕,微微颤抖。

丁铁伞上前问:"老伯,几多钱?"

"二十文。"

金刀客满脸涨红,连忙伸手阻拦:"老铁,你不要抢单。再抢,俺跟你急。俺可要生气啦,俺要发火!——咦,真正是奇了怪了,俺那钱袋子呢?"

老人低声道:"小本生意哦,不赊账的。"

数好二十个铜钱,丁铁伞交给老人:"老阿伯,现钱。"

说着,丁铁伞独自往前赶路。

金刀客赶忙追了上来,抱怨道:"又是抢单,又是抢单!这一回,俺可要跟你说清楚,下不为例!"

丁铁伞笑笑,不置可否。

翻过大山,便是枫林寨。过枫林寨,就将抵达七里滩。

线报说,悍匪麻七,午夜子时过河。

枫林寨,位于汀江驿道要冲。东边,有鸿雁客栈。铁伞、金刀在此歇足打尖。自然,又是丁铁伞付账。这一顿饭,花了丁铁伞一百八十三文。临出店门,金刀客拗折一根竹筷,取出竹丝剔牙,满肚子牢骚:"你看看,你看看,俺不是钱袋子丢了吗?趁人之危嘛!你这个老铁,咋老是跟俺抢单呢?俺金刀客脸面何存哪!赏金到手,说啥也要还你的人情,俺要在汀州大酒楼请客,请上满满的一大桌。"丁铁伞说:"吃归吃,借归借。你又何必客气!"

黄昏,他们来到了七里滩。

七里滩最窄之处,有铁索桥。《云龙桥记》说:"凡一百二十四丈二尺有奇。"

月亮升起来了，映照山川。江水缓缓流淌，如碎银闪烁。

上桥，从东往西，迎面一身月华。

木板结实稳固，两人行走其上，竟觉身轻如鸿毛。

西岸，有固定铁索的两块大石墩。

丁铁伞在左，金刀客在右，背靠大石墩，埋伏在阴影中，以逸待劳。

月移中天，江流有声。

"嘎——嘎——"

一只硕大的怪鸟掠过江面。

一道黑影从东岸闪出，飘上桥，迅捷西移。

麻七！

手提一柄斩马刀，罩黑套，麻七侧身疾奔。

"杀！"

金刀凌空劈落。

"当。"

斩马刀迎击。

"哧！"

铁伞斜刺。

"咔嗒！"

斩马刀刀柄回护。

"俺的银子哟！"金刀客嘟囔。

丁铁伞突然想起了今日破费的辛苦钱，不由一阵恶心。

麻七挥刀横扫,截杀者双双落水。

悬 绳 峰

"哪里跑!"

"不是俺……"

河头城街巷,一前一后有两个人追逐。前者,矮矬、粗黑,狼奔豕突;后者,强悍,壮勇,紧追不舍。

前者钻入了一个死胡同,仰看高墙,绝望地瘫坐在地上;后者不急不慢,来到他面前。

"邱捕头,真的不是俺哪!"

叫邱捕头的,扶正腰间的佩刀,扯出一根麻绳,丢下。

"拐卖孩童,罪不可赦。绑起来!"

两名捕快恰好赶到,立马上前绑人。

黑汉不敢反抗,耷拉着头,一脸无奈。

"押回衙门。"

"大哥,赵百万等您呢。"

"不见。俺去泰隆。"

泰隆,赌坊名。

河头城临江有七棵大枫树。百年前种植者取其谐音,寓意顺风相送,保佑过往船只吉祥平安。

第三棵大枫树下开了一家赌坊,其主人就叫泰隆。

赌坊为客家建筑,穿心走马楼。三进后院与前二进的喧闹嘈杂形成明显对比,安静得似乎可以听到落叶之声。大枫树底下,有一个身穿黑色香云纱的中年人,坐在靠背竹椅上,慢悠悠地啜饮工夫茶。

"泰隆兄,好自在啊!"

"嗬,嘛介风把你给吹来啦?坐,坐,喝茶。"

邱捕头在泰隆对面坐下,端起茶杯。

"嗯,好茶,白石顶云雾茶。"

"贼眼。"

"小弟就是抓贼的嘛。听到啥风声了?"

"麻七的踪迹,小店可是线索全无。"

"哦。"

"看样子,邱捕头还有别的事吧?"

"泰隆兄不是凡人。"

"说吧,莫见外。"

"枫林寨的罗秀才,是和俺沾亲带故的。"

"懂了,输光三亩地,退还半亩。够意思吗?"

"愿赌服输,没的说。"

"那好,明日俺让伙计送回田契。"

"谢泰隆兄!告辞了。"

"慢走。恕不远送。"

走出幽深的庭院,强烈的阳光直射而来,邱捕头眨巴了几下眼睛,适应过来。

左边,是一条石板台阶路,邱捕头拾级而上。

登顶,道旁摆有一挑凉粉摊子。

"几多钱一碗?"

"客官,您赏二文。嘻嘻。"

"来一碗。"

"好咧。"

摊主是个罗锅,笑容可掬,麻利地调好凉粉,动作夸张地往鸡公碗里添加了小半勺香菇肉丝,悄悄地瞄了来客一眼。

邱捕头端碗,呼哧呼哧,喝干了凉粉并汤汁,抹嘴角,亮出碗底,夸赞说:"好味道!"扔下了五枚制钱。

"客官,您赏多了。"

"配料钱。"

"俺……"

"何必客气!"

说话间,邱捕头已经走出了五六步远。

迎面走来一个干瘦老者,穿灰布道袍,戴逍遥巾,肩扛竹竿招幌,上书"天机不可泄""汀州唐铁嘴"。

"邱捕头,幸会,幸会!"

"呵呵,唐铁嘴啊!"

"敢问捕头,此行可是往东走?"

"生意还好吧?"

"搭傍八方贵客,混碗饭吃。"

"都一样。"

"免费奉送一句,此行大利南北,不利东西。"

擦肩而过，邱捕头往后抛出一把铜钱。唐铁嘴招幌翻卷，尽数收入囊中。

"既付酬金，老朽童叟无欺，只好又泄露天机喽。"

邱捕头停步片刻，又向前走去。

身后传来唐铁嘴的判语："枯木易折，东墙倒塌；月白风清，老鸦断翅。"

邱捕头哈哈大笑。

邱捕头，名文龙，字子玉，乃汀属八县智勇双全武功第一的名捕快，屡破大案要案奇案。千里汀江之上，往来客商，提起邱捕头，多半要竖起大拇指，硬硬地点头叫好。

近半年来，悍匪麻七在杭川地界连续作案，劫杀商船，一概不留活口，手段令人发指。杭川县衙多次组织围捕，麻七皆破网而出。汀州知府大怒，由邻近的江西赣州、广东嘉应州调来六扇门高手，责令汀州捕头邱文龙牵头合力缉拿。

线人飞鸽传书，称："九月十七日，麻七夜宿悬绳峰。"

悬绳峰是武夷山脉南端的一座山峰，高千仞，常年云缠雾绕，山径如细绳悬挂，故名。

邱捕头必须在日落之前赶到山腰的山神庙，会合来自赣州、嘉应州的两大捕头，亥时抵近麻七老巢，子时发动围捕。

申时，邱捕头过江。

九月的汀江，水清浅，残阳映射，半江瑟瑟半江红。

西岸，有高大茂密的荷树，倏忽蹿出一只松鼠，或有枯枝坠落，打在邱捕头的竹斗笠上，砰然作响。

呵呵，果真是"枯枝易折"哟。

"十七十八，岭背刺鸭。"这是汀江流域流传的一句民谚，意谓农历十七日、十八日的月亮，从天黑后到从东岭背面升起的时间，大约需要宰杀好一只水鸭的工夫。

月照山径。邱捕头沐浴在细碎的银光之下，衣袂飘飘。

戌时，邱捕头抵达山神庙，搬来干净石块，靠西墙坐下。

"咯咕，咯咕咕。"

"咯咕咕，咯咕。"

两团黑影缓缓移入，背靠东墙。

三人没有说话，各自闭目养神。

五百步外，有一处黑黝黝的溶洞，正是悍匪麻七的老巢。

山风轻拂，树上多宿鸟，时或叽叽咕咕。

"轰隆！"

东墙坍塌。

抬眼看天，正是亥时。

邱捕头心头掠过一丝凉意，快速挖土救人。

事发突然，躲闪不及，赣粤两捕头一个右肋骨断裂，一个左大腿粉碎性骨折。剧痛使得他们难以动弹。

"嘿，嘿嘿，嘿嘿嘿。"

麻七手持朴刀，站立高坡，刀在月色下闪耀光芒。

邱捕头抛飞竹斗笠，拔出半斩双刀，猱进鸷击。瞬间打斗八九回合，双方势均力敌。

兵刃碰撞，迸射出一溜儿火星。

"砰——叭！"一朵鲜艳的红光映照夜空。

信号发出，外围兵勇火速驰援。

邱捕头想起了唐铁嘴的判语："枯木易折，东墙倒塌；月白风清，老鸦断翅。"老鸦，三州捕快黑衣黑帽，岂非老鸦？枯木、东墙……应验还是巧合？悍匪以静制动，却是何故？线人是内鬼吗？唐铁嘴又是何人？

心有挂碍，步法迟滞。邱捕头左臂重重地挨了一刀。

乌云浓密，遮掩了月光。月光再现，麻七已无影无踪。

乌　石　滩

"啪！咣当！"

鹅卵石遍布的河滩上，后生旋转身，猛然扬手，百十步外的一口破铁锅瞬间四分五裂。

一位长髯飘飘、器宇轩昂的老者，手提长柄大刀走上前来。

"锡龙啊，瞧见了吗？河心有根枯枝。"

"瞧见啦。"

"枯枝上，有嘛介呢？"

"一只黑蝴蝶。"

"打！"

"好嘞。"

锡龙弯腰，随意捡了块石子，直起身，旋转发石。

"啪！"

枯枝摇晃，黑蝴蝶翩翩飞起，渐渐隐没。

"锡龙啊，还得好好练哪。你看人家阿发、阿财，百发百中嘛。"

"师父，俺记住啦！"

"夜里到武德堂来。"

"俺晓得。"

老者大名邱德武，青壮年时，此公走州过府，跑码头做把戏，闻名遐迩。故里相传，邱德武擅使长柄大刀，深得武圣流派真传，凡一百零八战，全胜不败，江湖人称铁关刀。

铁关刀功夫好，讲武德，热心公益，门徒遍布汀江流域。近年，铁关刀收了三个高徒：阿发、阿财、阿龙。阿龙，就是邱锡龙。

铁关刀住在村东，邱锡龙住在村西。入夜，邱锡龙穿过村子，来到了武德堂。

武德堂是客家大宅院，前中后三进，俗称"九井十三厅"。入侧门，过厢房廊庑，见天井里几盆兰草，翠绿润泽，舒展摇曳。

中庭厅堂，竹篾火光照明。铁关刀端坐在紫檀木太师椅上，手抚长髯，聚精会神地阅读一卷线装书。书名曰《梁野散记》，客家老练著。

阿发、阿财侍立两侧。

邱锡龙紧趋上前，躬身道："师父。"

良久,铁关刀放下书本,抬眼,点点头,说:"好,来了就好。有嘛介要紧事呢?两个师兄会告诉你的。"说罢,铁关刀起身上楼,一脚踏上楼梯,回头说:"《梁野散记》确实是本好书、奇书、才情之书。"噔噔的脚步声渐渐远去,节奏分明。

阿发在关公画像前点燃了三炷线香,插在香炉里。

"阿龙,你可知麻七之事?"

"晓得。"

"师父待你咋样?"

"情同父子。"

"愿随师父伸张正义吗?"

"锡龙愿意。"

"悍匪麻七,非同寻常。此战,生死攸关。"

"锡龙甘愿赴汤蹈火,在所不辞。"

"如此甚好。师父没有错看你。"

阿发在香案上取下一坛酒,拍开封口,倒出三大碗,拔出匕首,刺掌滴血。阿财、阿龙照办。

三人排成一列,双手端酒碗。阿发念一句,阿财、阿龙跟一句:

> 双手点起青龙香,香烟袅袅冲天堂。
> 有情有义扬正气,除暴安良福禄长。

念毕,同时一饮而尽。

悍匪麻七，连续作案，千里汀江鸡犬不宁。官府无能，围捕行动接连失利。对此，武德堂岂能袖手旁观？铁关刀昨日发出挑战书，三日后乌石滩独斗麻七。

届时，铁关刀三高徒暗中预先埋伏，飞石助战。此乃斗智斗勇，一击必杀。

麻七会应战吗？

乌石滩外，有古镇，却不叫乌石镇，人称芦花镇。盖因两岸河滩多芦苇，秋来白茫茫一片，芦花纷纷扬扬。

这日，芦花镇出现了一个陌生货郎，他摇动拨浪鼓，边游走边吆喝，似潮州口音，大异于本地。

货郎来到乌石滩，东张西望，形迹可疑。

他来干什么？

铁关刀闻讯，淡淡一笑。

就在约定的决斗日当日凌晨，一封没有署名的书信插在武德堂的大门缝里。打开展阅，只有八个字："今日亥时，渡亭相见。"笔迹娟秀，不似悍匪手笔。

约战机密，外界无从知晓。

中午，三高徒饱食一顿，备好短兵刃，分头悄悄潜入乌石滩。邱锡龙匍匐在一处芦苇丛中，他绝对有把握一石击破五十步外的渡亭木柱。

汀江两岸渡口，乡间善人多捐建渡亭，便利来往行人遮风挡雨。亭中有茶桶，常年有人施茶，供免费取用。渡亭又称茶亭。

太阳下山了。收拾好制作油炸糕的家伙,摆摊老人走了;一个魁梧壮汉,枫岭寨的石桥妹挑着担子,到渡亭更换茶水。茶水热气腾腾,他换完茶水,坐下,吃了三根烤地瓜。

南村的一群顽童,在渡亭边打闹。此刻,他们听到了亲人呼喊回家吃饭的声音,随即一哄而散。

渡亭安静了下来。几只麻雀飞入,跳跃觅食。

芦花镇炊烟袅袅,晚霞映照。

暮色四合,江水静静南流。哗啦一声,河鱼跃出了水面。秋风吹过,芦苇荡起起伏伏。

下弦月升起,繁星满天。

手持长柄大刀,铁关刀八面威风,挺立在渡亭的中央。

夜凉,江风冷。持刀,挺立,铁关刀纹丝不动。他的心里,此刻有万丈波澜。

老友邱捕头精明彪悍,缘何失手了呢?

前几批高手缘何铩羽而归?

麻七是谁?师承何人?为何突然冒了出来?

回函笔迹娟秀,悍匪有读书人的底子吗?莫不是他人代笔?莫不是熟人的恶作剧?

此番若获胜,必轰动客家三州二十九县,乡亲们必敲锣打鼓送来金匾,知府大人必莅临武德堂庆贺,华昌先生也要献上他那之乎者也的《武德堂赋》了。

一大早醒来,铁关刀清水洗脸,铜盆内水波荡漾,脑海中蹦出"胜之不武"的念头,从早到晚,盘旋不去。为民除害,兵不厌诈，除暴安良，伸张正义。何谓"胜之不武"？岂有此理！

戌时，不见麻七。

亥时，不见麻七。

芦花镇外的高山上，传来夜半悠长的钟声。

这不是已经过子时了吗？麻七，你这个背信弃义的东西！

恰在此刻，"胜之不武"四个字，又蹦跳进脑海，挥之不去。铁关刀心烦意躁，猛跺脚，厉声断喝。

"轰隆！"

渡亭突然坍塌。

铁关刀纵身腾跃，半步之差，右腿压在了梁柱之下。

第八级台阶（三题）

第八级台阶

灰衣客喝了三大碗"酿对烧"，就趴在八仙桌上睡着了，鼾声大作。

一位白衣女子，皱皱眉头，继续拨拉铁算盘，清点流水账。单调的珠子撞击声和起伏的鼾声，互为应和。

夜深，秋风凉，残月如钩。客栈油灯昏黄，泛化出层层光晕。不时有三两飞蛾，飞穿竹窗帘，扑向灯罩，噗噗有声。

客栈大厅，摆放十张八仙桌。此桌以闽西大山上等杉木制作。店主爱干净，每晚客散，必以茶渣饼、稻秆浸水擦洗，以至于桌面发白，可见清晰的木纹。

放下水桶，老伙计摇醒了灰衣客。

"哎哟哟，俺这是在哪儿呀？"

灰衣客揉揉双眼，茫然打量四周。

"三大碗？俺家的酿对烧，谁也扛不住。"

"哦，俺这是在客栈。好酒！"

"枫林湾，云商客栈。"

"天光墟日？"

"逢四九，天光是九月初四。"

"俺该早起收货。"

一块银子抛出，灰衣客摇摇晃晃，摸向客房。

老伙计嘀咕："来了三天啦，正事不做，就懂得喝酒。"

女子道："老黑叔，闲嘴咬鸡笼呀。"

老伙计嘻嘻一笑。

白衣女子停止了拨动，算盘往上一举一收，平放柜台，合上了账本。

她是店主，善酿酒，精烹饪，经营有方，广交朋友，江湖人称"赛凤仙"。

一夜无话。

醒来，已是日上三竿。客栈外，早已是人声鼎沸，熙熙攘攘了。

透过二楼窗棂，可以看到汀江怀抱，臂弯，形成街道。一条跨江而过的木桥，似长虹卧波，上有瓦顶，风雨不侵。此为廊桥，又称屋桥、风雨桥，多见于浙闽赣粤南方诸省区。廊桥内，过道两侧又有靠椅，脚边，摆摊设点，为土特产交易场所。

灰衣客来回溜达，不到一个时辰，就采购回九担香菇。老黑见灰衣客出手阔绰，不免多瞧了几眼。

时近正午，灰衣客又带着一担香菇返回客栈。途经廊桥东端石阶，灰衣客的左脚一歪，摔倒在地。

菇农放下担子，扶起了主顾。

灰衣客龇牙咧嘴的，看看脚下，一块长方形青砂石板，鲁班尺长三尺三，宽一尺二，厚八寸。中间偏左有一道不规则凹槽。

灰衣人狠狠跺脚，大骂。

众人笑。中有一人说，摔倒几多人哪，有本事就换掉它。

灰衣客大喊一声好，说，不换石板，誓不为人！接着，又连跺三脚。

当日下午，灰衣客就备好了礼盒，来到了枫林湾里正大乡绅的深宅大院。

大乡绅瞟了一眼礼盒，满脸严肃："来人就系来龙，带嘛介东西嘛。"

"不成敬意，万望笑纳。"

让座，请茶。

"讲呀，远方朋友。要俺做嘛介？"

"里正先生，是这样的，廊桥东侧第八级石板，有凹槽，上午，俺跌了一跤，就当众夸口，发誓要拆换了它。"

"这个嘛，得大伙合计合计。住哪？"

"云商客栈。"

"哦，赛凤仙哪儿。"

"是。"

"尊姓大名呀？"

灰衣客手摸耳垂："小姓浮，贱名文贵。"

汀江流域行船，陈姓客人有此习俗。

大乡绅笑了："院子简陋，却也不行船。陈先生不必客气。"

灰衣客说："常在江上走，习惯了。"

"仙乡何处啊？"

"潮州凤凰山。"

"哦，好地方。做嘛介生意哪？"

"收点香菇笋干，小本买卖。"

"盐上米下，常来常往的，回去吧，等消息。"

"好嘞。"

灰衣客等了三天，里正那边一点消息也没有。这天晚上，他要来了一壶酒，一碟油炸花生米，捡靠窗位置坐下，自斟自酌，望着廊桥上朦朦胧胧的红灯笼发呆。

一团白云飘了过来。

赛凤仙把一碟五香豆腐干放在桌上。

"本店小菜，尝尝看。"

灰衣客说："夸下海口，做不到。无脸见人哪！"

赛凤仙一笑："心诚则灵。"

灰衣客掏出钱袋，高举头顶："三两黄豆子，够不够？"

"够了。"赛凤仙顺手接过，筛酒，一饮而尽。

好消息很快就等到了。次日晨，灰衣客在邱记店铺喝牛肉兜汤，老黑过来说可以换石板了，同时，还告知了冯石匠的详细住址。

出枫林湾铺半路，灰衣客找到了冯石匠。

农家小院内，冯石匠正埋头打制一具石砻，叮叮当当声，不绝于耳。

放下锤凿，冯石匠抓起竹筒喝水。

灰衣客说："俺来找冯大师傅。"

冯石匠问："摔了一跤，就要换石板？"

"要换。"

"干嘛？"

"当众夸口，要算数。"

"很贵的。"

"不怕贵。"

"十两银子。"

"给您，这是二十两。"

"哈哈哈，银子，不能收。俺帮你。"

"大师傅，您，您这是？"

"早年，俺有一个师兄，一碗饭分两人吃，俺忘不了。他姓陈。"

"您是禄生叔吗？"

"当年工期紧，少一块好石料。三十多年啦，成了俺一门师徒的心病。"

"禄生叔。"

"石匠,自家不方便去换。"

"俺爹说……"

"莫多讲,叔晓得你,快走,莫停,千祈莫回头。"

"禄生叔。"

"快走。"

"不换好石板,俺不走。"

冯石匠带灰衣客来到草寮,掀开稻草,一块形制合适的青砂石板横卧泥地,布满灰土。

唤来两个青壮徒弟,套上马车。

石板运到了廊桥东侧,四人手脚迅捷,片刻,廊桥东侧第八级台阶,严丝合缝,修旧如旧。

旧石板咋办?

带回去吧。灰衣客立定,弯腰,发力起身,稳稳当当,旧石板托在双臂上。

"二寨主,别来无恙啊?"

灰衣客一怔,不知所措。

"三日为期,麻寨主约定远走高飞。你留在这里干什么?"

邱铺头笑眯眯的。背后是一群汀州府精干捕快,分散围拢过来。

旧　篷　船

杭川"醉太白"临江酒楼靠西窗的位置,木椅上,独坐着一位斯文人。他一手持酒杯,一手以竹筷夹起一片"猪胆干",细细品尝。

"猪胆干,全酿酒,绝配。"

临川楼外,是杭川墟场。葳蕤的大榕树下,有一个矮矬黑汉叫卖地瓜。

地瓜是汀江流域寻常之物,田头地脚,随种随活,优质高产,值不了几个钱。

说起这个地瓜啊,又叫番薯、甘薯、红薯。明朝万历年间,福建先贤陈振龙,冒死从南洋吕宋(菲律宾)带了回来。几百年来,不知救活了多少人哪。吾辈吃地瓜,切莫忘本。旅居福州,市区有乌石山,建"先薯亭"。山下经过,余常肃然起敬。

闲话休提,言归正传。斯文人看到,矮矬黑汉的摊点,一直无人问津。他愁容满面,欲哭无泪的样子。

一个瘦小的妇女,提溜着一串中药包,在黑汉的摊点前停下,比比画画,抹眼泪。

黑汉匆忙收拾,挑起两箩筐地瓜,走向江边。

江边,有一只旧篷船。

斯文人仰头喝下了一杯酒,招呼店家结账。

申时,落日熔金,汀江砻钩湾一片宁静。

传闻悍匪麻七横行江面,水路不太平。十三商船遂结伴下行。

忽听呜呜号角传响。一条铁索跃出江面,两岸冲出百十个蒙面强人,明火执仗,强弓劲弩指向江心。

悍匪将商船洗劫一空,凿沉江底。麻七此番可谓大发善心,剥光船家数十人外衣,塞上破布,捆绑在几棵大枫树上。

不知何故,矮矬黑汉的旧篷船安然无恙。蒙面强人在船外咋咋呼呼,却对他们好似熟视无睹,懒得搭理。

黑汉夫妇救下了众人。

荒山野岭,一干人又冷又饿,赊账将黑汉的地瓜全部买下,生火,烤吃。

一个大胖子,汀州"萧家香"山货行的老板,这次折失了五船红菇,血本大亏。他一边啃吃热乎乎的烤地瓜,一边问黑汉:"后生哥,尊姓大名哪?"

"免贵姓蓝,小名荣昌。"

"哦,俺说荣昌老弟,哪里人呀?"

"莲塘背。"

"好,这一担番薯,都算俺老萧的。明日送钱,十两银子够不够?"

"多了,太多了。五百文足矣。"

"就算十两。后生哥啊,渴时一滴如甘露嘛。晓不晓得?"

萧老板果然派人送来了十两纹银。荣昌夫妇喜极而泣,他们正需要这些银两医治患病的老娘。

千里汀江之上,悍匪麻七神出鬼没,不时打劫过往船只。汀州、嘉应州、潮州三府捕快,数次联袂"围剿""驻剿""兜剿",均一无所获。

汀州府邱捕头几经追踪，发现了一个奇特现象：蓝荣昌旧篷船有意无意间三次尾随船队行驶。船队血本无回，旧船毫发无损。

其中必有蹊跷！快班有人主张拘捕蓝荣昌，邱捕头以为查无实据，不可造次。

商路不通，海货山货价格人涨。

"箫家香"山货行接到广州洋行八百担红菇的大订单。箫老板喜忧参半，斟酌再三，派老管家亲往莲塘背，重金聘请旧篷船前面开道。

接过百两银票，荣昌双手颤抖，疑惑道："空船到潮州，就算成啦？"

老管家笑道："箫老板一言既出，驷马难追。"

荣昌还在迷糊："做嘛介呀？钱这么好赚？"

老管家亲切地拍着荣昌的肩膀，微笑说："就是借你的好运气嘛。千祈莫外传。事成之后，另有重赏。"

次日晨，杭川城水西渡口，三十余条商船满载货物，在一条旧篷船的引领下，顺风顺水，鱼贯南行。

七峰山上，邱捕头和他的精干捕快，隐藏在一座古寺庙内。

邱捕头说："铁伞兄，果真一路顺畅，有无蹊跷？"

丁铁伞说："必有蹊跷。"

"又请来老友，实在是万不得已。"

"你付钱，俺撑船。愿打愿挨。"

"三州快班,营汛,乡团丁壮,八百来号人马。够排场的啦。"

"麻七啊,麻七,你到底是咋样的人呢?"

杭川城外,紫金山。山腰有亭翼然。亭间,斯文人和老道士两人纹枰对弈。

"张道兄,接飞鸽传书,有大鱼撞网。"

"哦,哦,贫道不懂得大鱼啊小鱼的。"

"啊,在下忘了,张道兄是方外之人。"

"贫道问棋,不问世事。"

"莲塘背,有一个黑汉叫蓝荣昌的,愁容苦相,让人揪心,像极了俺失散多年的兄弟。"

"缘分哪,缘分。"

斯文人右手食指中指夹起一粒白色云子,举棋不定。

梅　　姨

杭川县衙坐北朝南,大堂、二堂、三堂之后,有后花园与四合院,此处便是知县家眷饮食起居之处了。

鸡啼三遍的时候,四合院西厢房亮起了橘红色的灯光。油灯下,一位年近四旬的妇人整顿衣裳,梳妆打扮,盘起了乌黑发髻。推门,挎竹篮,穿过花木扶疏的院落,打开一扇类似于宫中闱阁的侧门,闪入了巷道。

巷道以青石板铺就,初秋清晨,湿漉漉的。

迎面走来早起挑水的小姑娘，妇人侧身避让。小姑娘甜甜地叫道："梅姨，买菜呀。"

这个叫梅姨的妇女，夸赞小姑娘越来越水灵啦。

梅姨叠脚来到了东门临江菜市场，买了一把青菜、两块水豆腐、三根白萝卜，花费十九文制钱。

"小母鸡，双髻头的。买吗？梅姨。"说话的，是一个熟人，湖洋寨的五妹姑。平日里，贩卖鸡鸭。

"五妹姑，前日才买嘞。信了肚，卖了屋。"

"正正做家噢。"

"毋省毋有。老爷就那么一点俸禄，养一大家子哩。"

五妹姑撇了撇嘴，扭头看到另一边去了。

梅姨离开闹哄哄的菜市场，来到了汀江边。

汀江九曲，抱城而去。东门江岸，防洪石阶一字排开，数百个妇女三两成群，一概背向江面，木槌起落，洗涤衣裳。

背向江面的规定动作，大有玄机。说白了，是男女有别，防歹徒。客家学者多有论述。在此不赘言。

梅姨向上游走去。江水清澈见底，游鱼往来。洗干净青菜萝卜，梅姨起身回转。

一个小沙弥来江边淘米，见梅姨，抿嘴一笑。

"妙玉，好久不见。"

"梅姨，得闲来喝茶呀。师太昨晡还叨念呢。"

"嗯哪，问善心师太好。"

东山霞光映照。时候不早了。梅姨加紧步子，回到县衙后院，生火做饭菜。当知县唐大人起床洗漱时，梅姨已经把炒青菜、煎豆腐、水煮萝卜丝和白米饭，摆上了八仙桌。

"梅姨，梅姨抱抱。"一个粉嘟嘟的小女孩，挣脱表情麻木的黄脸贵妇模样者，张开双臂，扑向梅姨。

"哎，小乖乖。"梅姨亲热地抱起小女孩，"啵"地亲了一口。

唐知县看在眼中，轻轻地摇了摇头。

三天后，梅姨向唐知县告假，说要去白云庵还愿。

白云庵在七峰山。

梅姨备好香纸蜡烛，脚步轻捷，独自上山。

入庵门，不见善心师太与妙玉，刚想退出，庵门砰然关闭。

抬头，前面是一位玄衣黑帽腰挎绣春刀的捕快，手持鸽笼晃动。他是邱捕头。

一对白鸽，在竹笼内扑腾。

"山泉甘洌，缘何到江边淘米？"

"请教梅姨，这可是传书飞鸽？"

"唐大人与你亲如一家，莫非斗米成仇？"

邱捕头三问，梅姨一言不发。

"大鱼三十，明日过滩。就这八个字，烦请飞传麻七。昨日过往，咱们一笔勾销。"

梅姨紧闭双眼，肩膀轻微颤动。

"许多事，全在一念之间。好好想想。"

邱捕头放下鸽笼，悄然离去。

腊月龙灯

一

冬日暖阳，静静地照耀雨后群山。

洪峰过后，蜿蜒汀江水位下降，浊浪南流。

未时，七里滩码头，一条竹篷船悄然靠岸，里头钻出一位先生模样者，一袭灰布长衫，持折扇，拾级而上。他的身后，紧跟着一个敦实后生，抱长条形包裹。

一群辅娘新鞋新衣，挽香篮，与他们擦肩而过。辅娘或哺娘，又叫辅（哺）娘子人，是闽粤赣边的客家妇女特定称谓。此刻，她们匆匆赶往集镇。

七里滩位于千里汀江中游，人货辐辏。

先生停步，喊道："阿四妹，停一下。"

就有一个哺娘停住了脚步，乍转身，笑道："文哥啊，您不是官差吗？乍一看，先生似的。"

"不年不节的，回娘家干吗？"

"哎呀,出大事啦。"

"嘛介?"

"禾虫,乌泱乌泱的,手指大,吃光谷仓,就剩下一堆谷壳。"

"怪哉,怪哉。"

"这不,今夜舞龙灯,驱邪魔。嫁出去的,送香烛鞭炮来了。"

"腊月十九,上元节还早嘞,咋就舞龙灯了?"

"问锡龙叔哪。"

这文哥不是别人,正是名震江湖的汀州府快班捕头邱文德。

邱捕头笑笑,啪啦打开折扇,扇了扇袖口。

二

七里滩有邱、李、陈、黄四大家族,首富是闽泰木纲行的总理邱锡龙。

邱锡龙的故事,笔者在《鱼粄店》讲述过。他是个大商人兼大善人,功夫深藏不露。

邱家大宅院为"九井十三厅"。听闻大侄儿回家,邱锡龙亲自出迎,接到上厅饮茶。

"好茶。阿叔,云雾茶?"

"老侄,听到风声啦?"

"瞒不过阿叔。"

"不查也罢。家丑不外扬。"

"害虫猖獗,百姓恐慌。"

"七里滩、枫林镇、乌石寨,多处有食谷虫。要舞龙灯了。"

"妖言惑众,必须查办。"

"哦,阿叔差点忘了,贤侄吃的是公门饭。"

"咦,咋不见文峰老弟?"

"书呆子。明年秋闱,闭门苦读呢。"

"不打扰他了。"

"跟我来,看看谷仓去。"

邱锡龙带着邱捕头和张捕快一同来到后厅,上楼梯,打开一间谷仓,但见空余数堆谷壳。奇怪的是,另两处仓库金黄稻谷堆积,完好无损。

邱捕头回到空仓,转圈细细查看,折扇敲击土墙,回响厚实。

"叔,此处存粮多少?"

"百十石吧。"

"确定吗?"

"确定无误。莲塘背、竹叶坑的田租谷。"

"叔,您可见过手指大的食谷虫?"

"讹传。黑壳虫也只有米粒大小。"

"文峰见过?"

"一介书生,两耳不闻窗外事。"

"其他人等见过?"

"从未听闻。"

"记得小时候,叔,您带我到磨坊砻谷。"

"你腰功臂力,怎样来的?"

"叔,一石谷,半石谷壳哦。"

"玉不琢,不成器。叔是磨炼你哪。"

"叔,肚子打鼓啦,有什么好吃的呢?"

"好个大捕头,嘴馋。"

此时,西厢书房传来抑扬顿挫的朗诵之声:"暮春者,春服既成,冠者五六人,童子六七人,浴乎沂,风乎舞雩,咏而归。"

"哦,《论语·先进篇》。吾弟熟读四书五经,来年必定蟾宫折桂。"

"借贤侄贵口吉言。"

"不见他了。免得乱人心智。"

"兄弟手足,见与不见,一个样。"

晚饭过后,邱捕头带随从去看了舞龙灯。舞龙灯是客家人祈福消灾的一种隆重民俗。民谚说:"龙灯入屋,买田造屋。"七里滩墟镇中央人头攒拥,鼓乐齐鸣、鞭炮断续炸响声中,双龙齐舞,矫健刚勇,一扫众人心头阴霾。

三

次日,用过早餐后,邱捕头、张捕快换上玄衣黑帽,腰悬绣春刀。他们来到了麦记船行。

麦三老板笑脸相迎。

邱捕头说:"麦老板,老相识了。"

麦三笑道:"上下行船,承蒙捕头大人多年关照。"

"这个码头,一次可供二十条货船的,还有谁家?"

"好像只有我们麦记船行。"

"说吧,是谁?"

"捕头大人,我不知道您在问什么。"

"你应当明白官差的手段。"

"明白,明白。"

"麦老板,生意可好?"

"混碗饭吃。"

"我想,麻七早就盯上你了。"

"麻七?"

"不留活口的江上悍匪。"

"邱大人,您保境安民,您劳苦功高。"

"说吧,是谁?"

"是您的……您的……您的老友。"

"我的老友?"

"是……是丁大侠。"

"丁铁伞?"

"是他。铁伞大侠。"

四

七里滩下游一铺水路处，为黑虎峡。逆行，须拖船上滩。

冬日黄昏，丁铁伞光着臂膀，在乱石密布的河滩拉纤，大汗淋漓。

江上，有二十条竹篷船。丁铁伞身后，是一群青壮。

"啪嗒!"

一把开山刀丢落面前。

抬头，丁铁伞看到了昂首挺立的邱捕头。

"铁伞兄，果然是你!"

"是我。"

"铁伞在船上吧？你没有顺手兵刃。"

"嘛介？"

"开山刀，你将就着用。"

"不用。"

"我要亲手拿你归案!"

"老邱，你是个糊涂虫。"

丁铁伞甩脱纤绳，站立，微笑着直视老友。

一只硕大的黑色怪鸟掠过峡谷，隐没在东山丛林中，不见踪影。

五

随同黑色怪鸟出现的，是一团人影，落在邱丁之间。此人是七里滩大秀才邱文峰。他递给堂兄一张草纸。邱捕头细看片刻，把草纸塞入嘴里，艰难地干咽下去，突然仰天大笑，挥动双手，悄然收队离去。

原来，连日暴雨，汀江下游韩江发大水，潮汕灾民缺粮。义者设局，巧取上游富豪余粮救助。

2023年6月于福州

后记

我真正意义上从事微型小说创作,是在2000年前后,彼时,我在《海峡都市报》等的副刊发表了一些作品。十多年来,在数十家报刊发表微型小说三百余篇。

在我看来,微型小说写作是一种高难度的写作,需要高超的技巧,言有尽而意无穷,是尺幅千里,是纳大千世界于芥子。在其形制上,体现其"小",在其精神世界上,则应该包含优秀文学作品的全部要素。

在我国传统文学中,尤其是唐宋以来的大量笔记小说中,微型小说比比皆是,手法千变万化,令人目不暇接。因此,向传统文学致敬,从传统文学中吸收丰富的营养,可能是微型小说创作的一个重要途径。我的"床头书"包括了大量笔记小说,常读常新。以古观今,以今鉴古,传统文学经典为我们今天的微型小说创作提供了源源不断的活力。本书中的《鸿雁客栈》《针刺》等作品,是从笔记小说中获得灵感,注入现代生活感受和客家地域特色而进行的再创作。

此外，民间故事、民间生活也是微型小说创作的重要源泉，我曾花了很多时间在闽粤赣边客家地区采风，撰写了大量"客家武林掌故"，在《闽西日报》《客家纵横》《客家》《武林》《精武》等报刊发表，后结集成《客刀谱》，共23万字，2008年由海风出版社出版。这些作品，是民间故事、传奇"原生态"的记述。严格意义上说，不是纯文学作品，其中却包含了大量的"闪光点"。通过小说手法深化、升华这些"民间掌故"，成为我创作微型小说的一个追求。我创作的《葛藤坑》《决斗》《纸花伞》等是其中代表作品。其中，《葛藤坑》在《短小说》发表后，被中国香港《夏声拾韵·微型小说》选为头条，凌鼎年先生点评说："写出了大军过处、刀光血影中的若许温馨。"《民间故事选刊》将《葛藤坑》选为2011年第8期"精彩首页"。《纸花伞》在《短小说》发表后，为《小小说月刊》2011年第4期选载。我和《微型小说选刊》特别有缘，这家刊物每期的发行量为数十万份，是"全国百种重点社科期刊""华东地区优秀期刊"，《炒黄豆》等曾被选载。《微型小说选刊》2011年第13期又从《小小说月刊》转载《纸花伞》，此后，选载了拙作《红叶》《传人》《传拳记》《七里滩》《隔山浇》《犹家变》《铁关刀》《铁桥仙》《梦幻江湖》等。《传拳记》入选了《2014中国年度微型小说》。在"武陵杯"世界华文小小说大赛中，《传拳记》在3000多篇应征作品中脱颖而出，入围前20名。

多年来，我对我们客家民系的文化进行了系统的学习，

"文献研究"和"田野作业"都做得比较扎实。这时，我对客家民间传奇展开了新的思考，这就有了《大木桶》《点血形》《破铜锣》三篇微型小说。《大木桶》叙写"大木桶"民间之侠的"重信誉""一诺千金"，发表于《文艺报》2012年8月10日"鲁院专版"，《小小说选刊》于2012年第18期转载，《南方农村报》2012年11月3日又从《小小说选刊》再次转载，此文入选"漓江版"小小说年选及天地出版社《中国最好的小小说精选集》。相对而言，我更看重《破铜锣》，这是另类的"江湖决斗"故事，"破铜锣"或"扶铜锣"的困惑，体现了人性的光辉。

《文艺报》是中国作家协会主办的权威报纸，近年来，连续发表了我创作的客家微型小说《大木桶》《五色鱼》《雄狮献瑞》《阿青》和《家族往事》，对我的鼓励很大。

2010年以后，我花了大约五年时间撰写长篇历史文化散文集《千里汀江》，由海风出版社出版。我从汀江的源头一直"走"到潮汕入海口，阅读了大量的文献资料。我对这条客家母亲河更为热爱，有了更为深切的感受。因此，以"千里汀江"为空间，写了一系列"客家乡土侠义小说"。我比较满意的有"汀水谣""鄞江谣""风水诀""客家江湖""谜云"系列。这些系列作品，发表于《长城》《福建文学》《山花》等刊物，大多数被《微型小说选刊》《小小说选刊》《小小说月刊》《民间文学选刊》等名刊选载，并收入了一些出版社的选本和排行榜。在我的梦想中，要循序渐进，目标是创作"千里汀江"长篇小说。

2017年11月，我的小小说《药砚》入选湖北黄冈中学等8所名校联考语文试卷。《药砚》讲述的是汀江流域一名身怀绝技的私塾先生隐忍大度、以德报怨的故事，体现了传统儒者的"仁爱"与"宽恕"。至今，已知全国31个省区市的近千所中学都采用《药砚》作为语文试题。我的小小说《大木桶》《九月半》《南山姜》《雄狮献瑞》《一件棉大衣》《双龙银圆》《墟胆》等入选中学语文试卷，《过坎》《逆水船》入选高校语文试卷。据统计，目前有11篇作品入选语文试卷。小小说进入语文试卷，为教育公益事业服务，这是让我特别有成就感，是一件特别开心的事。

我爱客家，爱微型小说，崇尚侠义，因此，我将继续创作"客家乡土侠义小说"。在此，特别感谢发表和选载过我的作品的报刊和编辑，特别感谢各校的语文老师们，特别感谢策划出版这本选集的高健先生与上海大学出版社。正是诸多扶持和鼓励，使我勤学苦练而不至于懈怠。

此书稿于2018年5月编辑完成，篇名为《客家传奇》，没有出版发行。此后我陆续写了一系列"客家传奇"小说，补充为三辑，加入书稿中。我最喜欢的一篇是《腊月龙灯》，谨以此为全书名。

练建安
2024年3月9日于福州